Christian Friedrich Sintenis

Hallo's glücklicher Abend

Christian Friedrich Sintenis

Hallo's glücklicher Abend

ISBN/EAN: 9783743389038

Hergestellt in Europa, USA, Kanada, Australien, Japan

Cover: Foto ©Andreas Hilbeck / pixelio.de

Manufactured and distributed by brebook publishing software (www.brebook.com)

Christian Friedrich Sintenis

Hallo's glücklicher Abend

Hallo's
glücklicher Abend.

Zweiter Theil.

Nun spreche ich hier mit Hallo nicht wieder.

Zweite vermehrte und verbesserte Ausgabe.

Leipzig, 1785.
Bei Siegfried Lebrecht Crusius.

Es verstrich eine geraume Zeit, ohne daß der Greis seinen erhabnen Gast wieder in die Laube zu führen das Glück hatte. Der Fürst kam unterdessen weder zu ihm, noch zur Welt. Eine tiefe Stille herrschte in der Residenz, und die Klügern und Umsichsehenden fingen an zu vermuthen, daß wohl ein erschütternder Sturm auf dieselbe folgen könnte. Indessen wuste niemand, von welcher Seite her derselbe sich erheben dürfte. Alles, was man mit Gewisheit sagen konnte, war dies, daß der Fürst mit dem Wilhelmi im Kabinet bei verschlossenen Thüren fast Tag und Nacht unaufhörlich arbeitete, und daß irgend ein grosser Plan unter dem Entwurf sein müsse. Hallo erklärte sich diese Entfernung seines Fürsten von ihm auf das richtigste, und erfuhr unterdessen durch Eleonoren die angenehmsten Nachrichten von Berkewitz.

Die Freundschaft der beiden iungen Männer, welche ietzt im Besitz zweier der wichtigsten Rittergüter im Lande waren, ward mit iedem Tage enger und ausschliessender, und ihre Schwestern

folgten ihrem Beiſpiele. Albert hatte nur **einen**
Freund — Albertine nur **eine** Freundin. Keiner von allen that beinahe etwas ohne den andern.
So, wie ſie zuſammenkamen, unterhielten ſich
die iungen Männer über die neuen Anſtalten,
welche ſie auszuführen hatten, und die Frauenzimmer über ihre Haushaltungen. Glaubten
ſie denn zu iedem Theil ſich über ihre Materien
erſchöpft zu haben; ſo ward ihr Geſpräch allgemein, und ſtille Freude und ländliche Zufriedenheit breiteten ſich über die ganze kleine Geſellſchaft aus. Jeder ſchien den andern noch immer
tiefer ergründen zu wollen; und, ie mehr ſie in
einander eindrangen, deſto höher ſtieg ihre gegen-
ſeitige Hochachtung für einander. War denn
Eleonore dabei gegenwärtig; ſo ſas ſie unter ihnen
gleichſam wie eine Mutter von vier Kindern, und
genos von allen gleiche Werthſchätzung. War ſie
nicht zugegen; ſo pflegte das allgemeine Geſpräch
bald wieder aufzuhören, und Florenz hatte es
mit Albertinen, und Albert mit Florentinen, zu
ſchaffen. Oft brach die Nacht darüber ein; und
wenn man alsdenn aus einander reiſete, hatten
die iungen Männer ihren Scherz deshalb unter
ſich über einander.

Florentin hatte Albertinen von dem erſten
Tage an geſchätzt, an welchem er ſie kennen gelernt,
und Vater Hallo war ihm dadurch noch ehrwür-

diger geworden, daß er eine so schöne Tochter
hatte. Als er hernach freier und öfter Zutritt
zum Greise erhielt, und Gelegenheit hatte, in
das Innere seines gesammten Hauswesens einzu=
dringen, ward er immer mehr und mehr für sie
eingenommen. Ihre sanfte Munterkeit, ihr
geräuschloses Thätigsein, ihre holde Theilneh=
mung, ihre zärtliche Ehrerbietung für ihre alten
Eltern erhoben sie in seinen Augen über tausend=
mahltausend Personen ihres Geschlechts. Sie
schien ihm ganz dazu gemacht, die würdigste Gat=
tin eines Guthsbesitzers dereinst zu sein, welche,
in dem kleinen Zirkel ihres Hauses und ihrer
Freunde nach der grossen Welt sich nicht sehnend,
ihre Wirthschaft auf das vollkommenste verstehen
und die unterhaltendste Gesellschafterin ihres Man=
nes sein würde. Glückselig von allen Seiten
pries er den Sterblichen, welcher sie einst besitzen
würde; und, als sein Vater nicht mehr war,
dachte er mit allem Ernst darauf, dieser Glück=
liche zu werden. Die heitere und unzurückhal=
tende Albertine lies ihn über den Ausgang seines
Wunsches nicht lange in Zweifel. Noch hatte sie
nie empfunden, was Liebe sei; Florentin, der
herrliche junge Nachbar, lehrte sie dieselbe. Sie
empfing iede Aeuserung seiner Neigung zu ihr
mit iener sanften und erwiedernden Gefälligkeit, -
welche die Grenzlinien zwischen affektirter Spröd=

A 3

digkeit und buhlerischer Leidenschaft zieht, und die
der reinen und ungeschminkten Tugend allein eigen
ist. Nie dachte sie darauf, das, was sie bei seinen Zärtlichkeitsausdrücken für selbige empfand,
denen, welche Zeugen davon waren, zu verbergen. Das, was in ihrer Seele vorging, war
mehr Geheimnis für sie selbst, als für ihren Bruder und für ihre Mutter. Florentins Freundin
glaubte sie zu sein — Florentins Vertraute
glaubte sie zu werden. — Und so ward sie,
ohne den Gang ihres eigenen Herzens weiter zu
beobachten oder zu untersuchen, die Liebende, die
Unzertrennliche von ihm. War er abwesend: so
wünschte sie, daß er kommen möchte. Erwartete sie ihn: so wich sie nicht vom Fenster.
Kam er: so eilte sie mit offenen Armen ihm entgegen. War er da: so hatte sie auf Jahre lang
mit ihm zu reden. Reisete er wieder ab: so
wünschte sie, daß er ewig bei ihr bleiben möchte.
Sie ließ sich beobachten, und beobachtete nichts
von dem, was etwa weiter um sie her sich
entspinne.

Florentin war ein besserer Beobachter alles
dessen, was um ihn her vorging, als sie. Er
überzeugte sich fest davon, daß Hallo's trefliche
Tochter ihn liebe, und daß ihre Verwandte daran
ihr Wohlgefallen hätten. Ihr Bruder ward oft
von seinen Blicken belauscht, festgehalten, und

durchſpähet; und er entdeckte in ſelbigem den ſtil=
len und bis zur Furchtſamkeit beſcheidenen Ver=
ehrer ſeiner Schweſter. Die Geſinnungen der
letztern hierüber offenbarten ſich ihm leicht, und er
ſah einer nähern Vereinigung ſeiner und der Hal=
loſchen Familie von beiden Seiten entgegen.

So hielten ſich die Sachen auf beiden Thei=
len eine Zeitlang hin. Alle Punkte ſchienen
ſchon berichtigt, über alles ſchien ſchon eine ſtille
Uebereinkunft getroffen zu ſein, und es fehlte nur
an **einem** Manne, der von der Rede, von wel=
cher alle Herzen voll waren, den erſten lauten
Ton angäbe, und dadurch die gemeinſchaftlichen
Familienangelegenheiten auf ihren Endpunkt hef=
tete, an dem ſie lange genung geſchwebt hatten.

Florentin glaubte endlich, daß er, Alberts
Blödigkeit wegen, dieſer Mann ſein müſſe. Er
nahm ihn an einem ſanften und liebebegeiſternden
Abend auf die Seite.

„Mein beſter und vertrauteſter Freund,
warum wollen wir länger an uns halten? Alle
unſere Herzen ſind längſt voll von dem geweſen,
was ich ietzt ausſchütten will; es hat nur daran
gefehlt, daß einer von uns den Anfang machte,
das ſeinige zu ergieſſen. Sieh, wir lieben uns,
wie ſich Brüder nur lieben mögen. Unſere
Schweſtern folgen unſerm Beiſpiele, und ſind ſo
innig, wie durch die Natur, ſchon unter ſich ver=

A 4

bunden. Ich habe den Liebhaber der Deinigen
und den Beobachter beider zugleich seither gespielt.
Deine und meine Wünsche werden gewis erfüllt
werden, und es ist uns gewis nichts weiter übrig,
als daß dein ehrwürdiger Vater sie segne. Laß
uns unter unsern seitherigen Gesellschafterinnen den
Tausch treffen, nach welchem ihre und unsere
Seelen sich sehnen. Albertine lebe mit mir, und
Florentine mit dir. Eine edel, rein und wohl=
wollend, wie die andere, werden sie unsere Tage
beglücken, und uns in ihren keuschen Umarmun=
gen des Himmels Vorschmack finden lassen. Gren=
zen wir doch so dicht an einander; können wir doch
täglich beisammen sein; mithin entführen wir einer
dem andern die Schwester nicht. Unsere Ehen
bedürfen keine weitläuftigen Mitgiftbedingungen,
Auseinandersetzungen und Ausgaben. Wir tau=
schen die Schwestern; so wird die Deinige Besi=
tzerin meines Guths, und die Meinige des Dei=
nigen; mithin hebt sich alles gegen einander, wenn
du willst, und keiner von uns beiden berechnet sich
mit dem andern, keiner gibt an den andern etwas
heraus. Alles, was wir zu verabreden haben,
ist dies, daß wir mit vereinigten Kräften daran
arbeiten, unsere Güther zu verbessern, und die
auf ihnen wohnenden Menschen zu den Glückse=
ligsten in diesen Gegenden zu machen. Antworte
mir nun, Bester! — doch ich lese die Antwort

schon in deinen Augen. Komm, und laß uns
unsern Schwestern den Antrag thun, den sie uns
dem Herkommen nach nicht thun können, und als;
dann deinen Vater bitten, daß er uns alle als
seine Kinder umarme!"

Albert, der das Geschäfte, zuerst zu reden,
und den Ton anzugeben, iederzeit so gern andern
zu überlassen pflegte, fühlte sich durch den Vor;
grif seines Freundes im Antrag dermassen erleich;
tert, daß sich nun die Worte ihm im Munde zu drän;
gen begonnen, um seine ganze Seele gleichfalls
gegen Florentin auszuschütten.

„Ja, mein Freund und mein Bruder, laß
uns eilends gehen zu unsern Schwestern; — sie
sitzen dort auf der Rasenbank, und halten einan;
der die Hände, und schwatzen so vertraut, und
sehen sich einander dazu so fest ins Gesicht; —
und dann zu meinem Vater. Der Greis wird uns
in Liebe empfangen und mit seinen Segnungen dem
Himmel zuvor zu kommen suchen, der sich schon
öfnet, die seinigen über uns auszuschütten. Ach!
wie hast du so freundschaftlich meiner Verlegenheit
ein Ende gemacht! Wie klopfte mein Herz deiner
herrlichen Schwester so stark entgegen, und wagte
es nicht, sich ihr zu entdecken! — — Sieh,
sie bemerken uns schon. Die holde Umarmung,
in welcher wir fortwandeln und uns ihnen nähern,
lässet sie vielleicht etwas errathen. Sie brechen

A 5

Ihr Gespräch ab. Haben sie wohl mit uns über
einerlei Gegenstand unter sich geredet? Wie sie so
hold uns entgegenlächeln! — — Florentin,
Florentin, wir sind verrathen — durch uns selbst
verrathen. — — Aber — ich bitte dich —
mache du den Antrag."

Florentin antwortete Alberten durch einen
sanften Hindruck an sich, setzte sich neben Albertinen, und legte ihre Hand in die seinige. Albert
folgte seinem Beispiele, nahm den Platz neben
Florentinen ein, und umfaßte sie schüchtern. Florentin blickte ihn schalkhaftlächelnd an. Albert
war weg und ohne Sprache.

Florentin zu den Schwestern. Was Ihre
Herzen schon wissen und gutheißen, meine Theuren, das lassen Sie mich unter dieser schattenden
Buche Ihnen laut sagen! Mögen auch Brüder
sich herzlicher lieben, als wir, und Schwestern
sich zärtlicher, als Sie? Ein Geist himmlischer
Zuneigung und Eintracht wird von allen Seiten
über uns ausgegossen. O lassen Sie uns auch
dem sanftesten seiner Züge folgen, und hier Paar
um Paar die Verbindung festknüpfen, welche unser
allerseitiges Glück vollende! Albertine — Tugendhafte, Reine, Heitere, Erste die ich liebte,
werden Sie nun die Gesellschafterin meines Lebens! — Und du, Schwester, laß dem Redlichen deine Hand, welcher sie ietzt so bescheiden

und so warm umschließt. Der Allmächtige sei
hier Zeuge unserer Zusagen und segne uns!

Albertine gab dem jungen Wellmuth den ersten
Kus. „Es sei — mein edler Freund — ich
bin die Ihrige."

Albert umarmte Florentinen unter wenig
Worten, die Edelmuth seiner Seele ausdrückten,
und empfing von ihr die holdesten Versicherungen
einer ewigen Gegenliebe.

Lange schwiegen die Liebenden nun, und
schmolzen in Zärtlichkeit an einander hin.

Florentin. Schön ist dieser Abend durch die
Natur; noch dreimahl schöner macht ihn die Liebe
für uns. Erfüllt sind unserer Wünsche höchste
und unsträflichste. Vier Seelen, die ganz an
einander schweben und hangen — o wie mögen
sie sich die ganze Welt sein! Die Brüder haben
die Schwestern getauscht; die Schwestern die Brü‐
der. Ewige Eintracht wohne unter uns, und
Wohlthätigkeit gegen alle Menschen um uns her
verbinde uns täglich mehr und mehr. Laßt uns
die stillen, reinen Freuden des häuslichen Lebens,
der Freundschaft und der Liebe, und der ländli‐
chen Ruhe ununterbrochen genießen, die das
Schicksal uns darreicht! Morgen noch segne uns
Vater Hallo in seiner Laube; und dann wollen
wir uns ohne allen Verzug und Aufwand am Al‐
tare den Segen des Himmels erflehen.

Ein langer Spaziergang unter einer Kasta: nienallee ergötzte die Liebenden noch. Sie wan: delten Arm in Arm, und blickten in die Fernen ihres Lebens mit eben der Heiterkeit hin, · mit welcher sie in dem perspektivischen Schattengang hinsahen. Am Ende desselben ging der Vollmond auf, und warf seinen Silberglanz auf sie. Flo: rentin übernachtete mit seiner Schwester zu Ber: kewitz. Man beschlos, unter derselben Buche, unter welcher die Liebe den ersten Kus geweiht hatte, den schönen Morgen zu geniessen.

Mit Sonnenaufgang nahm der geheiligte Baum die Liebenden wieder in seine Schatten ein. Sie sassen in zärtlicher Umarmung, und unter voller Ergiessung der Herzen an ein: ander, als Eleonore, die sich wider ihre Gewohn: heit diesmahl früh auf den Weg gemacht hatte, in einiger Entfernung, ihre Kinder suchend, sich sehen lies. Florentin ward ihrer zuerst gewahr und sprang auf.

„Da ist unsere Mutter, laßt uns ihr ent: gegen gehen, und ihr eine der seligsten Stunden ihres Lebens bereiten!"

Eleonore näherte sich ihnen mit einer Mine der sanftesten Ahndungen. Alle vier drängten sie sich an sie hin. Jeder wollte der Erste sein,

welcher sie umfaßte. Die heitere Mutter sah
sich mit einem mahle von allen festgehalten, und
gab ihnen einen Blick, der sprach: ich weis
schon, was ihr mir sagen wollet . . . Floren=
tin verstand ihn.

„Würdige Frau, wir waren eben im Begrif,
uns auf den Weg zu Ihnen nach dem Berge zu
machen. Ein Vertrag, den wir gestern Abends
unter iener Buche aufgerichtet haben, machte es
uns zur Pflicht, Sie aufzusuchen. Sie kommen
uns entgegen —, welche glückliche Vorbedeu=
tung für uns!

Eleonore. O das ist schön, wenn ich Ihnen
einen Weg erspare. Es war mir auch wirklich
so zu Muthe; darum machte ich mich auch heute
früher, als gewöhnlich, zu meinen Kindern auf.

Florentin stotternd. Nicht erspart, liebe
Mutter. Wir machen ihn doch; und zwar mit
Ihnen. Sie sehen hier nichts, als Kinder.
Albert und ich wollen tauschen. Er überläßet
mir seine Schwester, und ich ihm die meinige.
Liebe waltet, lebt und webt in uns allen. Wir
bitten Sie hier unter freiem Himmel um Ihre
Zustimmung.

In diesem Augenblick war alles in voller
Umarmung.

Eleonore, im Taumel mütterlicher Freude,
wuste nichts hervorzubringen, als: Ach! Freude

über Freude! das hat mir geahndet. Gott will
es so. Wohl uns! das mus mein Mann gleich
erfahren."

Florentin. Ja, er soll es; und wir flehen
ihn alle zugleich um seinen Segen unter der Laube
an. Dank Ihnen, beste Mutter, für Ihre
Einwilligung in unser Glück!

Sogleich wandelte die ganze Gesellschaft dem
Berge zu. Die Liebenden hatten sich im Arm,
und die Mutter in ihrer Mitte. Vater Hallo
sas unter der Laube, und wartete, ob Gustaf
nicht käme. Sein Herz verschlos noch viel in
sich, das es gegen seinen Fürsten auszuschütten
hatte.

Eleonore, die zuerst an ihn hingeht. Du
bekommst einen Morgenbesuch, der dir lieb sein
wird. Horch auf, lieber Vater, und freue dich.
Lauter Kinder — wie du sie hier siehst.

Hallo. O willkommen in meiner Einsiede-
lei, ihr Lieben; setzet euch her zu mir!

Nur Eleonore setzte sich. Die Liebenden
blieben Paarweise vor ihm stehen.

Albert. Bester Vater — ich liebe Florentins Schwester.

Florentin. Und ich Alberts Schwester.

Wir sind einig über alles — fuhren die beiden jungen Männer fort.

Hallo, aus vollem Herzen. Und ich — ich
segne eure Liebe.

Die Schwestern drängten sich an den Vater
hin. Die Brüder an die Mutter.

Lange schwebten sie alle Hals an Hals.

Florentin. Ehrwürdiger Greis, ist es
Ihr Wille, daß wir vollziehen, was wir gestern
unter uns verabredet haben? — Ich lasse Florentinen zu Berkewitz, und nehme Albertinen
nach Wallstädt mit.

Hallo. Setzet euch erst in den Kreis um
mich her.

Albert ergrif Florentinen; Florenz Albertinen.
Sie setzten sich so, daß Hallo seine beiden neuen
Kinder zunächst um sich hatte. Er reichte ihnen
seine Hände.

„Meine herzlichgeliebten Kinder; was ihr
jetzt mir saget, das habe ich mir selbst schon gesagt.
Ich glaubte, daß Alles so kommen würde, und
freuete mich längst im Geiste darauf. Ihr könnet euch versichern, daß einem Alten, wie ich
bin, dicht am Grabe nichts Seligers wiederfahren
möge, als seine Kinder sich auf eine anständige
Weise verheurathen zu sehen. Da blickt er denn
in ferne Zukünfte hin, die er nicht mehr erlebt,
und preiset Gott für die Glückseligkeit, welche
seine Familie lange nach seinem Tode noch geniessen wird. Wie kann er anders, als Freuden-

thränen in den Schoos seiner Kinder dabei wei=
nen? Ich sehe von nun an meinen Sohn an der
Seite eines Frauenzimmers, welches ganz so ist,
wie ich wünschte, daß ihr gesammtes Geschlecht
sein möchte; und meine Tochter in den Armen
eines Mannes, den ich von dem ersten Au=
genblick an, in welchem ich ihn kennen lernte,
vor Tausenden seines Standes und Alters ge=
schätzt habe.

Ein biedermännischer Händedruck zu beiden
Seiten begleitete diese Urtheile des Greises.

„So sei denn dieser Tag einer der heiligsten
und frohesten meines Lebens; und mein Schöpfer
werde aus ganzer Seele für ihn von mir geprie=
sen! Ach! daß ich ihn erlebt habe, dafür will
ich diesem noch sterbend danken. Und ihr —
alle meine Kinder — o mit Vaterwonne nenn
ich euch so — seid beglückt, seid gesegnet von
Gott lange — lange noch, wenn ich in dieser
Laube schon verwesete Asche bin! — Doch hö=
ret euren Vater — euer Rathgeber, euer Freund
ist er. — Um froh zu leben, bleibt weise und
gut. Es sind warlich nicht Rittergüter, die
das Glück des Lebens ausmachen. Ein kleiner
Meierhof, auf dem Eintracht und Liebe wohnen,
schließt für seine Besitzer oft mehr und reinere
Freudengenüsse in sich, als iene. Der Ort, wo
wir leben, trägt zwar hie und da zu unserer Ge=
                                               mäch=

mächlichkeit bei; aber glücklich mus uns unser
eigenes Herz machen; und verlohren sind alle
Reize, die iener für uns hat, wenn unsere Seelen nicht durch Zufriedenheit zu einem heitern Ge-
nusse derselben gestimmt werden. Ihr habt mit
voller Freiheit eure Wahlen getroffen, und das
Schicksal selbst, das unsere Familien so unver-
hoft zusammenführte, arbeitet an der Ruhe unsers Lebens. O arbeitet iederzeit mit ihm zugleich
daran, dieselbe ewigdauerhaft zu machen! Lebet
in Eintracht und im Frieden. Dringt immer
tiefer in einander ein, und errichtet immer voll-
kommener unter euch iene Simpathie, die die
Grundfeste unzerstörbarer Freundschaft ist. Wenn
der erste schwärmerische Zeitpunkt vorüber ist,
in welchem die Liebe hohe Flamme zu schlagen
pflegt; so gehe sie in eine stille Glut über, welche die Tugend unterhalte, und die Sanftmuth
unauslöschlich mache. Werdet der ländlichen Einfalt und Geräuschlosigkeit nie überdrüssig, und
seid euch in euren beiden Familien die ganze
Welt. Zeichnet eure Tage auf allen Seiten mit
Ausübungen der Menschlichkeit gegen die Ein-
sassen eurer Dörfer, und gebet eurem Leben das
durch dieienige Beschäftigung und Abwechselung,
über deren Mangel die Leute, welche für die
sanftern Freuden keinen Sinn haben, auf dem
Lande so oft Beschwerde führen. Flösset euren

Kindern, wenn Gott eure Ehen mit solchen seg=
net, von Jugendauf die zärtlichste Freundschaft
gegen einander ein, und machet, daß sie selbige
wieder auf eure Enkel fortpflanzen; damit lange,
immerwährende Verbindung unter den euch nach=
folgenden Besitzern dieser Güther sei.   Ach!
heiter und selig ist nun mein Abend; und mit
dem sanftesten Frieden, mit welchem ie ein Vater
seinem Grabe entgegensah, blicke ich nach dem
meinigen hin, da Gott mir meinen letzten Wunsch
gewähret hat.   Versüßet mir meine letzten Stun=
den durch die angenehmsten Nachrichten von eu=
rer häuslichen Zufriedenheit, und bauet eine zahl=
reiche Nachkommenschaft.   Mein letztes Gebet
soll noch für eure Glückseligkeit geschehen; und,
wenn ich denn in dieser Laube schlummere, in
der ich euch heute segne: so kommet zuweilen
umarmt und umschlungen hieher, und gedenket
des Alten in feierlicher Liebe, und stärket euch
auf seinem Grabe in Redlichkeit und Treue gegen
einander.   Wir leben und lieben für mehr,
denn eine Welt.   Gott lasse des heutigen
Tags in unsern spätesten menschlichen Zukünften
uns noch getrösten!

Die Liebenden reichten alle ihrem gemein=
schaftlichen Vater unter den kindlichsten Bezei=
gungen ihrer Ergebenheit an ihn die Hand, und
legten in seinen Schos den frommen Wunsch nie=

der, daß er noch eine Zeitlang Zeuge ihrer mit iedem Tage nun noch zunehmenden Glückseligkeit sein möchte. Vater Hallo gedachte ihrer nothwendigen Auseinandersetzung auf beiden Theilen, und bot dazu seine Vermittelung an. Die iungen Männer fielen ihm aber in die Rede, und benachrichtigten ihn von der ganz einfachen und natürlichen Uebereinkunft, welche sie deshalb bereits getroffen hätten; und der Greis bezeigte seine vollkommenste Zufriedenheit darüber. Nicht weniger freute er sich über den klugen Entschluß seiner Kinder, das Fest ihrer Liebe ohne allen nuzlosen Aufwand zu feiern.

Hallo. Diese Laube war schon längst Tempel und Altar. Auf eures Vaters künftigem Grabe soll eure Verbindung vollzogen werden. Die erforderlichen Dispensationen dazu will ich bei Fürst Gustafen selbst auswirken. — — Da kommt er, wenn ich nicht irre, durch die Allee gesprengt....

Der Fürst war es in der That, und bei seiner Ankunft brach die kleine Gesellschaft aus der Laube auf, um während seiner Unterredung mit dem Greise die Annehmlichkeiten des Bergs zu genießen.

B 2

Guſtaf, nach zärtlicher Umarmung. Wer waren die, welche eben von dir gingen?

Hallo. Meine Frau, und meine vier Kinder.

Guſtaf. — Und deine vier Kinder? hum! du hatteſt ja deren immer nur zwei . . .

Bei dieſen Worten lächelte der Fürſt.

Hallo ergrif ſogleich dieſe Gelegenheit, ihm die neueſten Begebenheiten ſeiner Familie bekannt zu machen, und ihn um landesherrliche Erlaubniß ſowohl zu den Ehen ſelbſt als zu der auſſergewöhnlichen Art ihrer Vollziehung zu erſuchen.

Guſtaf, geſchwind. O mit wahrem Vergnügen gewähre ich dich deiner Bitte in ihrem ganzen Umfang. Unſtreitig müſſen dieſe Familienereigniſſe für dich die ſüſſeſte Freude bereiten, deren du am Abend deines Lebens noch empfänglich biſt. Wie ſollte ich nicht alles dazu beitragen, dir ihren Genuß zu erleichtern? Vor Abend ſollſt du noch ſchriftliche Dispenſation erhalten. Und da du ein Greis biſt; ſo thuſt du wohl daran, daß du nicht ſäumeſt, dieſe Freude ſo bald als möglich zu genieſſen. Eile, und lebe in deinen Kindern noch einmahl wieder auf.

In der Reſidenz war ſeit einigen Tagen alles in Bewegung. Fürſt Guſtaf, nachdem er den ganzen Plan zur Veredlung ſeines Volks nach den weiſen Rathgebungen Hallo's mit dem Wilhelmi entworfen hatte, ſäumte nicht, ihn ins

Werk zu setzen. Wilhelmi hatte mit Erlaubnis seines Herrn einige der einsichtsvollesten und patriotischgesinntesten unter seinen Kollegen erwählt, mit welchen er gemeinschaftlich die Ausführung des grossen Entwurfs betrieb. Sie statteten dem Fürsten an iedem Abend von den Fortschritten, welche sie darinn gethan, Bericht ab, und Gustaf hatte die Freude, zu sehen, daß durch ihre Klugheit manche Hindernisse, die er für unüberwindlich gehalten, glücklich aus dem Wege geräumt wurden.

Gustaf. Du hast mich lange nicht gesehen, Vater Hallo. Ich habe indessen wacker gearbeitet, und kann dir die angenehme Nachricht mittheilen, daß schon alles im vollen Gange ist. Ich dachte, daß ein Fürst, wenn er einmahl einen weisen und wohlthätigen Plan entworfen hat, keine Zeit versäumen müsse, ihn auszuführen. Es ist ihm auch wohl zu gönnen, daß er die Früchte seiner Arbeiten bald geniesse. Aber solltest du wohl glauben, wer unter allen, die bei der ganzen so segensvollen Veränderung und Umschaffung meines Volks mitwirken sollten, mir die grössesten Hindernisse in den Weg zu legen gesucht hat — — rathe einmahl!

Hallo, der sich nicht lange besann. Vermuthlich — die Geistlichkeit. — —

B 3

Guſtaf. Getroffen! getroffen! — Du
gabſt mir gleich anfangs einen Wink darüber;
allein ich beherzigte ihn nicht genung. Bei allem
meinem Zutrauen zu dir ſchien es mir immer
doch, als wäreſt du in deinen Urtheilen über dieſen Stand zu ſtrenge; nun bin ich deiner Meinung. Wenn ich auf dieſe Menſchen gehört
hätte: ſo wäre aus meiner ganzen Volksrefor-
mation nichts geworden. Bei der geringſten
Abänderung im äuſerlichen Gottesdienſt machten
ſie ein Geſicht, als wenn die ganze Religion zu
Grunde gehen ſollte. Sie haben wenigſtens
zehen ſchriftliche Vorſtellungen an mich gelangen
laſſen, mit deren gründlicher und zur Ruhe ver-
weiſender Beantwortung Wilhelmi ſich auf meinen Befehl alle Mühe geben müſſen. Sogar
haben ſie in Korpore meine Perſon ſelbſt ange-
treten, und ich habe ihnen aus Nachgebung eine
zwei Stunden lange Audienz zugeſtanden. In-
toleranz, blinde Anhänglichkeit am Siſtem und
am kirchlichen Schlendrian, Stolz und Habſucht
und wahre Unwiſſenheit über ihre eigentliche Be-
ſtimmung im Staat blickten auf allen Seiten
an den Mehreſten von ihnen hervor. Meine
letzte deciſife Antwort, welche ich ihnen gegeben,
war dieſe, daß ich alle ihre vorgebrachten und
geprüften Einwendungen nicht für hinreichend
hielte, mich zur Abänderung meines einmahl ge-

machten Plans bewegen zu laſſen; daß ich viels
mehr alles das, was ich mit meinen Miniſtern
lange überlegt und für gut befunden, ins Werk
zu ſetzen, feſt entſchloſſen wäre; und daß ſie ſich
durch ruhiges Nachdenken über die Gemeinnützig-
keit und Nothwendigkeit meiner Volksreform
dahin vermögen laſſen möchten, bei derſelben
nicht mir entgegen, ſondern vielmehr ihrer
Schuldigkeit und ihrem Gewiſſen gemäs be-
förderlich zu ſein. Bei dieſer Antwort has
ben ſie ſich nicht beruhigt; ſondern einige von
ihnen haben die Raſerei begangen, öffentlich wider mich zu predigen, und bei Gelegenheit eines
einzuführenden beſſern Geſangbuchs ſogar das Volk
gegen mich aufzuwiegeln. Als ich vollkommen
davon überzeugt ward, daß alle Bewegungen
unter meinen Bürgern und Bauern nur durch
ſie entſtünden; ſo muſte ich entweder meinen
Plan aufgeben, oder meiner Gelindigkeit gegen
dieſe Leute, welche das Anſehen der Religion
mißbrauchten, Grenzen ſetzen. Das letzte that
ich. Zehen derſelben habe ich auf der Stelle
ihres Amts entſetzt; noch einmahl ſo viel habe
ich ſuſpendirt. Ich habe ſie überzeugt, daß ſie,
die von mir eben ſo, wie alle übrige Diener im
Staat ihren Ruf empfangen, auch eben ſo, wie
dieſe, Gehorſam mir ſchuldig ſind. Ein Gedanke, der ihnen ſo paradox vorkam, daß ſie

ihn erst gar nicht fassen konnten. Nun fangen
sie an, ihn zu begreifen; und ich habe das Vergnügen gehabt, zu sehen, daß einige von ihnen,
die herrliche Köpfe sind, aber aus Furcht vor den
übrigen sich erst nicht unterstanden, mit der
Sprache ihres Herzens hervorzutreten, meinen
Ministern nun bei Einrichtung der ganzen Reform mit vollem Eifer die Hände bieten. Die
Vernünftigdenkenden unter meinen Unterthanen
verdanken mir meine Anstalten für sie schon laut,
und der Pöbel hört auf, dagegen zu murren,
seitdem ihn seine Priester nicht mehr aufhetzen.
Freilich bedarf es einiger Jahre, daß sich das
Volk erst an die Neuerungen gewöhne; allein
alsdann hoffe ich auch die seligsten Wirkungen
davon zu sehen. Genung, ich gebe meinen Unterthanen durch grossen Aufwand für sie That-
beweise, daß es mir nur darum zu thun sei, sie
mehr zu Menschen zu machen. — Mein Eifer darinn soll nie erkalten; und so wird es
mir endlich gelingen, allgemeinen Dank dafür
von ihnen einzuernDten.

Hallo. Zuverlässig werden Sie diesen empfangen, großmüthiger Fürst! und reichen Ihnen selbigen die Väter nicht: so werden die Kinder doch
Ihnen solchen widmen. Gott verleihe Ihnen Stand-
haftigkeit, und segne sie dabei! O Heil meinem
Vaterlande nach zwanzig Jahren! Heil mir, der

ich diese glückseligern Zukünfte ietzt schon von ferne
zu sehen von Gott noch gewürdiget werde!

Gustaf. Aber laß dir einen schmerzhaften
Vorfall klagen, den ich gestern wieder gehabt
habe. Einer meiner Kassenbedienten hat mich
bestohlen. Gestern hat Wilhelmi ihn darauf
ertappt, und sein Raub soll sich auf zweitausend
Thaler erstrecken. Er ist arretirt, aber nicht im
Stande, seinen Diebstahl zu ersetzen; und, wenn
alles, was er hat, verkauft wird, so möchte nicht
so viel herauskommen, daß seine Frau und Kinder auf ein Jahr davon leben können.

Hallo zuckte die Achseln, fragte nach dem
Namen des Treulosen, und als er diesen gehört,
ergriff er innigst bewegt die Hand seines
Fürsten.

„Menschlicher Fürst! nicht Rechtfertigung
der unedlen That dieses Mannes, sondern nur
Leitung für Sie auf einige zur Sache gehörige
Ideen, welche Sie aus sich selbst nicht schöpfen
können, soll es sein, was ich versuche; und denn
bei dieser Gelegenheit ein Wort von Wichtigkeit
über alle dergleichen Ereignisse.“

„Ich kenne diesen Mann. — Er ist wenigstens fünf und zwanzig Jahre lang schon am
Dienst. So viel ich weis, war er weder Trin-
ker, noch Spieler, noch sonst Verschwender. Auch
erinnere ich mich keiner Beschwerde, welche über

B 5

seine Amtsführung eingelaufen wäre. — Aber
— erwägen Sie — Vater von zehen oder eilf
Kindern iſt er, und hat dabei einen Gehalt
von hundert und funfzig Thalern. Als ledi-
ger Menſch hat er hiervon leben können; auch
wohl zur Noth noch in den erſten Jahren ſeines
Eheſtandes. Iſt es aber möglich, daß er nach
der Zeit eine ſo zahlreiche Familie mit ſo dürfti-
gen Einkünften ernähren mögen? Er wird unterdeſſen nicht ermangelt haben, um Verbeſſerung
oder Zulage anzuhalten; denn — es iſt unnatürlich, daß ein Menſch eher auf den Gedanken zu ſtehlen, als zu bitten, kommen ſollte;
auf ienen kommt er alsdenn erſt, wenn dieſer
ohne Wirkung für ihn bleibt; allein ſeine Vorge-
ſetzten werden vermuthlich ihm entgegen geweſen ſein, oder haben wenigſtens nicht für ihn
geredet.“

„Nun nehmen Sie an, Fürſt und Vater,
daß dieſem armen Manne in den letzten zwanzig
Jahren anfangs Jahrausiahrein funfzig, hernach
hundert, endlich hundert und funfzig Thaler
ſchlechterdings gefehlt haben, um mit allen den
Seinigen leben zu können, — und dis iſt in
der Stadt warlich nur mäſſig gerechnet — ſo
haben Sie die Summe von zweitauſend Thalern,
welche er bei Durchſicht ſeiner Rechnungen im
Rückſtande iſt. Woher hat er dieſe nach und nach

nehmen sollen? Eine Kasse hatt' er unter Händen. Verhungern konnte und wollte er die Seinigen nicht lassen. Natürlicher Weise grif er nach ihr. Und da er nun einmahl zur Untreue gezwungen ward; so ist es immer noch zu bewundern, daß er nicht mehr entwendete, als er ausdrücklich zum Unterhalt der Seinigen brauchte; denn, daß er dis nicht gethan, beweiset die Armuth, in welcher, wie Sie selbst sagen, seine Familie sich nun befindet."

„Und denn, bester Fürst, warum lies man diesen Unglücklichen vielleicht an zwanzig Jahre hingehen, ohne ihm seine Rechnungen abzunehmen? In kurzer Zeit kann er so eine Summe nicht entwendet haben; ich kenne die Einkünfte seiner Kasse. Er mus es auf die Art gethan haben, wie ich Ihnen vorhin beschrieb. Hätte man früher an die Abnahme seiner Rechnungen gedacht; so müste man ihn schon vor Jahren auf dem Betruge ertappt haben. Hat er nicht dadurch, daß man ihm keine Rechnungen abgefodert, sich gleichsam für angewiesen erkennen müssen, sich ferner dergleichen eigenmächtige Zulagen anzumassen? Ich kenne den Mann, welcher sie ihm jährlich hätte abnehmen sollen. Er genießt einen starken Gehalt dafür, und hat also nichts dafür gethan; denn, wie es mit diesem Kassenbedienten stehet, wird es wohl mit mehrern

stehen. Sollte ia Ersatz für das Fehlende in den
Rechnungen geleistet werden müssen; so würde
dieser nachläßige Kommissarius der erste Mann
sein, an den man sich deshalb zu halten hätte.
Länger, als einige Jahre, konnte iener Treuloser
seine Untreue nicht spielen, wenn dieser ein pflicht=
mäßigdenkender Diener war. Einen Betrug von
einigen Hunderten konnte iener alsdenn nur
machen; aber nicht einen Betrug von Tau=
senden."

„Ich heute an Ihrer Stelle, edeldenkender
Herr, würde die zweitausend Thaler, welche der
Unglückliche nach und nach im Rest geblieben ist, als
Zulage betrachten, die ich ihm von Zeit zu Zeit
bei einem so elenden Einkommen und bei der so
grossen Vermehrung seiner Familie schuldig gewe=
sen wäre; ich würde ihm diese also als bezahlt in
Rechnung passiren lassen, ihn in sein Amt wieder
einsetzen, und ihm so viel iährliche Zulage von
nun an freiwillig auswerfen, als er seinem eige=
nen Geständnis nach in dem letzten Jahre aus der
Kasse genommen. Wenn er denn wieder Untreue
beginge; so würde ich ihn erst für strafbar erken=
nen. Aber ich bin fest überzeugt, daß ich als=
denn auf immer den ehrlichsten Mann an ihm
haben würde; denn da man ihm nachrechnen kann,
daß er nie mehr genommen, als er gebraucht hat;
so ist es höchst wahrscheinlich, daß er alsdann gar

nichts mehr nehmen werde, wenn er nichts mehr
brauchen wird, oder mit andern Worten, wenn
er so gesetzt sein wird, daß er mit seiner Familie leben könne."

Fürst Gustaf schien durch diese Vorstellungen
erweicht. Vater Hallo fuhr fort:

„Ueberhaupt, bester Fürst, ist es einer der
ersten Grundsätze, nach welchen ein Regent, der
Treue und Arbeitseifer von seinen Dienern fodert,
handeln mus, daß er sie so setze, daß sie leben
können. Wenn dies nicht geschieht; so mus
natürlicher Weise daraus folgen, daß sie entweder
ihn selbst, oder ihre Mitbürger, bestehlen. Die,
welche öffentliche Kassen unter Händen haben,
greifen alsdann in diese; und da gestehe ich frei,
daß mir nichts widerspruchvoller in den Anstalten
eines Staats sei, als — auf der einen Seite
einem Manne nicht so viel Gehalt zu geben,
daß er leben könne, und auf der andern ihm
die Einhebung und Verwaltung fremder Gelder anzuvertrauen. Ist es nicht, als wenn
man ihm dadurch st. llschweigends die Koncession
ertheilte, sich an diesen zu vergreifen? Warlich,
wenn irgend Diener gehörig gesetzt werden müss-
sen, so sind es diese, welche öffentliche Gelder
unter sich haben! Noth und Gelegenheit sind
schon iede allein im Stande, Leute zu Dieben zu
machen. Was müssen sie nicht bewirken, wenn

sie gar beide beisammen sind? — Die, welchen Sporteln zugestanden sind, rechnen, wenn ihre Gehalte zu elend sind, entweder alles zu den Sporteln, oder sie übersetzen sie, und werden privilegirte Blutaussauger der Bürger und Bauern, der Wittwen und Waisen. — Und die, welche weder Kassen, noch Sporteln haben, machen im Fall, daß sie von ihren Gehalten nicht leben können, Schulden, die sie in Ewigkeit nicht wieder zu bezahlen vermögen.“

„Dis ist die wahre Lage der Sache, Fürst und Vater; und sie verdient Ihre höchste Beherzigung. — Nur alsdenn können Sie von Ihren Dienern fodern, daß sie alle ihre Kräfte ihren Aemtern widmen, und dabei rechtschaffene und ehrliche Leute bleiben, wenn Sie dieselben so setzen, daß sie sich und ihre Familien ernähren können. Ich habe oft meine Gedanken darüber gehabt, daß in diesem Lande die höhern und die niedern Diener des Staats nicht verhältnißmässige Einnahmen haben. Der größte Theil der letztern steht sich offenbar zu schlecht. Wenn diese Leute ihre Dienste bekommen; so denken sie wunder was sie erhalten. Sie sind mehrentheils alsdann noch ledig; und so geht es noch hin. Nun heyrathen sie und zeugen Kinder; und so hebt das Elend für sie an. Eine Zeitlang dulden sie es; hernach werden sie träge, verdrossen, lüderlich, treulos. Es

ist warlich nicht genung, zu sagen, daß ieder in
seine Lage sich fügen müsse, und daß derienige
nicht heyrathen solle, wer keine Kinder ernähren
könne. Der Staat mus ia die Ehen seiner Bür=
ger nicht erschweren, sondern erleichtern. Sol=
len denn unter allen seinen Einwohnern seine Die=
ner die einzigen sein, welchen die Freuden der
Liebe und des häuslichen Lebens, die die Natur
doch für alle ihre Kinder schuf, versagt sind?
Soll dis für den Mann, der dem Vaterlande
unmittelbar dient, der Lohn sein, daß er auf das
schönste Glück des Lebens, welches der Bauer
und der Taglöhner sogar vor seinen Augen genie=
sen, unnatürliche Verzicht thun müsse?"

„O Fürst, Gott überströme Sie in diesen
Augenblicken mit den sanftesten Gefühlen der
Menschlichkeit! — Unter Ihren höhern Dienern
sind viele, welche den Ehestand fliehen. Frühe
Wollust, die sie entnervt hat, machet sie scheu,
einer Tochter des Vaterlandes den Arm zu bie=
ten. Oder sie sind nicht tugendhaft genung, nur
ein Mädchen zu lieben, und befinden sich besser
dabei, im Lande umher zu buhlen. Unter Ihrer
niedrigern Dienerschaft aber sind viele, welche
sogar der Brodmangel drückt. Sollte nicht die
erste, natürlichste Proportion bei Vertheilung der
Gehalte an die Diener diese sein, in wie fern
ieder von ihnen viel oder wenig Menschen zu

ernähren habe? — Wozu empfangen iene ehe=
lose, unfruchtbare Höflinge so übermässigviel, wäh=
rend, daß Väter von zehn und zwölf Kindern auf
niedrigen Stellen darben? Als für iene ein so
grosser Gehalt ausgeworfen ward, nahm man
doch wohl auf den Aufwand mit Rücksicht, wel=
chen sie in der Residenz auf eine standesmässige
Unterhaltung ihrer Familien machen müsten?
Sind und bleiben sie nun ohne diese; wie können
sie verlangen, daß der Staat ihnen die Pflege-
kosten für Menschen bezahlen solle, die sie nicht
in ihren Häusern aufzuweisen haben?

Fürst, es ist in Ihren Händen, auch auf
dieser Seite eine für das Vaterland höchstsegens=
volle Reform zu stiften. Revidiren Sie die Ge=
haltlisten aller Ihrer Diener, und stellen Sie das
natürliche Gleichgewicht unter den Einkünften
Ihrer höhern und niedern Arbeiter wieder her.
Setzen Sie solche alle so, daß sie leben können;
damit sie gern und ganz arbeiten. Ihre Kam=
mer wird dadurch ganz und gar keine neuen Aus=
gaben erhalten, sondern die alten werden nur
richtiger vertheilt und angewendet werden. Es
ist ia gar nicht nöthig, daß die Salarien Ihrer
Diener immer dieselben bleiben. Wie kann ein
iunger, angehender Nachfolger in einem Amte
über Unbilligkeit, die ihm wiederfahre, klagen,
wenn er Anfangs nur halb so viel Besold

empfängt,

empfängt, als sein Vorfahr bei einer sehr zahlrei=
chen Familie zuletzt hatte? Nur alsdann kann er
erst diese Klage erheben, wenn ihm mit der Zeit
bei ähnlichstarker Familie ein ähnlichstarkes Ein=
kommen versagt werden sollte. Lassen Sie die
Besoldungen in der Masse steigen und fallen, in
welcher diejenigen, die sie ziehen, mehr oder
weniger Menschen zu ernähren haben. Glau=
ben Sie, lieber Fürst, daß dis zugleich eins der
sichersten Mittel sei, dem einreissenden Coelibat
unter Ihren Dienern Einhalt zu thun. Wenn
diese sehen werden, daß sie nicht mehr Besoldun=
gen empfangen, um Reitpferde oder Wagen und
Pferde, Lakaien und Kammerdiener, unge=
heuren Kleideraufwand und — — zu unter=
halten, sondern Frau und Kinder zu ernäh=
ren; so werden sie in das Gleis der Natur
zurückkehren, aus welchem sie der Luxus unsers
Zeitalters zum Schaden und Weh des Vaterlan=
des und der guten Sitten herausgeführt hat.

Es kann hiermit doch die Proportion beste=
hen, welche auf der andern Seite in Ansehung
der Höhe und Tiefe der verschiedenen Stände, der
mehr oder minder wichtigen Geschäfte in selbigen,
und des mit ihnen verbundenen Aufwands zu tref=
fen ist. Aber dis kann und darf freilich nicht
damit bestehen, daß ein einzelner Mann, der,
so wie er da ist, schon überflüssig für den Staat

ist, mehr empfange, als zehen andere, die dem
Fürsten und dem Vaterlande wahren Nutzen
stiften, und — dabei Väter zahlreicher Familien sind. Von jener Art sind gar oft diejenigen, mit denen es sich, wenn man sie bei ihrem
Karakter nennt, hinterher marschallt und iun-
kert. — Vergeben Sie mir diesen Ausdruck,
Landesvater! — Ein Greis spricht, wie es
ihm ums Herz ist. Die Glückseligkeit der Völker wird nicht eher zu Stande kommen, bis die
Fürsten alle die vornehmen Müssiggänger und Unnützen, welche sonst die Glorie ihrer Höfe
waren, ablohnen, und dagegen ihre für das
Beste des Vaterlandes wahrhaftig arbeitenden
Diener so setzen, daß sie ein menschliches Auskom-
men haben, und den Segen ihrer Arbeiten mit
dem Vaterlande zugleich geniessen. Ein weiser
und guter Fürst mus den Glanz seines Hofs in
der Glückseligkeit seiner Bürger und Bauern
finden. Wer Fürst ist, und nicht so denken
kann, den bedaure ich; — er ist ein unglücklicher Fürst; aber noch tausendmahl mehr bedaure
ich seine Unterthanen darüber, daß er ihr Fürst
ward. Erwecken Sie den Patriotismus in den
Seelen Ihrer begüterten Diener, daß sie, die
von ihrem Vermögen reichlich leben können, nicht
denen gleich besoldet zu werden verlangen, denen
das Schicksal sogleich bei ihrer Geburt kein so

glückliches Loos anwies. Jene müssen anfangen
zu denken, daß das Vaterland sie für ihre Dienste
durch ihre eigene Revenüen schon besolde, denn
ihre Güter und Schätze sind im Schosse desselben
von ihren Vorfahren durch des Vaterlands Freigebigkeit und Dankbarkeit einst für sie gesammlet worden. Sie selbst müssen nun erst etwas
dafür thun, und die Grille — die albernste
unter allen Grillen — mus weg, daß ein
Mensch schon belohnt werden könne, ehe er
etwas verdient hat, oder mit andern Worten,
daß ihm durch seine blosse Geburt schon ein
entscheidender Vorzug in der menschlichen Gesellschaft zuerkannt werde. Kein Vorurtheil
hat mehr Schaden auf dem Erdboden angerichtet,
als dis.

Setzen Sie endlich dem übermässigen Luxus
Schranken, welcher sich seit dreissig Jahren durch
alle Stände verbreitet hat. Es ist gewis, daß
darum, weil die Preise aller Waaren, die Be-
friedigungen unserer Bedürfnisse sind, gestiegen,
kein Diener mehr von der Besoldung leben
könne, von welcher seine Vorfahren, im vorigen
Halbjahrhundert lebten; aber es ist auch nicht
weniger ausgemacht, daß dieser Teufel, ich meine
den unbändigen Luxus, die grösseste unter allen
Verwüstungen des Wohlstandes in den Familien
bewirke. Er schaft in der menschlichen Gesell-

schaft jenen unübersehbaren Haufen von Betrü=
gern und Bettlern. Was sagt man damit, wenn
man ihn dadurch rechtfertigen will, daß er viele
Zünfte von Professionisten und Künstlern ernähre?
Dieser, welche nur durch ihn erst leben sollen,
können wir füglich entbehren. Das Opfer, wel=
ches zu ihrer Erhaltung gebracht wird, übersteigt
ihren Werth bis ins Unendliche; und es ist ihnen
ja freigelassen, andere Stände und Handthierun=
gen des Lebens zu ergreifen, in welchem sie dem
Staate für einen wohlfeilern Preis wesentli=
chen Nutzen stiften mögen.

Ach! hub Fürst Gustaf an, ich fühle die
Wahrheit alles dessen, was du sagst, Vater
Hallo! Du hast in wenig auf einander gedrängten
Sätzen ein herrliches Staatssistem für die Fürsten
entworfen, welches wohl verdiente, von einem
Patrioten einmahl recht ausführlich uns vorgelegt
zu werden. Glaube mir, aus einem solchen
Ton spricht man mit uns Fürsten gar nicht.
Die, welche uns umgeben, finden denn wohl
ihren Nutzen dabei, alles lieber so im Gange zu
lassen, wie es ist, und uns festglaubend zu
machen, daß die Sachen gerade so einen herrli=
chen Gang haben. Und — was darüber öffent=
lich gesagt oder geschrieben wird, das lesen —
nur unsere Unterthanen. — Vor der Hand
verspreche ich dir, die Gehalte aller meiner Die=

ner auf einen richtigen Fuß zu setzen. Der Un-
getreue, welcher gestern arretirt ward, soll dir
seine Freiheit zu danken haben. Ich will ihn
wieder auf seinen Posten gehen lassen, und ihn
der Nothwendigkeit überheben, mich weiter zu
bestehlen. Ich will ihm geben, was er braucht.
Man soll alsdenn ein wachsames Auge auf ihn
haben. Möchte ich deine übrigen Vorschläge eben
so schnell ausführen können! - Doch ich will den
Anfang machen, und an meinem ganzen Hofe den
Ton einer edlen Simplicität einführen.

Hallo mit Enthusiasmus. Das ist der rechte
Weg. O wie wahrhaftiggros ist die Seele eines
Fürsten, die ihn so aus sich selbst findet! Be-
treten Sie denselben! Beharren Sie auf ihm!
Ein Fürst ist der einzige Mensch noch, der —
Wunder thun kann; nehmlich — durch sein
Beispiel . . . . .

Der Fürst. Da kommen deine Kinder wieder. — Lebe du heute für sie, und wünsche Ihnen in meinem Nahmen recht viel Glück.

Hallo neigte sich mit gestärkter Ehrfurcht und
Liebe an seinen Fürsten hin, und sah ihm so lange
nach, als er konnte.

———

Das ist ein herrlicher Mensch — sprach
der Greis, als seine Kinder an ihn herkamen, und

er eben seine Blicke von der Residenz zurückwen=
dete — werth, Herr über Millionen zu sein,
und seinen Willen zum Gesetz für sie zu machen;
denn — er hat ein Herz, das Millionen glück=
lich zu machen wünscht, und — einen Kopf,
der seinem Herzen dabei die zweckmässigste
Richtung gibt. Er lebt mehr für andere, als er sie
für sich leben lässet, und fühlt ganz die Grösse
seines Berufs. Unter seinem Regiment wird dis
Land noch zu einem der glückseligsten des Erdbodens
werden. Ach! betet für ihn, daß sein Leben
länger werde, als das Leben dreier seiner Vor=
fahren! — Möchten, ach! möchten die Für=
sten alle so sein, wie Er! So wäre die Welt
glücklich!

Hallo ertheilte seinen Kindern alsbald die frö=
liche Nachricht, daß ihren Verbindungen weiter
kein Hindernis im Wege sei, und trug ihnen an,
gleich Tags drauf dieselben zu vollziehen. „Ich
bin längst zum Tode reif, sprach er; ein Greis,
wenn er noch irgendwobei Zeuge sein will, muß
eilen, es zu sein. Und ihr gönnet mir doch wohl
die Freude, das Fest eurer Liebe noch mit euch
zu feiern?“

Die Liebenden waren von ganzem Herzen sei=
ner Meinung. Mutter Eleonore aber hatte viel
dagegen einzuwenden. Eine Braut, meinte sie,
müsse doch wohl in einem neuen Kleide getrauet

werden. Die Torten müſten auch beſtellt wer=
den; die Puter wären noch nicht fett; Trau=
ringe wären auch nicht fertig; Gäſte müſten doch
auch gebeten werden.

Der Greis lachte recht herzhaft, und nahm
ſie bei der Hand. „Mutter, ſagte er, laß Tor=
ten Torten ſein. Ringe haben wir ja wohl noch
von alten Zeiten her; ob die Nahmen darauf
anzutreffen, oder nicht. Die Puter laſſet euch
wohl ſchmecken, wenn ſie fett ſind. Die Klei=
der, welche wir jetzt anhaben, ſind gut für uns
alle. Und — Gäſte — ſind wir genung unſern
Kindern. Es bleibt dabei, morgen iſt Hochzeit:
Und zwar hier unter der Laube. Noch ſingen
die Vögel; und ſo haben wir — Tafelmuſik.—
Kinder, kommt morgen um dieſe Zeit alle wieder
hieher; einen Pfarrer ſollet ihr finden.

Eleonore muſte nun wohl nachgeben. Doch
beharrete ſie dabei, daß es ihr im ganzen Lande
verdacht werden würde, daß ſie ihren Kindern
eine ſo armſelige Hochzeit ausrichte.

Hallo, liebreich. Mutter, andere Leute
haben uns keine Vorſchriften zu machen. An die
Mode kehre ich mich nicht, wie du weiſt. Viel
Eltern thäten klüger! wenn ſie das Geld, wel=
ches ſie auf Ausrichtung groſſer Hochzeiten ver=
ſchwenden, ihren Kindern am Hochzeittage lieber
baar auszahlten, um davon einen guten Anfang

zu Einrichtung ihrer Wirthschaften zu machen.
Es iſt nichts alberner, als bei ſolchen Gelegenhei=
ten groſſe Summen unnützer Weiſe verkleiden
und verſchmauſen. Ich will es euch nicht weh=
ren, daß ihr nach der Hochzeit ſo oft zuſammen
tanzet, und euch luſtig machet, wie ihr wollet;
aber für mich iſt dis keine Sache mehr. Ob
wir es ietzt dazu haben, oder nicht, iſt die Frage
nicht; genung — ich bin nahe am Grabe —
wer mich zur Hochzeit haben will, mus bald
Hochzeit machen; — — Doch laß uns von
dieſen unbedeutenden Kleinigkeiten abbrechen! Wir
haben von wichtigern Dingen zu reden. Her=
zensmutter! welche Gnade erweiſet uns Gott noch
in unſerm Alter, daß unſere beiden einzigen Kin=
der, welche auf der Welt unſer höchſtes Guth
ſind, ſich vor unſern Augen nach unſern
Wünſchen verheirathen! Sieh, nun haben wir
alles von ihm erhalten. Laß uns alle die Wege,
welche uns ſeine Fürſehung geführt hat, in tief=
ſter Anbetung verehren! Wir werden nun bald
die Stelle räumen, welche wir hienieden einge=
nommen haben. Aber welche Wonne für uns,
daß nun unſre Kinder auf ſie würdig und glücklich
hintreten, und alle die Seligkeiten als Recht=
ſchaffene genieſſen, welche wir genoſſen haben!
Laß uns recht inbrünſtig für ſie beten! — ſieh,
dis iſt das, welches ſich an ihrem Hochzeittage

für uns schickt. Las es uns noch sterbend für
sie thun! Wenn dann unsere Stunde kommen
wird; so nähern sie sich Paar und Paar unserm
Sterbebette, und erquicken uns durch ihnen seg=
nenden Anblick. Vielleicht gewährt uns — oder
wenigstens dir doch — Gott noch eine Zeitlang
das höchste irrdische Glück, Zeuge ihrer täglich
mehr zunehmenden Wohlfart zu sein. Vielleicht
erblickst du noch Enkel; o und dann werden noch
nie empfundene Freuden durch deine Brust strö=
men, und du wirst, wenn du sie auf deinen Arm
nimmst, an dein Herz drückst, und sie in deinem
Schoose zu sanftem Schlummer einwiegst, der
ganzen Welt vergessen. Gott! ich blicke iezt
schon in solche Zukünfte hin. Mein Leben dünkt
mich weit länger, als es wirklich währen wird;
und ich habe noch nie frohere und religiösere
Augenblicke gehabt, als die gegenwärtigen.
Sprich du noch recht viel als Mutter mit
Albertinen; ich will es als Vater auch mit
Albert thun.

Hallo ersuchte einen benachbarten Prediger,
der ein sehr helldenkender Kopf war, des folgen=
den Tags zu Mittage bei ihm zu speisen und da=
bei in seinem ganzen Ornat zu erscheinen. In
feierlichster Andacht verrichtete er am Hochzeit=
morgen sein Gebet unter der Laube, und erflehete
seiner Familie die Segnungen des Vaters der

Menschen. Aus dem Umgang mit Gott ward
er in die Umarmungen seiner Kinder versetzt, wel=
che schon über den Berg her ihm entgegen kamen.
Keusche, tugendhafte Liebe lächelte aus ihren Blie=
cken, und reine, himmlische Fröhlichkeit lies sie
ihre Schritte verdoppeln. Simpel geputzt, in
weissen Kleidern mit Roseauband, die Haare
in natürlichen Locken um die Schultern schwebend,
und einen Blumenkranz um den Huth, gingen
die edlen Bräute einher, und wurden von ihren
Liebhabern geführt. Vater Hallo nahm die bei=
den jungen Männer mit sich in die Laube; wäh=
rend, daß Eleonore mit ihren Töchtern sich un=
ter ein nahes Berceau begab. Das Gespräch,
zu welchem der Greis Abends vorher die Ma=
terialien gesammlet, und seiner Gattin mitge=
theilt hatte, dauerte auf beiden Seiten einige
Stunden lang. Als es vollendet war, stellte sich
der eingeladene Priester ein. Hallo ersuchte ihn,
die beiden Brautpaare, so wie er sie hier sähe,
ohne weitere Formalitäten sogleich unter der Lau=
be zu kopuliren. Der Theolog hielt den ganzen
Antrag für Scherz. Als der Greis aber in vol=
lem Ernst auf seiner Bitte beharrete, machte er
die Einwendungen dagegen, welche jeder Mann
in seiner Lage machen muste. Hallo zog die
Dispensation des Fürsten hervor, und überlies sie
ihm auf jeden Fall zu seinem Gebrauch. Der

Prediger las, und sprach: „Wenn mein Fürst es bewilligt, wie sollte ich mich nicht freuen, eine so schöne Amtsverrichtung zu vollbringen! Gott mache Ihnen allen diesen Tag zu einem der seligsten Ihres Lebens!"

Der Greis ging voran in die Laube, und die übrigen folgten ihm. Er knieete nieder, und Eleonore that, wie er, auf der andern Seite. In dieser andächtigen Lage blieb er die ganze Trau=handlung über, und Freudenthränen schlichen häu=fig von seinen Wangen herab! Der Prediger that ein Gebet voll Kraft und Salbung, hielt eine gedrängte, männliche Ermahnung an die Liebenden, gab sie zusammen und segnete sie ein. Chöre von Nachtigallen schmetterten dazu. Jeder drängte sich nach vollbrachter Handlung an den Alten hin, der noch immer auf seinen Knieen lag und seine Hände gen Himmel faltete. Von allen Seiten ward er umarmt. Er breitete seine Arme weit auseinander, und rief aus: „Vom Himmel Segen über euch, meine Kinder — ach! meine vier lieben Kinder! Gott stärke euch in Erfüllung eurer Pflichten gegen einander, und vereinige eure Herzen immer mehr und mehr! Auf meinem Grabe habt ihr euch verbunden; wie könntet ihr ie aufhören, euch zu lieben? Blei=bet rechtschaffen und vertrauet auf Gott; so wird Ruhe und Heil das Loos eurer Tage sein!"

Der Alte ward von seinen Kindern in die Höhe gehoben, und lange fest umschlossen. Der Prediger konnte sich bei diesem Anblick der Thränen nicht enthalten. O könnte ich, sprach er, bei allen meinen Amtsverrichtungen Menschen finden, die ihnen mit so viel Würde und Empfindung beiwohnten: so wäre ich als Prediger der glücklichste Mann! — Nach einer Promenade um den schattigten Theil des Bergs setzte sich die ganze kleine Gesellschaft zu Tische. Eine frugale Mahlzeit, von Eleonoren besorgt, sättigte sie, und heitere Gespräche ersetzten den unnützen Ueberfluß der Tafeln der Reichen. Ein Bedienter von der fürstlichen Kellerei trat herein, und überlieferte an Vater Hallo im Nahmen Gustafs einen Flaschenkorb voll der schönsten Weine. Man trank, und — blieb bei Verstande. Gegen Abend erfolgte die Trennung. Eine feierliche, das Seeleninnerste bewegende Stunde für den Greis! Er wand sich aus den Armen seiner Kinder, fiel wieder in sie zurück, und wand sich wieder aus selbigen. Er blieb an Eleonorens Hand noch lange nachher stehen, und schauete seinen Kindern nach, von denen das eine Paar nach Berlewitz, das andere nach Wallstädt, fuhr.

Gleich des folgenden Tags hatte er wieder Besuch von ihnen, und ergötzte sich an den unaufhörlichen Umarmungen, in welchen sie unter

einander schwebten. Er sank an Eleonorens
Brust, und sprach lächelnd: „Mutter! sieh unser
Bild vor langen Jahren! wie segnet uns Gott,
daß er es uns in unsern Kindern noch einmahl ans
schauen lässet! Träume dich zurück mit mir in iene
Zeiten. Wie dürftig waren wir da, und wie zus
frieden und glücklich doch dabei! Wäre es uns da
glaublich gewesen, daß wir nach einer so langen
Zeit auf einem eigenen Guthe einen so himmlis
schen Abend unsers Lebens haben sollten? Ach!
lasse doch Gott unsere Kinder ihr heutiges Bild
auch nach Jahren in unsern Enkeln wieder sehen!"
Die Herzlichkeit, mit welcher der Greis diese
Worte sprach, und seine Geistesheiterkeit dabei
waren unaussprechlich.

Florentine schlug vor, daß sie als neuanges
kommene Frau auf dem Guthe den sämtlichen
Einwohnern zu Verkewitz ein ländliches Fest aus=
richten wolle; damit diese Leute, an die das Ver=
gnügen so selten genung komme, nicht ganz leer
bei der Heirath ihres Herrn ausgingen, und
gleich anfangs eine gute Meinung von ihr fassen
lernten, in der sie selbige in der Folge ihres Lebens
zu bestärken trachten würde. Hallo erwiederte
ihr, daß sie ihm mit ihrem Vorschlag nur um
einige Augenblicke zuvorkomme, und daß er, so
wenig er den unnützen Aufwand in der Kleis
dung und auf den Tafeln bei Hochzeiten leiden

könne, doch von ganzem Herzen dafür sei, daß
man lieber seine Gutthätigkeit auf solche Art bei
dergleichen Gelegenheiten beweise, und Leuten,
die in beständigen mühseligen Arbeiten lebten,
auch einmahl einen freien und fröhlichen Tag
mache. Albertine versprach, in der Woche darauf
dem Beispiele ihrer Schwägerin zu Wallstädt zu
folgen.

An dem Freudentage zu Berkewitz versamm=
leten sich die Bauern iung und alt unter einer
hohen Linde, die mitten im Dorfe stand, und
unter welcher ihnen Florentine ein reichliches
Mahl und einen grossen Tanzplatz hatte zube=
reiten lassen. Nahe dabei war ein Zelt aufge=
schlagen, welches Eleonoren und alle ihre Kin=
der, als Zeugen von der Lustbarkeit dieser so
herzlichfrohen Landleute beherbergte. Die Gäste
liessen es sich tapfer schmecken, und tranken un=
ter lautem Freudengeschrei auf das Wohlsein
ihrer — besonders heute — so gnädigen
Herrschaft. Florentine machte selbst die Wir=
thin, und trug von iedem Artikel reichlich aufs
neue auf, sobald derselbe hier oder da ausging.
Die Bauern, und besonders die Weiber, liessen
solche, so oft sie an dieselbe kam, nicht aus den Au=
gen, und recensirten sie nach ihrer Art. Flo=
rentine hörte mannichfaltige überaus naife Urtheile
über sich, und freuete sich nicht wenig, als

sie von der ältesten Bäurin die Worte vernahm: „Jo, sie sollt doch wol recht gut mit uns mönen; sie siht io so ut." Nach geendigter Mahlzeit sah sie sich von allen ihren Gästen umringt, gedrängt, befaßt, behändedrückt. Vermöge ihrer natürlichen Gutherzigkeit fesselte sie bald aller ihre Seelen an sich; und die iungen Bauerkerle fingen für Freuden schon an zu tanzen, ehe noch einmahl die Musik erklang.

Die Geigen wurden gestrichen. Die Reihen der Tänzer zogen sich. — Vater Hallo erschien unerwartet. —

Die Geigen verstummten. Die Tänzer ließen einander los, und zogen ehrerbietig ihre Hüthe ab. — Jetzt erblickten den Greis erst seine Kinder.

Von ihren Armen umschlossen, und auf das sichtbarste durch sie überzeugt, daß er ihnen durch seine unerwartete Dazukunft die höchste Freude dieses Tags gewähre, sprach er: „Mein Herz zog mich zu euch her. Ich konnte mir es vorstellen, daß ihr heute ein recht menschliches Vergnügen genösset, und wollte Zeuge davon sein. Wenn ich ietzt sehe, wie euch diese frohen Landleute ihre Dankbarkeit für die kleine Freude bezeugen, welche ihr ihnen heute machet: so will ich mich in iene Zeiten hindenken, in welchen sie euch ihre ganze Glückseligkeit ver=

danken werden, und ich schon lange nicht mehr
bin. Für einen abgelebten Greis, der sein
ganzes Leben hindurch unter Städtern und Hof-
leuten nichts, als affektirte Fröhlichkeit gesehen
hat, ist der Anblick der natürlichen Aeuserungen
einer recht herzlichen Heiterkeit, den Bauern
ihm reichen, wahrhaftig erquickend.

Darauf wendete er sich folgendermassen an
die ganze versammlete Gemeine: „Lieben Leute,
fürchtet ihr nicht, daß ich in eurem Vergnügen
euch zu stören gekommen bin. Ich bin gekommen zu sehen und zu hören, wie ihr recht munter tanzet, und recht aus dem Herzen dazu sin-
get. Machet euch lustig und seid gutes Muths.
Euer Leben ist arbeitvoll und mühselig genung,
und ihr habt diesen Tag in den vergangenen
Wochen dreimahl verdient. Nur bleibt Menschen bei eurem Vergnügen, und schändet euch
nicht durch Völlerei und Toben. Niklas und der
Schulze werden schon Acht darauf haben, daß
alles fein ordentlich zugehe, und die Alten werden den Jungen mit gutem Beispiel vorgehen."

Niklas gab sich bei diesen Worten ein Ansehen, als wenn er Inspektor über die ganze
Gemeine würde; und doch sah man es ihm an
seinen wider die Natur glühenden runzlichten
Backen an, daß er bei Tische es mit der Ge-
sund-

sundheit seiner gnädigen Herrschaft sehr brav ge=
meint habe.

Musik, Tanz und Gesang huben nun in
voller Masse an. Vater Hallo führte Eleono=
ren in den Reihen, und wackelte greismäßig
einige Minuten mit ihr herum. Darauf machte
er mit einem rosenfarbigen Bauermädgen, die
ietzt Braut war, einen kleinen Tanz, führte sie
ihrem Geliebten zu, und setzte sich unter das
Zelt. Die Bauern wurden von Herzen lustig,
blieben aber doch dabei in den Schranken der
Ehrbarkeit; und, wenn ia irgend einer von ih=
nen einen kleinen Seitensprung aus selbigen mach=
te: so schlug Niklas mit beiden Fäusten auf den
Tisch, welches das abgeredete Signal war, daß
ieder sich ordentlich verhalten sollte.

Der Greis konnte sich an den Ausdrücken
der Fröhlichkeit des rüstigen Landvolks, welche
lauter Natur waren, nicht satt sehen. Er sprach
zu seinen Kindern: „Sehet, den Vorzug haben
die Leute in den niedrigen Ständen des Lebens
vor uns, daß sie das Vergnügen so recht ganz
und über und über genießen. Dis macht, daß
sie so selten daran kommen. Wir genießen zu
viel. Wo wahrer Geschmack am Essen statt
finden soll, da mus schlechterdings Hunger erst
vorhergehen. Wir verstehen uns gar nicht recht
auf unser Glück; sonst müsten wir die erste Re=

gel für unsere Lebensgenüsse darinn festsetzen, daß
wir öfter recht hungrig würden. Alsdann
schmeckt man erst mit wahrer Wollust; und dis
ist mir immer der in die Augen fallendste Beweis davon gewesen, daß in allen unsern unan-
genehmen Empfindungen die wahre Quelle
unserer angenehmsten entspringe. So oft es
uns, unserer gewöhnlichen Art zu reden nach,
in der Welt übel geht, sollte dis allemahl unser
erster Gedanke und Trost darüber sein, daß das
Schicksal sich ietzt damit befasse, uns hungrig
werden zu lassen; damit wir hernach das
Leben und seine Freuden recht schmecken sollen.
Laßt uns der Fürsehung dis ablernen, und zuweilen, wenn auch Genüsse in Menge für uns
da sind, uns derselben weise enthalten; so werden wir im ersten, den wir hernach wieder schöpfen, dasselbe Vergnügen empfinden, welches der
Mann empfindet, der von Schmerz zur Freude
Uebergang hält. Wir haben alsdann sein Vergnügen, ohne es so durch Leiden erst erkaufen
zu müssen, wie er. Wenn man so, als selte-
ner Geniesser, dann einmahl die Freude ganz
von Herzen schmeckt; so erreichen unsere Ge-
nußausdrücke auch denienigen Grad von Natür-
lichkeit, welchen ihr an diesen tanzenden Lands-
leuten ietzt sehet. Sagt, kann der pompöseste
Ball an den Höfen so viel und so sanften Reiz

für den Zuschauer haben, als diese ungekünstel-
ten Tänze wahrhaftigfroher Bauern? Geht
der Geist der Freude, der hier nicht blos herrschen soll, sondern in der That und recht
allgewaltig herrscht, nicht unaufhaltsam auch
in uns über? Ergreift er uns nicht mit voller
Kraft? Dort sieht man den Höflingen den Zwang
recht an, den sie sich thun, um fröhlich sein zu
wollen, und fröhlich zu scheinen. Hier sind
es die Leute, ohne darauf zu studiren, wie sie
es ausdrücken wollen. Seht nur einmahl iene
luftigen Sprünge, ienes unaffektirte biedermännische Ausbreiten der Arme nach einander, ienen
herrlichen Takt der Natur, der sich an die Geigen
nicht kehrt. O Kinder, Kinder, macht euch
iährlich einmahl diesen treflichen Anblick, und
feiert so das Fest eurer Liebe, wenn Hallo nicht
mehr Theil daran nehmen kann. Für dieses
Vergnügen, welches ihr mir heute gewährt habt,
danke ich euch herzlich."

Der Greis harrete noch einige Stunden,
und ward noch immer aufgeräumter. Beim
Weggehen gab er iedem von dem anwesenden
Landvolk bis auf das kleinste Kind, einen Laub-
thaler und sprach dazu: „Den nehmet, und
legt ihn Familienweise zusammen, und kaufet
euch dafür ein gut Hausgeräth! und das hebet
auf zum Andenken meiner Kinder." Vater

D 2

Hallo verbat alle Begleitung; und, als er eine
Strecke fortgegangen war, hörte man ihn in der
Ferne ein fröhliches Lied anstimmen.

Kam es dir nicht zuweilen auch so vor, fragte
Albertine ihren Bruder, als wenn die Hände uns
sers Vaters sehr zitterten? — „Allerdings, antwortete Albert, aber nur anfangs. Als er hernach so vergnügt ward, habe ich nichts weiter an
ihm bemerkt." — Die Freude stärkte ihn —
versetzte Florenz.

Das frohe Landvolk schwärmte bis um Mitternacht unter der Linde. Als sie den Tanzplatz
verliessen, umringten sie Florentinen, und küßten
ihr von allen Seiten her den Rock.

Die Edle sprach: „Ich freue mich, daß es
euch hier so wohlgefallen hat. Dis kleine Vergnügen, das ich euch heute mache, diene euch
zum Pfande darüber, daß ich mit meinem
Manne in Zukunft zu eurer wahren Glückseligkeit alles beitragen werde. Schlafet nun recht
herzlich, und arbeitet morgen alle wieder wacker!"

Niklas rief aus: Wer nun morgen nicht
recht fleißig sein wollte: der wäre ein Schurke!

Gustaf fuhr fort, an heitern Sommermor-
gen seinen alten Diener unter der Laube zu besuchen, und bediente sich bei seinem Eintritt zu

ihm oft der Worte: „Vergib mir, daß ich schon wieder deine Ruhe unterbreche. Ich mus dich nutzen, weil ich dich noch habe." Ein hohes Gefühl seines Werths pflegte alsdenn den Greis zu durchdringen, und er erwiederte darauf mehrentheils: Das ist die **Thätigkeit**, welche den Alten noch obliegt, daß sie, wenn sie nichts mehr ins Werk setzen können, doch gern noch guten Rath geben sollen.

Eines Tags erzählte der Fürst gleich bei seiner Ankunft dem Greise unter Aeuserungen eines hohen Grads von Unwillen über eins seiner Landeskollegien, daß ihm ein alter Bauer mitten in den Weg, den er geritten, getreten sei und beide Arme weit auseinander gestreckt habe, um ihn desto gewisser aufzufangen und anreden zu können. Weit entfernt, daß er sich hiedurch hätte für beleidigt halten sollen, konnte er vielmehr nicht Worte genung finden, die Treuherzigkeit dieses Alten und den ganz eigenen natürlichen Stil, in welchem ihm selbiger seine Ehrfurcht und Bitte zugleich zu erkennen gegeben, zu beschreiben.

Hallo ward hier unvermuthet zu einem seiner Lieblingskapitel geleitet, und unterbrach in vollem Affekt seinen Fürsten: „O glückselig das Land, wo jeder Unterthan seinen Fürsten finden kann, und es ungestraft wagen darf, ihn auf

D 3

freiem Felde anzutreten! Gut und gros ist der
Fürst, der so ganz, wie er soll und mus, den
Vater macht, und seinen Kindern freien Zutritt
zu seiner Person verstattet! Es ist unnatürlich,
wenn es dem Unterthan zum Verbrechen gemacht werden soll, mit seinem Regenten selbst
reden zu wollen. Ist denn sein Gebet zu Gott
ein Verbrechen? Wie kann er dadurch sündigen, wenn er seine Bitte in den Schos seines
Fürsten ausschüttet? Ist dieser nicht dazu da,
daß er ihn anhöre? Braucht es hierzu mehr Beweis, als den einzigen Gedanken, daß er Fürst
ist? Ist ein Fürst mehr, als Gott — der alle
Menschen vor sich kommen lässet? Ist des Fürsten gröste Ehre nicht, Gotte nachahmen? —
Und gesetzt, der Unterthan bittet so, daß ihm
nicht gewillfahret werden kann; so wird ihm keine abschlägliche Antwort mehr beruhigend sein,
als die, welche er aus dem Munde seines Herrn
selbst empfängt. Das höchste Vertrauen machte
ihn stark, denselben anzureden; so wird ihn eben
dasselbe auch überzeugen, daß sein Fürst ihm
gern gewillfahret hätte, wenn es möglich oder
schicklich gewesen wäre. Es ist unaussprechlich,
bester Fürst, was für Vortheile daraus erwachsen, wenn ieder Unterthan vor seinen Regenten
kommen kann. Die innigste Liebe des Volks
wird dem Fürsten dadurch zu Theile. Der Un-

terthan schätzt das Glück, mit seinem Herrn re;
den zu dürfen, höher, als die Gewährung seiner
Bitte selbst, wenn ihm diese wiederfährt. Er
redet Jahre lang von der leutseligen Aufnahme,
die er bei demselben gefunden, und von der gü;
tigen Herablassung des Regenten gegen ihn. Er
merkt Tag und Stunde davon in dem Geschicht;
buche seiner Familie an, und feiert sie nach vielen
Jahren mit seinen Kindern noch. Und — die
allgemeine Gerechtigkeitspflege ist dem Volke in
keinem Lande sicherer, als da, wo es unmittel;
bar ten Herrn antreten darf. Kein Beamter,
kein Vorgesetzter, kein Richter, kein Rath in
den Kollegien, kein Minister wird es wagen,
Gewaltthätigkeit auszuüben, partheiisch zu sen;
tenziiren, falsche Berichte zu machen, oder gar Sup;
pliken unterzuschlagen, wenn er weis, daß der
Unterdrückte von ihm an den Fürsten selbst gehen,
sein Gesuch bei ihm selbst anbringen und ihn
selbst über die eigentliche Lage seiner Angelegen;
heiten informiren kann. Freier Zutritt des Un=
terthanen zu seinem Landesherrn ist die sicher=
ste Schutzwehre für ienen wider die raubbe=
gierigen Diener des Staats, welche noch so
oft die Geier sind, die an den Thronen und
Fürstenstühlen umherfliegen. Der Unterthan
wird dadurch mehr, und der Fürst auch. Aber
es ist dis freilich nicht nach dem allgemeinen Ge;

D 4

schmack der Höflinge und der Staatsbedienten. Diesen ist oft daran gelegen, den Fürst zu spielen. Ihre Kabalsucht, ihr Stolz, ihre Rache, ihre Küchen, Keller, Heuböden, Waizenmehlkasten und Beutel verliehren dabei. Ihnen ist es eben recht, wenn der Fürst gemächlich ist, und nicht mit eigenen Augen sieht, und nicht mit eigenen Ohren hört. Alsdann erfähet er durch sie nur, was er erfahren soll, und es ist ihnen leicht, auch das, was er ia noch erfährt, sogleich von derjenigen Seite ihm vorzustellen, von der sie wollen, daß er es nur betrachten möge. Wer ihnen am besten spendirt, empfängt alsdann Recht; und wer unter den Supplikanten mit ihnen verwandt ist, oder noch verwandt werden will, erhält die vakante Stelle. Ich habe Gelegenheit gehabt, mich einsmahls, wie Sie wissen, auf einige Zeit in einem fernen Lande aufzuhalten; wo es so herging. Aber die Haut schauderte mir in selbigem, und ich habe die Stunde, in der ich es verlies, wie meine Geburtsstunde gesegnet, und auf seinen Grenzen den Staub abgeschüttelt. Jeder Tag ward in selbigem vor meinen Augen mit niedrigen und gewaltsamen Handlungen bezeichnet, die die Diener gegen sich selbst unter einander und gegen das Volk ausübten. Und, was das traurigste dabei war, — der Herr glaubte,

daß seine Landesangelegenheiten sich alle auf dem
besten Fus befänden, und daß kein Volk in der
Welt glücklicher lebe, und mit seinem Regenten
zufriedener sei, als das seinige. Seine Minister,
die gleichsam die Scheidewand zwischen ihm und
seinen Unterthanen ausmachten, und durch die er
nur sah, hörte, sprach und wirkte, wiegten ihn immer
fester in diesen süssen Träumen ein, und überredeten
ihn, daß er der Gegenstand der Anbetung der ganzen Nation sei. Diese thaten, was sie wollten, liessen
dem Herrn den Titel, und theilten sich in seine
Gewalt. Anfangs hatten es einige Unterdrückte
gewagt, ihre Klagen an den Landesherrn, am
ersten besten Orte, wo sie ihn fanden, selbst auszuschütten; aber die Lust, diesen nachzuahmen,
war den übrigen bald vergangen; denn, ehe sie
sich an den Pranger stellen oder an die Karre
ketten liessen, ertrugen sie lieber alle das Elend,
unter welchem sie seufzten. — — — O Fürst
und Vater, Gott, der uns Menschen, als Herr
aller Herren, den Zutritt zu seinem Throne nicht
verschlos, erhalte Sie, so lange Sie regieren, bei
dieser Nachahmung seiner, daß Ihre Unterthanen
sich auch Ihnen nahen dürfen. Es sei dis die
grösseste unter allen Strafen, welche Sie ausüben, wenn Sie einem derselben den Zutritt zu
Ihnen versagen; und diese Strafe treffe nur den
unzubessernden Bösewicht. Das müßte ein

D 5

recht edles und herrliches Volk sein, welches
durchaus diese Gesinnungen annähme, daß kein
grösserer Schimpf, keine schwerere Strafe irgend
einen aus seinen Mitteln treffen könne, als die,
wenn öffentlich kund gemacht würde, daß selbiger von nun an für unwürdig erklärt werde, seinem Fürsten sich nahen und ihn anreden zu dürfen. Glauben Sie, bester Fürst, daß Sie selbst
hierdurch, daß Ihre Unterthanen freien Zutritt
zu Ihnen haben, zu ihrer Verbesserung und Veredlung beitragen! Denn, wenn es wahr ist, daß
das Gebet zu Gott das Herz des Menschen edler
macht; so mus auch verhältnißmässig der Unterthan durch Unterredung mit seinem Fürsten edler
werden, besonders, da er dabei den Fürsten sieht.
Und welche wahre Fürstenwonne für Sie, wenn
Sie die Ueberzeugung geniessen, daß Ihr Volk
nicht unter Misbräuchen seufzt, die ihre Diener von der Gewalt, welche Sie ihren Händen
anvertrauet haben, machen! O bleiben Sie immer
der selbstsehende und selbsthörende Fürst, der
Sie sind! — sein Sie immer wachsam, und
auf niemanden wachsamer als auf — Ihre Räthe. Umsonst sind alle Bemühungen des besten
Hausvaters, sein Hauswesen in guter Ordnung
zu erhalten, wenn seine Verwalter und Bediente,
denen er die einzelnen Theile desselben übergeben
hat, schlechtdenkende Menschen sind!"

Nach einigen sanften Händedrücken erzählte hierauf der Fürst dem Hallo den Inhalt des Ge= sprächs, welches der alte Landmann mit ihm geführt. Selbiger bestand darinn, daß der Sohn dieses Alten dreimahl bei dem Konsistorium in der Residenz vergeblich um die Erlaubnis angesucht habe, seiner verstorbenen Frauen Schwester hei= rathen zu dürfen, und daß man endlich, als er das vierte Memorial überbrachte, ihm die Hei= rath verstatten wollen, wenn er eine Summe Geldes erlegen würde, von welcher der Vater gesagt, daß sie die ganze Familie nicht aufzubrin= gen vermöchte. Gustaf hatte den Bauer gefragt, warum sein Sohn gerade auf dis Mädgen bestehe, da es Tausend andere gebe, und selbiger doch einmahl gehört, daß dergleichen Heirath im Lande nicht verstattet werde. Der Alte hatte geantwortet: „Weiber genung sollte mein Sohn ja wohl finden können; aber so ein Weib, wie diese, findet er unter allen nicht weiter für sich. Sie ist lange in meinem Hause gewesen, hat wacker mitgearbeitet, sich immer gut aufgeführt und sich wohl mit uns vertragen. Geld bringt sie ihm gar nicht zu; aber sie liebet seine Kinder, als wenn sie ihre leibliche Mutter wäre. Und das ist ja wohl die Hauptsache, auf die er bei der zweiten Heirath sehen mus; denn der Mann kriegt ja leicht wieder eine Frau, aber — die

Kinder — die Kinder, krein di of wol ene Mods
der webber: Un — gnädiger Herre — kurt und
gut, wat denn vor Geld recht is, solde dok
wol of one Geld kine Sünde sin . . . ." Der
Fürst war durch diese naife Antwort des Bauern
in Verlegenheit gesetzt worden, und hatte ihm
schriftlichen Bescheid versprochen. „Was meinst
du hierzu? sprach er zum Hallo. Es war
mir doch äuserst unangenehm, aus dem Munde
eines Unterthanen hören zu müssen, daß Geld
dasienige sei, welches in meinem Lande alles
erlaubt mache. Wenn das Konsistorium dieses
einmahl abgeschlagen hatte, weil es glaubte, daß
es solches abschlagen müssen; so wollte ich lie
ber, daß man es dabei hätte bewenden lassen,
ohne zuletzt die Dispensation für Geld noch anzu
bieten. Ich bin recht verdrüslich über diesen Vor
gang, und . . . ."

Hallo ergrif den Augenblick, in welchem er
seinen Fürsten so gestimmt sah, wie er ihn gestimmt
zu sehen wünschte, und fiel ihm ein: Dieser alte
Landmann hat gar vernünftig geredet. — Die
verbothene Ehe, welche hier in Frage kommt,
sollte gerade eine von denen sein, über die man
die wenigsten Schwierigkeiten machte; denn, auß
serdem daß selbst die Theologen nicht einmahl
darüber einig sind, ob sie Moses verbothen habe,

oder nicht', so tritt dabei der wichtige Umstand
ein, daß der Grund, aus welchem der israelitis
sche Gesetzgeber gewisse andere Ehen untersagt,
auf sie gar nicht anwendbar ist. Es wäre eine
Beleidigung der gesunden Vernunft, wenn man
überhaupt den Satz annehmen wollte, daß Mens
schen bei Verbothen, die ihnen im Nahmen Gots
tes gegeben werden, nicht nach den Gründen
derselben fragen oder forschen dürften. Jedes
Gesetz, es befehle oder untersage uns etwas, wird
uns alsdenn erst wahrhaftig ehrwürdig, wenn wir
die Ursachen erfahren, derentwegen es uns gestellt
ward. Und Gott will schlechterdings nicht als
Tirann angesehen sein, der nur blinden Gehorsam
verlangt. Sonst wären bei so vielen Gebothen,
die in seinem Nahmen gegeben wurden, nicht die
Gründe derselben unmittelbar hinzugefügt worden.
Also dürfen wir auch fragen, warum Moses vers
schiedene Ehen verboten habe. Da ist mir denn
unter allem, was Theologen und Philosophen
darüber gesagt haben, dis immer das wahrs
scheinlichste gewesen, daß nahe Ehen darum von
Moses verbothen worden, weil — sie in der
Bildung sowohl, als in den Geistesgaben und
Gesinnungen unter dem menschlichen Geschlecht
die Mannigfaltigkeit, die doch durch alle
Schöpfungen Gottes herrschen soll, offenbar
hindern würden. Familien, welche, wie man

sagt, sich sehr in einander heirathen, sind noch
auf den heutigen Tag leicht kenntbar. Eine
gewisse Einförmigkeit, welche sich bis auf die Ge=
sichter in selbigen erstreckt, unterscheidet sie von
allen übrigen. Es entstehen solchergestalt eben so
Familienzüge und Familienkaraktere, wie es
Nationalzüge und Nationalkaraktere gibt. Sol=
che Einförmigkeiten sind wider den Plan Gottes;
sie sind auch wider das Wohl der menschlichen Ge=
sellschaft. Wenn nicht Vermischungen unter den
Familien geschehen, so ists, als wenn Geist und
Kraft sich in ihnen allmählich verzehrten; dahin=
gegen ein einzelner hinzukommender starker Fremd=
ling oft einer lange kränkelnden Familie wieder
gesunden Schwung und eine dauerhafte Nachkom=
menschaft verschafft, und ein einziges sanftes Ge=
müth durch seine Hinzukunft den barschen Sinn
und Ton einer ganzen Race wieder zur Mensch=
lichkeit zurückstimmt, und ein einzelner wohlausse=
hender und proportionirtgewachsener Mann aus
einem ganzen Hause die Kalmuckenphisiognomien
und Krüppelfiguren, welche sich auf Kinder und
Kindeskinder schon fortgepflanzt hatten, durch sei=
nen Eintritt in dasselbe vertilgt. Gute Haus=
wirthe handeln nach diesem Grundsatz sogar bei
ihrer Viehzucht, und die Natur geht warlich
allenthalben nach einerlei Gesetzen zu Werke. Vor=
ausgesetzt nun, daß Moses beim Verboth naher

Ehen die Sache aus diesem Gesichtspunkt betrach
tet hat, — als welches noch immer die vernünf
tigste Erklärung ist — so würde die Ehe mit der
Frauen Schwester nicht zu wehren sein, weil
diese kein natürliches Glied derjenigen Familie ist,
in welche sie eintritt, sondern eben so, wie ihre
verstorbene Schwester, an deren Stelle sie nun
kömmt, die Mannigfaltigkeit in derselben beför
dern hilft. — — Und, über dis alles, bester
Fürst, ist der Beweis noch lange nicht bis zur
Ueberzeugung geführt worden, daß die mosaischen
Gesetze auch die Christen verbinden. Moses
hatte doch wohl bei allen seinen Gesetzen sein Volk
vor Augen. Volk, Jahrhundert, Land und
Klima bestimmten ihn dabei. Wir sind so weit
gekommen, daß wir viele seiner Vorschriften darum
nicht mehr befolgen, weil wir sie für Vorschriften für
Juden, Morgenländer und Menschen vor
Christi Geburt erklären. Es ist sonderbar genung,
daß wir von drei mosaischen Gesetzen behaupten,
daß sie uns nichts mehr angehen, und das vierte
noch befolgen, welches uns vielleicht weniger
angeht, als jene. Der Hauptsatz, nach welchem
wir handeln sollten, müste von Rechtswegen die
ser sein: Was die Natur, unser Jahrhundert,
unsere Weltgegend, unser Klima und unsere
gesellschaftliche Verfassung uns zum Gesetz
machen, das ist Gesetz für uns; es mag es

Moses, oder Mahomed, oder Solon, oder
noch Niemand in Form eines Gesetzes bekannt
gemacht haben; was aber nicht von der Art
ist, kann uns auch nicht verbinden, und wenn
zehen Gesetzgeber der Menschheit es zu ihrer
Zeit, in ihrer Nation und unter ihrem Himmelsstrich zum Gesetz gemacht hätten. — Was
wir von Moses Gesetzen beibehalten sollen, hat
uns Jesus wiederholt. Nun finden wir aber
bei ihm nicht das geringste von Wiederholung der
Ehegesetze des Moses; so, wie wir auch nichts
von weiterm Unterschiede der Speisen und Tage
bei ihm antreffen. Vielmehr sind die letztern
Unterschiede von den Aposteln feierlich aufgehoben
worden. Ueberhaupt weis ich nicht, was wir
mit dem Moses zu schaffen haben. Er war ein
guter Mann zu seiner Zeit; aber Jesus ist nun
ein besserer. Es kommt im Ernst so heraus, als
wenn wir noch immer halbe Juden sein wollten.
Und das ist doch ganz wider die Ehre des Christenthums. — Und gesetzt, guter Fürst, daß die
mosaischen Ehegesetze noch die Christen verbänden;
so tritt doch nun in christlichen Staaten der Regent in den Besitz derselben Gerechtsame ein, welche
Moses zu den Zeiten der Theokratie Gotte über
diese Gesetze vorbehielt und im Nahmen Gottes
ausübte; denn — der Fürst ist jetzt der Repräsentant Gottes. Nun ist das Levirat ein offen-
barer

barer Beweis, daß im Nahmen Gottes in beson=
dern Fällen von allgemeinen Ehegesetzen dispensirt
worden ist. Sobald also für den Regenten eben
so wichtige Gründe eintreten, als diese waren,
welche, ungeachtet des Gesetzes, daß niemand sei=
nes Bruders Frau heirathen sollte, das Levirat
verstatteten; so mus er auch Recht haben zu dis=
pensiren, **wie dis Moses im Nahmen Gottes
ausübte.** Dis ist eine Gerechtsame, welche
sich Fürsten, alles Gegengeschreies ungeachtet nicht
nehmen lassen sollten, und die ihre eigentliche
Würde in einem recht glänzenden Lichte zeigt. ——
—— Fürst und Vater! wenn denn aber nun
dispensirt wird; so bekomt die Sache dadurch
einen recht gehässigen Anstrich, daß man — **für
Geld dispensirt.** Was soll der Unterthan denken,
wenn er sieht, daß man Gesetze des Landes, die
ihm heilig sein sollen, gleichsam übertreten dürfe,
sobald man **die Uebertretung nur bezahlt?** Mus
er nicht glauben, daß die Gesetze nur dazu da
sind, **um mit ihnen Wucher zu treiben, und
daß nicht die Natur der Sache,** sondern Geld
es sei, wodurch **etwas recht** oder **unrecht wird?**
Und, wenn vollends die Dispensationsgebühren in
den Händen der Kollegien des Landes bleiben:
was für verderbliche Einflüsse mus dis auf die
Denkungs= und Handlungsart dererjenigen haben,
welche in selbigen sitzen? Sie dispensiren den Rei=

chen, und werden dafür von ihm bezahlt. Sollte
dies nicht die Grundlage davon sein, wenn sie
sichs überall angewöhnen, dem Reichen nur Recht
zu sprechen? Schaffen Sie, bester Herr, alle
Dispensationsgebühren ab. Lassen Sie von nun
an nicht mehr für Geld, sondern **für Gründe**
dispensiren. Diese kann der Arme so gut haben,
wie der Reiche; jenes aber nicht. Und so wird
der Fall nicht mehr eintreten, daß man einem
Reichen Dispensationen ertheilt, die ihm schlechterdings versagt werden müßten, und einem Armen eine Dispensation vorenthält, die ihm vor
allen andern zu Theile werden sollte. O wie
wird Sie Ihr Volk dafür segnen, wenn es sieht,
daß nicht mehr Gewinnsucht die Gesetze des Landes handhabe und deute, sondern daß gesunde
Vernunft, Billigkeit und Menschenliebe der Geist
und die Ausleger derselben sind! Dieser arme
Landmann, welcher im Felde Sie antrat, wird
der Erste sein, der mit seinem ganzen Hause Ihnen seinen redlichen Segen dafür bringt.

Fürst Gustaf im Weggehn. Lange —
lange habe ich das alles schon gefühlt; aber es
fehlt uns Fürsten gemeiniglich nur an einem Bi-
dermanne, der uns den Ton angibt. Von nun
an wird über Alles in meinem Lande nicht für
Geld, sondern für **Umstände und Gründe**

dispensirt. Meine Räthe werden die Achseln zucken; aber — **laß sie solche zucken!**

An einem andern treflichen Morgen fing der Fürst seine Unterredung mit dem Greise also an: Lieber Vater Hallo, nach einigen Tagen wird mein Geburtstag wieder sein; da habe ich denn zweierlei vor. Erstlich will ich eine beträchtliche Summe Geldes an selbigem unter die Leute bringen. Meine Vorfahren haben es alle so gehalten. Sie gaben prächtige Dinés, Soupés, Bälle, Illuminationen, Feuerwerke und was dem anhängig; und so wurden sie von ihren Höflingen lobgepriesen und vom Volke angestaunt. Ich will einmahl eben so grossen Aufwand machen, wie sie; nur will ich ihn anders anwenden. Ich habe mir zu dem Ende die Verzeichnisse aller derer, welche Schulden wegen in meinen Gerichten an- und ausgeklagt worden sind, einliefern lassen, und will für diejenigen von ihnen, welche ausser Stande zu bezahlen sind, und die erweislich machen können, daß sie dies nicht als Verschwender, sondern durch Unglücksfälle und ohne ihre Schuld sind, Zahlung leisten. Es wird dabei freilich weder geschmauset, noch getanzt; allein statt des unnützen Geschmauses bewirke ich gewis dadurch, daß manche rechtschaffene Familie, der

es. seither am Brode gebrach), sich wieder satt
essen könne; und, wenn ich auch nur zehen, die
ietzt im Arrest sitzen, auf freien Fus stelle: so
ist denn dis doch wohl ein schönerer Anblick für
einen Fürsten, als wenn er hundert und zehn
in seinem Saale Chene und Chassé tanzen sieht.
Mit iedem einzelnen Manne, für den ich bezahle,
beruhige ich zwei Menschen. Ihn, den Schuld-
ner, und seinen Gläubiger; oder wenn diese letztern mehr sind, als einer, wohl fünf oder sechs.
Ich denke, daß du dis mein Vorhaben billigen
sollest.

Eine ähnliche Seelenfreude, als Hallo zu
empfinden pflegte, wenn er sich mit Anblicken und
Betrachtungen der Güte Gottes beschäftigte,
durchdrang den Alten bei dieser herrlichen Aeuserung Gustafs, und drückte sich lebhaft in seinem
ganzen Wesen aus. „O Sie grosmüthiger Vater Ihrer unglücklichen Kinder — wie haben Sie
einen Greis erquickt, der sich unter der Last seiner Jahre mit iedem Tage tiefer zu beugen
anfängt, und der im Wohlthun und Segnen den
höchsten Beruf der Fürsten erkennt! Herrlich ist
Ihr Entschlus; und eine schönere Feier seines Ge-
burtstags mag kaum ein Fürst erdenken. Wie
werden diese Unglückliche, denen Sie die Ruhe,
und zum Theil auch Ehre und Freiheit, ia wohl
Weib und Kinder wiedergeben, Sie dafür segnen!

Wie werden sie, so oft der heilige, ihnen so zwie=
fachdenkwürdige Tag zurückkommt, ihre Segnun=
gen erneuern! Ich denke sie mir schon, wie sie, so
lange sie leben, die Morgenröthe desselben kaum
erwarten können, um Familienweise vor dem
unendlichreichen Geber aller Gaben in den Staub
zu sinken, und ihrem huldreichsten Landesvater,
der sie einst so hoch begnadigte, vermehrten An=
theil an allen den Seligkeiten zu erflehen, welche
die Erde für ihre Grossen hat. Mit ihnen zugleich
stammelt Hallo alsdann auch in aller der Andacht
sein Gebet, deren ein Greis, wie er, noch fähig
ist. O Fürst und Vater, möchte Ihr Beispiel
auf Ihresgleichen wirken! Möchten Sie selbige
für die eigentlichfürstlichen Freuden empfindlicher
machen, die all das Geräusch der Höfe an ihren
Festen so weit hinter sich zurücklassen! Gott! wie
können Regenten doch die Gegenstände der Anbe=
tung ihres Volks werden! Wie können sie
machen, daß für Millionen kein Tag im ganzen
Jahre ehrwürdiger, festlicher und willkommener
werde, als der Tag ihrer Geburt! Wie ist es
möglich; daß sie ihre wahren Vorzüge noch so oft
verkennen, und ihre schönste, beneidenswertheste
Glückseligkeit noch oft so ungenossen lassen!

Gustaf: Lieber Greis, man erzieht uns noch
größtentheils eben so wenig zweckmäßig, als man
andere Menschen erzieht. Von Kindesbeinen an

wird uns wohl vorgeschwatzt, daß wir unendlich
mehr sind, als die übrigen Leute. Wenn wir
noch nicht das geringste nennenswerthe Gute ver-
richtet haben, beugt und schmiegt sich schon Alles
so vor uns, als wenn wir bereits unaussprechliche
Verdienste gesammlet hätten. Wird uns der
verabscheuungswürdige und unnatürliche Grundsatz, daß **Millionen für einen Einzigen nur da
wären**, auch nicht wörtlich gelehrt; so wird er
uns doch durch die ganze Bildung, welche man
uns gewöhnlich gibt, beigebracht. Wir müssen
auf ihn kommen, und blicken dabei bald auf uns,
und sehen in unserer Person **diesen Einzigen**.
Mitten im Geräusch werden wir auferzogen, und
lernen nur gar zu früh alle Arten von Eitelkeit
lieben. Für die stillern und reinern Freuden der
Natur lässet man uns unempfindlich, und denkt
nicht darauf, die sanftern Gefühle der Menschlichkeit in uns zu wecken und zu stärken, welche
**doch in keinem menschlichen Busen reizbarer
und überwallender sein sollten, als in dem
Busen der Fürsten.** —

Hallo breitete bei diesen Worten beide Arme
nach seinem Fürsten aus.

Gustaf fuhr fort: Mein Karl, der einst aus
meinen Händen das Regiment empfangen wird,
erhält eine edlere Bildung. Oft spreche ich zu
ihm: „Bilde dir nicht ein, daß andere Men-

schön nur aus Erde, du aber aus Aether geformt
seist. Du hast nur das Glück, wozu du in der
Welt Gottes nicht das geringste beigetragen
hast, daß du — der Sohn eines Fürsten geworden bist. Wäre bei deiner Geburt ein Tausch
vorgegangen, und hätte man an deine Stelle ein
Hirtenkind in die Wiege gelegt, und dich ins Hir-
tenhaus gebracht; so weidetest du einst die Heerde,
welche jenes weiden wird, und jenes weidete das
Volk, das du nun einst weiden wirst. Auf Vor-
rechte der Geburt darf ein Mensch eben so wenig
stolz sein, als es die Nachtigall sein darf, daß
sie kein Sperling ward. Die Fürsten haben
ihre Gewalt aus den Händen der Völker
empfangen; nicht aus der Hand der Natur,
wie sie der Vater empfängt. Anfangs wählte
man zu Fürsten die Verdienstvollesten, die
Weisesten, Tapfersten und Besten aus Zwan-
zigtausenden, aus Hunderttausenden, und
aus Millionen. Hernach — merke es wohl,
Karl — — waren die Völker so gutdenkend
gegen ihre gute Regenten, daß sie dieselben noch
über ihr Leben zu belohnen suchten, und ihre
Thronen und Stühle auf ihre Kinder erblich
machten. Wärest du auch gleich mein Sohn,
aber mein Sohn unter einem Himmelsstrich, wo dis nicht Sitte ist, so hülfe dir
doch deine Geburt nichts. Drücke dis tief in deine

Seele ein, und nimm gleichgültig solche Gesin:
nungen an, daß es mein Volk deinetwegen
nie gereue, daß seine Vorfahren den unsrigen
diesen Lohn gereicht haben. Du wirst einmahl
Fürst; — versteh diesen Ausdruck recht —
das heist — du sollst einmahl unter allen,
die in diesem Lande leben, der Weiseste und
Beste sein. Mache dich ehrwürdig; mache
dich beliebt; verdiene es — Fürst zu werden;
damit das Volk einst unter sich spreche: wenn
er noch nicht Fürst wäre; so müsten wir ihn
nun dazu machen. Wohlthun zeichne alle
deine Handlungen — sanftmüthiger Ton alle
deine Reden — Liebe alle deine Gebehrden!"
So rede ich nicht nur zu Karln; sondern in
der ganzen Art, wie ich ihn behandle, herrscht
auch dieselbe Sprache. Ich führe ihn mit in
die Gesellschaft der Würdigsten meines Volks,
und gewöhne ihn dazu, Leute von wahrem Ver:
dienst zu ehren, und wenn sie auch aus niedri:
gen Ständen sind. Er geht mit iungen Leuten
aus guten Häusern um, und diese sind dazu an:
gewiesen, daß sie nicht thun dürfen, als wenn er
der Sohn ihres Fürsten wäre, sondern, daß sie
ihn zurechtweisen, wenn er falsch urtheilt und
handelt; damit er frühzeitig Widerspruch ertra:
gen lerne, Biegsamkeit erhalte, und den Glau:
ben einsauge, daß auch Fürsten fehlen können.

Niemand darf ihm schmeicheln; und wer ihm ein
Lob ertheilt, das er nicht verdient: der hat mei=
ne Ungnade — — sieh Vater Hallo in diesem
Augenblick ein Beispiel davon, was eine falsche
Sprache thue, an die man von Jugend auf ge=
wöhnt wird — meinen Unwillen, wollte ich
sagen, auf der Stelle zu erwarten. Müssig
darf er so wenig gehen, als die Söhne meiner
Unterthanen, denn er soll einmahl Arbeitliebend
und Arbeitgewohnt sein, wie sie, und soll nicht
denken, daß der ganze Umfang seines Berufs
nur im Unterschreiben seines Nahmens beste=
he. Nie verstattete ich ihm, daß er sinnliche
Vergnügungen zu überhäuft und zu anhaltend
genösse; damit der Hang zu selbigen nicht der
herrschende in ihm werde. Von der Arbeit geht
er zur Freude über; von der Freude kehrt er zur
Arbeit wieder zurück. Selbst seine Vergnügun=
gen sind größtentheils mit nützlicher Beschäfti=
gung verbunden. Er hat einen Garten, in
welchem er oft mit seinem Gärtner um die Wette
säet und pflanzt. Auch habe ich ihm in der
Nähe ein Guth überlassen, auf dem er bauen
und Anlagen machen kann, wie er will. Da=
durch habe ich oft Gelegenheit, über die interes=
santesten Gegenstände mich mit ihm zu unterhal=
ten. Auf dem Guthe sind einige Bauern und
Häusler, deren Glückseligkeitsbesorgung ich ihm

vorzüglich empfohlen habe. Mit Freuden höre
ich, wie er oft in ihren Hütten ist, ihnen Gutes
thut, und wie die Leute an ihm hangen. O
wenn er einst die Liebe seines ganzen Volks so
haben wird, wie er ietzt die Liebe dieser Wenigen genießt: was für ein glücklicher Fürst wird
er sein! Ich suche ihm die Erlangung derselben
zu erleichtern. Oft lasse ich Wohlthaten, welche
ich austheilen will, durch seine Hände gehen;
und, wenn ich ein Ansuchen, das an mich geschehen ist, gewähre: so ist er oft derienige, welcher
dem Bittenden die Nachricht eröfnet. Der Gedanke, welcher mich immer hierbei leitet, ist der,
daß es mir darum zu thun sein müsse, daß ich
das Glück meines Volks, das ich theils bewirkt
zu haben, theils noch zu bewirken glaube, auch
sichern möge; denn, sollte es mit meinem Leben
ein Ende haben, o wie wenig hätte ich alsdenn
geleistet! Karl soll da fortfahren, wo ich aufhören mus. Ich will nicht dadurch bei meinem Volke im Andenken bleiben, daß dieses von
ihm gezwungen werde, zu seufzen: O daß sein
Vater noch lebte! — sondern dadurch, daß
er selbigem einst täglich das Bekentnis abnöthi-
ge: Er übertrift den Vater noch; aber, daß
er dis thut, haben er und wir dem Vater
zu verdanken. Das ist edler Fürstenstolz, nach
dem Tode noch fortregieren, und im Nach-

folger noch Gutes thun und noch Glückliche machen!

O Fürst — rief Hallo im Enthusiasmus aus — bei meines Hauptes Silberhaar — bei diesen zitternden Händen — Sie sind warlich Gottes Bild. Welche glückselige Zeiten — welche lange Reihen derselben stehen diesem Lande bevor! Gustaf selbst wird noch viele Jahre haben; — Karl wird sein, wie Er; — und Karls Sohn einst wieder, wie sein Vater; denn Karl wird die Bildung, welche er selbst empfing, ewig segnen, und um so vielmehr sie auch seinen Prinzen reichen.

Gustaf. Und nun höre auch das Andere, was ich an meinem Geburtstage thun will. Ich will ein starkes Avancement unter meinen Dienern vornehmen. Ich habe lange keine Räthe und Hofräthe gemacht. Vielleicht stärke ich sie in ihrem Diensteifer.

Hallo's Seele bekam bei diesen Worten eine plötzliche Umstimmung. Er lies den Fürsten das ganze grosse Avancementsverzeichnis, ohne ihn darinn zu unterbrechen, hersagen, und zählte aufmerksam die Räthe und Hofräthe, welche ietzt ihre Existenz erhalten sollten. Darauf sprach er: Mein edelmüthiger Fürst, ich verkenne die vortrefliche Absicht Ihres Vorhabens nicht; ich zweifle aber, daß Sie solche erreichen möchten. Uns

ter denjenigen, welche Sie nannten, sind viele,
die die Titel nicht verdienen, die sie erhalten sollen. Diese werden nur stolz durch sie gemacht
werden. Sie werden sich einbilden, mehr zu
sein, als sie sind, und in Zukunft ihr einziges Verdienst im Titel suchen. Andere, die Verdienste
haben, werden keine Ehre darinn finden können,
wenn sie Titel erhalten, die ienen ohne Unterschied auch zu Theile werden. Ueberhaupt be-
nimmt die Menge den Titeln den Werth, welchen sie ja noch haben. Wenn Fürsten wollen,
daß sie als eine Art der Belohnungen vom Range
betrachtet werden sollen: so müssen sie sparsam
in Austheilung derselben sein. Sie müssen
nie irgend einen Titel einem Manne geben, der
das nicht schon wahrhaftig ist, wofür, er nun
durch selbigen öffentlich bekannt gemacht werden soll. Wenn ieder Schreiber Rath wird: so
heißt Rath im kurzen nicht mehr, als was sonst
Schreiber hieß. Es sind nur andere Buchstaben, welche das Volk hört. Bald gewöhnt
es sich an sie, und verbindet mit den Buchstaben R — a — t — h eben den Begrif, den es
sonst mit dem Worte Schreiber verband. Und,
wenn denn die Leute Titel bekommen: so ist die
natürliche Folge davon, daß sie nun auch einen
ihren Titeln gemäßen Aufwand machen wollen.
Ihr Tisch, ihre Kleidung, ihre Meublen, ihre

Bedienung, ihre Kindererziehung, ihr Umgang
— alles soll nun zu dem neuen Karakter pas=
sen. Haben sie eignes Vermögen: so ist dies
freilich das Erste, wornach sie die verschwenderi=
schen Hände ausstrecken werden. Da seufzen
denn die Kinder nach Jahren einmahl noch über
die Freigebigkeit des Fürsten in Titeln gegen ihre
Väter. Oder sind sie unbemittelte Leute: so
machen sie Schulden; und so müssen ihre ar=
beitsamen, unschuldigen Mitbürger, Kaufleute
und Handwerker, ihre Titel gleichsam erst noch
auslösen, und die Ehre mit theuren Preisen be=
zahlen, für Leute von Karakter Waarenliefe=
rungen gehabt zu haben. Glauben Sie, bester
Fürst, eine der vornehmsten Quellen der Armuth
der Familien vom sogenannten mittlern Stande
ist die zu reichliche Austheilung der Titel in einem
Staate. Wollten Sie diesem Uebel zuvorkom=
men, und doch zugleich Ihren Plan befolgen:
so müsten Sie auch in der Masse die Besol=
dungen Ihrer Diener erhöhen, in welcher Sie
die Titel derselben erhöhen. Und ich bin fest
überzeugt, daß der Staat, welcher seine Diener
in einen höhern Stand hinstellt, auch verpflich=
tet sei, dafür zu sorgen, daß sie sofort standes=
mäßig leben können. Er verleitet sie sonst zum
Betrug gegen ihn selbst und gegen ihre Mitbür=
ger, und macht sie gerade dadurch unglücklich,

und straft sie dadurch, wodurch er sie belohnen und beglücken wollte. Die Grosmuth eines Fürsten, wie Sie sind, lässet mich nun zwar nicht zweiflen, daß diese Vorstellung ihn dahin bewegen würde, die Besoldungen seiner Diener ebenso zu vermehren, wie er den Glanz ihrer Titel vermehrt; aber, bester Fürst, erwägen Sie einmahl, welch eine Summe alsdenn Ihr Vorhaben, ein so starkes Avancement geschehen zu lassen, erfordern dürfte; und — was noch mehr ist, wie Sie Tausend andere Zwecke, als der ist, **Leute in den Stand zu setzen, daß sie unnöthigen Aufwand machen können**, vor sich finden werden, zu deren Erreichung Sie diese Summe auf weit edlere Weise verwenden mögen! Auch ist es zwar an sich gut, wenn die Diener im Staat von dem untersten an die Hofnung haben, mit der Zeit zu rücken; aber für die mehresten derselben mus es doch eine gewisse Stelle geben, bis zu welcher sie nur rücken können. Der Vergleich mit dem Militair, wo der Soldat von der Muskete an zum General aufdienen kann, paßt hier in der That nicht. In den Civildiensten des Staats ist weit mehr Mannigfaltigkeit, und jede Art derselben erfordert fast eine besondere Vorbereitung einer ganzen Jugend zu derselben. Da, wo diese wichtige Reflexion aus den Augen gesetzt wird, pflegt sich das ungeheure Unglück für den Staat zu ereignen, daß die Leute auf Plätze hingestellt werden, die sie schlechterdings nicht ausfüllen können; dahingegen, wenn man sie auf ihren vorigen gelassen hätte, sie denselben genung gethan haben würden. Oder sollen es blysse Titel sein, welche die Diener erhalten: so ist dies nicht nur ein sehr leerer Lohn für sie; sondern die Verwirrung, welche daraus entsteht, ist auch keine der geringern. Die Subordination leidet dabei, und die pflichtmässige Betreibung der Geschäfte auch. Die Leute fangen alle an, nach höhern Dingen zu trachten und sich in sie einzumischen, und ihre seitherigen Verrichtungen werden ihnen zu klein. Der Schreiber, welcher Rath wird, fühlt sich wohl, wenn ihm nun von einem im Kollegium diktirt wird, auch als Herr Rath, und spricht, statt blos zu schreiben, mit. Ich rathe Ihnen aus diesen Gründen das grosse Avancement ab, mein gütiger Fürst, welches sie beschlossen haben. Je weniger der Titel in einem Lande, ie richtiger die Austheilung derselben: desto mehr in Ehren werden sie gehalten. Sind aber die Titel erst verächtlich: sollte am Ende nicht der selbst auch dabei verlieren, **welcher sie austheilt**?

Ich gebe meinen Vorsatz auf, antwortete Fürst Gustaf im gutmüthigsten Tone. Ein aufwallender Trieb des Wohlwollens hat verursacht,

daß ich die Sache nur einseitig betrachtet habe.
Du haſt mir auch die übrigen Seiten derſelben,
und zwar die unweit wichtigern, geöfnet, und
ſie ſollen nun nie wieder von mir aus den Augen
gelaſſen werden.   Lebe wohl, biedermänniſcher
Greis, und bewillkomme unter dieſer Laube die
aufgegangene Sonne am Tage meiner Geburt
mit frohem Muth! ——

Mit frohem Muth und mit dem herzlichſten
Gebet für Sie — rief Hallo ſeinem Fürſten nach.

———

Der Greis hielt Wort.   Die Geburtsſtun-
de des Fürſten fiel gerade nach Aufgang der Sonne.   Der Morgen dieſes Tages war überaus heiter und wohlthätig; — das ſchönſte Bild von
Guſtafs vortreflichem Leben.   Hallo grif dies
Bild ſchnell auf und dachte bei ſich ſelbſt: „An-
paſſender und vorbedeutender hätte er nicht geboren werden können, als ſo gleich nach Aufgang
der Sonne.   Es mögen wohl mehr Fürſten um
dieſelbe Tageszeit in die Welt gekommen ſein; aber
ſie erfüllten die ſchöne Vorbedeutung nicht ſo,
wie er.   Guſtaf hat ſein Volk nicht damit ge-
täuſcht.   Mit ihm ging dieſem Lande die zweite
Sonne auf.   O daß der Tag ſeines Lebens lang
ſei, und daß Guſtaf Verhältnismäſſig ſo lange
ſcheine, als die Sonne am längſten Tage im Jahre bei uns!“

Darauf

Darauf verrichtete der Greis sein Morgens
gebet. Er betete heute weit länger, als gewöhns
lich. Seine Seele war dabei ganz voll von
Gustaf. Als er aufstand, sah er diesen in der
Laube sitzen. Er hatte ihn heute nicht erwartet;
um so freudiger eilte er auf ihn zu. Aber Gus
staf war es nicht selbst. Die durchs Gebet noch
einmahl recht in Glut versetzte Fantasie des Greis
ses hatte das Bild desselben iezt nur dahin ges
stellt, wo er oft mit ihm zu sitzen pflegte. Hallo
erstaunte, fand die Erklärung davon bald und
machte eine Frühwandlung um den Berg.

Als er zur Laube zurück kam, saß Gustaf
wieder in ihr. Hallo lächelte — das Bild ers
hub sich von seinem Sitz. Hallo trat verlegen
um einige Schritte zurück, — das Bild kam
auf ihn zu und fing an zu sprechen. Hallo ums
armte seinen Fürsten und erzählte ihm die vors
hergegangene Erscheinungsgeschichte.

Gustaf. Das ist wohl kein Wunder, daß
dir es heute so gegangen ist. Deine Seele, wels
che sich so gern mit dem Gedanken an mich bes
schäftigt, wird an diesem Morgen wohl ganz voll
von ihm gewesen sein. Aber guter Vater, du
bist ein Greis; setze dich solchen Anstrengungen
nicht weiter aus. Ich dachte, als ich heute
aufstand, bei mir selbst, daß du der Erste und

auch der **Einzige** nur ſein ſollteſt, der mir gra-
tulirte.

Dem Greiſe ſchwebte bei dieſen Worten ſchon
ſeine ganze ſegnende Seele in den Augen.

Guſtaf, indem Hallo die Arme nach ihm
ausbreitet. Und nun iſts genung; — nun haſt
du es ſchon gethan. Ich danke dir. Gott er-
muntre und belebe dich mit Jugendkraft, daß
du an dieſem Tage im Jahre mich noch oft ſo
herzlich anblicken mögeſt, wie du ietzt thatſt.

Hallo. Ach, gütiger Fürſt, das wird nicht
ſein können. — Gott mache Sie zum älteſten
unter allen Fürſten, die ie regiert haben und
laſſe Sie die Beglückſeligung Ihres Landes ganz
vollenden; damit Prinz Karl, einſt nichts, als
die Fortſetzung derſelben, zu betreiben haben
möge!

Guſtaf. Ich danke dir. Jeder meiner
Tage, den mir mein Schöpfer ſchenkt, ſoll dem
Wohl meines Landes geheiligt ſein. Aber, wenn
ich auch der älteſte Fürſt würde: ſo wird Karl
einſt doch täglich noch daran zu bauen und zu
beſſern finden. Und nun las uns über eine Materie ſprechen, die ich recht eigentlich für dieſen
Tag geſpart habe; weil ich glaube, daß ein Fürſt
ſeinen Geburtstag nicht ſchöner feiern könne,
als wenn er ſeinen ganzen Geiſt auf ſie heftet.

Hallo ward bei diesen Worten äuserst auf=
merksam und erwartungsvoll.

Guſtaf. Es betrift die Armenanſtalten
iu meinem Lande. — Ich weis nicht, wie es
zugeht; mit allen meinen übrigen Verbeſſerun=
gen, die ich für mein Land proiektirte, iſt es
mir gelungen, mit dieſer aber will es nicht recht
vorwärts. Man legt mir einen Plan darüber
nach dem andern vor, und ieder hat immer ſeine
eigenen unüberwindlichen Schwierigkeiten. Auch
liegen wenigſtens ſchon zwanzig Riſſe zu den gröſ=
ſeſten Armenhäuſern in meinem Kabinet und eben
ſo viel gedruckte Beſchreibungen von auswärti=
gen Armenanſtalten. Der eine meiner Räthe
iſt für die Nachahmung der einen, der andere
für die Nachahmung einer andern. Ja, es iſt
mir, als wäre es ihnen allen kein rechter Ernſt
um die Sache. Darüber verſtreicht die Zeit,
und ich mus thun, als wenn ich es nicht wüſte,
daß die öffentliche Bettelei, die ich verbot, wie=
der einreiſſe. Einestheils ſchreien die ſtarken Bett=
ler über Arbeitmangel; anderntheils würden die
alten und gebrechlichen Armen unterdeſſen hun=
dertmahl verhungern müſſen, ehe die Gebäude,
welche ſie aufnehmen ſollen, da ſtehen und be=
wohnbar ſind. Und doch liegt mir die Sache
ſo ſehr am Herzen, und allenthalben um uns
her bringen ſie auch ietzt unſere Nachbarn in Ord=

F 2

nung. Bester Greis, könntest du durch deine
immer weise von mir befundenen Anschläge mich
aus dieser Verlegenheit retten: so sollte mir mein
Geburtstag ein noch dreimahl feierlicherer Tag sein.

Hallo, mit aufgehabenen Händen, als woll=
te er segnen. O wie liebenswürdiggros wird ein
Fürst, indem er so spricht! Ja, ja, Fürst und
Vater, es ist und bleibt die erste und wichtigste
Angelegenheit iedes Staats, daß derselbe für seine
Armen sorge. Grausam übersehen und vernach=
lässigt ward sie seither noch in den mehresten
Gegenden des deutschen Landes. Es liegt gewis
nicht an den Fürsten, daß dis geschah; es lag
an ihren Räthen, Ministern und Geistlichen, die
nicht Gefühle der Menschlichkeit genung hatten,
in einer Sache zu arbeiten, für die keine Be=
soldungen und Sporteln fallen. Gott! da der
Besitz der irdischen Güter so äuserstungleich, ia
bis zur Ungerechtigkeit ungleich ist; da der zahl=
reichste Theil ieder Nation nur von seiner Hände
Arbeit kümmerlich leben mus: sollte man ihm
sein hartes Schicksal nicht wenigstens dadurch zu
erleichtern sich verpflichtet fühlen, daß man ihm,
so lange er arbeiten kann, Arbeit schafte, und
im Alter, wenn er dis nicht mehr vermag,
ihn nicht zur Strafe dafür, daß er so lange red=
lich gearbeitet hat, verhungern liesse? Jetzt scheint
endlich ein milderer, menschlicherer Geist im deut=

schen Lande zu wehen, und er ist Beweis dafür, daß wir vor unsern Vorfahren an Kultur des Herzens gewonnen haben. O daß er auch in diesem Lande recht allgewaltig wehe und jeden Patrioten in Thätigkeit setze, die Thränen der unglückseligsten unter seinen Mitbürgern zu trocknen!

Gustaf, feurig. Es soll ja geschehen, lieber Greis, es soll geschehen; sage nur an, wie?

Hallo. Mein Plan dazu, Fürst und Herr, wird aber sehr mit allen denen, welche Ihnen schon vorgelegt worden sind, kontrastiren. — Ich weis es, daß man durchgehends seither den Anfang zu den Armenversorgungsanstalten mit Rissen und Anlegungen dazu bestimmter grosser und kostbarer Gebäude machte. Aber gewis die wahre Ursache, warum unter drei dergleichen immer kaum eine wirklich zu Stande kam, und keine sich lange erhielt! Ganz ohne Haus kommt man nirgends bei der Sache weg, wie ich hernach auch zugeben werde; allein solche ungeheure Gebäude anlegen, worinn man die Armen zu vielen Hunderten oder gar zu Tausenden lebenslang auf einander pfropft, ist nicht nur unnöthiger sondern sogar schädlicher Aufwand. Welche Summen erfordert gleich anfangs die Anlage solcher Gebäude! Was kostet Jahrausjahrein die Erhaltung derselben! Wie viel betragen die Besoldungen der alsdann erforderlichen Inspektoren,

Oekonomen, Geiſtlichen, u. ſ. w. Alle dis Geld
wird blos dazu verwendet, einen Endzweck zu
erreichen, der ohne daſſelbe ebenſogut und in den
mehreſten Fällen noch beſſer erreicht werden kann.
Die Armen, beſonders wenn ſie zu zwei und drei
bei einander wohnen, als worauf man halten
mus, können in den Stuben, wo ſie einmahl
zur Miethe ſitzen, eben ſo gut ernährt werden.
Sie verſtehen ſich auf ihre wohlfeilere Beköſti=
gung beſſer, als wir. Viele von ihnen mögen
die warmen Speiſen nicht einmahl, welche wir
ihnen reichen wollen, dazu kommt nun endlich
noch der wichtige Punkt, daß dieſe Leute überall
nicht an Reinlichkeit gewöhnt ſind und daß es
daher um ſo gefährlicher iſt, ſie in ganzen groſ=
ſen Mengen aufeinander zu ſchichten.

Eben dieſe und eine noch ſchlechtere Bewand=
nis hat es mit den Waiſenhäuſern, von welchen
ich wünſchte, daß ſie in ganz Deutſchland demo=
lirt würden. Bau= und Reparaturkoſten, Sa=
läre der Oekonomen, Aufſeher, Geiſtlichen, Aerz=
te u. ſ. w. an ſelbigen, die alle weggeworfen
werden, will ich nicht einmahl in Anſchlag brin=
gen; ſondern ich verbürge mich, daß ich für das
Geld, welches daſelbſt iährlich eine Waiſe ko=
ſtet, wenigſtens zwei in Bürger= und Bauerhäu=
ſern unterbringen will, wo ſie weit menſchlicher
und für das gemeine Leben weit zweckmäſſiger er=

zogen werden. Fürst und Vater, ich habe Gelegenheit gehabt, mich in vielen deutschen Waisenhäusern umzusehen; aber von Schauer für die
Menschheit ergriffen eilte ich iederzeit wieder aus
ihnen, und sah die Wohlthat, welche den armen
Kindern durch Aufnahme in selbige erwiesen sein
sollte, als wahre Strafe für sie an. Bleich und
kränkelnd, immer in einerlei Beschäftigung begriffen, saßen sie mattherzig und traurig da, waren
mehrentheils voll Krätze und Ungeziefer und trugen alle die Spuren iener eingeschlossenen, dum-
pfigten und faulenden Dünste an sich, welche sie
in ihrem Kerker unaufhörlich einathmeten. Ich
wette darauf, daß man es ihnen lebenslang an
der bleichen Gesichtsfarbe, an der Ungeschicklich-
keit ihres Körperbaus und ihrer mehresten Glied-
maßen, die sie gar nicht brauchen lernten oder
zu üben Gelegenheit hatten, und an der Unge-
selligkeit ihrer Sitten ansehen müsse, daß sie von
freier Luft entfernt, ohne Bewegung und Leibes-
übung, bei der elendesten Kost, abgesondert von
allen menschlichen Freudengenüssen und von menschlicher Gesellschaft, oder — im Waisenhause
erzogen worden sind. Wie weit gesundere, stärkere und dauerhaftere, proportionirtgewachsenere,
an Reinlichkeit gewöhntere, zu allen Arbeiten des
gemeinen Lebens tauglichere und gesittetere Menschen würden sie geworden sein, wenn sie in Pri-

F 4

vathäusern von rechtschaffenen Bürgern und Bauern erzogen worden wären!

Gustaf. Du machst mir einen schrecklichen Begrif von Waisenhäusern. Es ist deren nur ein einziges in meinem Lande, aber es soll morgen aufgehoben und alle seine Einnahmen und Kapitalien, die es hat, sollen zum Armenwesen geschlagen werden.

Hallo. Liebster Fürst, ich übertreibe die Sache gewis nicht. Von aussen gleissen dergleichen Anstalten gemeiniglich schön; aber man mus in ihr Inneres eindringen, so sind sie wahrlich den übertünchten Gräbern gleich. Nehmen Sie sich aller verlassenen Waisen Ihres Landes an, dis ist das göttlichste Geschäft eines Fürsten; aber lassen Sie solche unter Menschen zu Menschen erzogen werden!

Gustaf. Lieber Greis, du bist von deinen Vorschlägen zur Versorgung der Armen meines Landes abgekommen. Ich bitte dich, darüber fortzufahren.

Hallo. Fangen Sie damit an, gütiger Fürst, daß Sie allenthalben Arbeit schaffen; damit den Klagen der redlichen gesunden Armen und den Vorwürfen der gleichfalls gesunden aber unredlichen Armen ein Ende gemacht werde. Darben kann der Mensch nicht; hat er wirklich keine Arbeit, die ihn nährt, ist ihm das Betteln ver-

bothen — was bleibt ihm übrig, als stehlen?
O und da gibt es in diesem Lande überaus viel noch
unbetretene Wege, auf welchen noch einmahl so
vielen starken Armen, als es wirklich in sich hat,
Arbeit verschaft werden kann. Wir haben noch
manches reichliche Produkt, das wir roh ausfahren lassen, und eben auch verarbeitet ausfahren
könnten, ohne den Gewinn der Verarbeitung,
durch den wir unsere gesunden Armen ernähren
könnten, Fremden zu überlassen. Legen Sie Fa-
briken an; in ieder Stadt wenigstens eine. Flachs-
spinnereien, Wollmanufakturen werden diesem
Lande am heilsamsten sein. Die Kosten zur Anlage nehmen Sie von den Summen, welche die
grossen in Vorschlag gebrachten unnützen Gebäude
gekostet hätten; erhalten werden sie sich hernach
durch sich selbst. Verbinden Sie damit den Ta-
baksbau und den Seidenbau; so werden Kinder
und Erwachsene beschäftigt sein. Der Patriot
wird leicht noch weit mehr Mittel finden, die
Armen seines Volks in Thätigkeit zu versetzen.
Der einzige Artikel der Wegeverbesserung in diesem Lande wird selbige allein auf zehen Jahre
beschäftigen können. Auch sind hier und da noch
grosse Sümpfe und wüste Plätze, die durch Men-
schenhände urbar gemacht werden könnten. Sobald Sie nun für Arbeit gesorgt haben, so lassen
Sie es im ganzen Lande bekannt machen; und

F 5

wer alsdann noch nicht arbeiten will und doch
kann, den lassen Sie, sobald er auf Bettelei
ergriffen wird, mit Gewalt dazu anhalten. Sehr
viel Arme können sich noch ganz durch ihrer Hände
Arbeit ernähren. Diesen darf nur Arbeit gegeben
werden. Andere vermögen sich nur halb oder zum
Theil zu ernähren. Solche müssen Zuschus erhalten. Noch andere können gar nichts mehr verdienen. Diese mus der Staat ganz ernähren.
Der Hirt und der Bauer lassen auch ihren
alten Hund nicht verhungern, der ihnen lange
genung bei der Heerde gedient oder auf dem
Hofe gewacht hat. Sie erweisen ihm lieber die
Barmherzigkeit, daß sie ihn auf die Scharfrichte-
rei führen und da kurz und gut todtschlagen lassen. So wird der alte ausgediente Mensch
vor dem alten ausgedienten Hunde doch wenigstens den Vorzug haben müssen, daß man ihn —
todtfüttere.

Entsteht nun die Frage, wie die Summen,
welche zum Unterhalt der zum Theil oder ganz zu
ernährenden Armen herbeizuschaffen sind? so antworte ich erstlich darauf: Jeder Ort, er
mag so gros oder so klein sein, als er
will, mus seine eigenen Armen dieser Arten
ernähren. Gehen Sie von diesem Grundsatz
nicht ab, bester Fürst. Ihre Städte sind sonst
am übelsten daran. In diese flüchtet alles vom

Lande, was nicht mehr dienen und arbeiten kann,
oder sonst auch wohl lüderlich gewirthschaftet hat.
Auf dem Lande gibt es ohnehin weit weniger ein=
sässige Bettler, als in den Städten. Der alte
Bauer und die alte Bäurin haben ihren Auszug
vom Guthe, davon sie leben. Warum will eine
ganze Dorfgemeine nicht ihren abgelebten Hirten
oder ein Paar Tagelöhner ernähren, die sich alle
auf ihren Scheunen, Höfen und Strohdächern
krumm und lahm gearbeitet haben? Wo irgend
ein Ort ist, der seine Armen nicht alle ernähren
kann, da treten Sie aus landesherrlicher Macht
hinzu und leisten den nöthigen Zuschus. Die
höchste landesherrliche Macht besteht nicht blos
aus Nehmen zur Ungebühr, sondern auch aus
Geben zur Nothwendigkeit.

Ferner antworte ich auf obige Frage: Ma=
chen Sie es den Geistlichen allenthalben zur
Amtspflicht, die nöthigen Summen zur Ernäh=
rung der Armen ihres Orts von ihren Gemei=
nen zusammenzubringen. Dis Geschäft gehört
recht eigentlich für die Kanzel. Lassen Sie es
nicht betreiben durch die Amtleute und Gerichts=
halter. Die Religion hat eine eigenthümliche
Kraft, die Herzen der Menschen zur Wohlthätig=
keit zu stimmen. Was zehen Bürgermeister
und neun und neunzig Advokaten, die Ge=

richtshaltereien haben, von dieser Seite nicht bewerkstelligen konnten, vermag ein einziger Prediger, wenn er sich die Sache recht angelegen sein lässet. — Vielleicht haben die Gerichtsstuben auch noch eine besondere widrige Eigenschaft, daß sich die Sache der Armen nicht mit Glück in ihnen betreiben lässet; nehmlich diese — daß der Geist des Christenthums, der sanftmüthige, liebreichüberredende, gelindzurechtweisende, von Sportelsucht und Unterschleifmacherei entfernte Geist noch nicht in ihnen der herrschende ist. Diejenigen von der Gemeine, welche der Geistliche nicht zum Beitrag für die Armen bewegen kann, lassen Sie alsdann mit Gewalt dazu zwingen, ihnen denselben fixiren und zur Eintreibung desselben sie ohne weiteres auspfänden. Bei Bestimmung der Almosen an die Armen müssen in den Städten redliche Männer aus allen Ständen konkurriren. Auf dem Lande mus ausser dem Geistlichen, Beamten oder adelichen Guthsbesitzer auch ieder Bauer mitsprechen dürfen. Die Einsammlung der Almosen mus ieder, der Haus und Hof hat, nach der Reihe verrichten; er sei Minister oder Kothsasse. Die Austheilung derselben lassen Sie allenthalben durch die gewissenhaftesten Männer betreiben und die Rechnungen darüber an ein besonderes Armenkollegium in der Residenz alljährlich einreichen, wel-

ches gleiche Würde mit dem erſten Kollegium
des Landes habe.

Dis vorausgeſetzt laſſen Sie alsdann in ieder
Stadt ein mäſſiges Bürgerhaus ankaufen und daſ
ſelbe ſo einrichten, daß darinn ein groſſer Arbeits
ſaal, Platz für arme Kranke und Raum für arme
Wahnſinnige ſei. Je gröſſer die Stadt, deſto
gröſſer ſei auch verhältnismäſſig dis Haus.
Legen Sie Abgaben auf alle Arten von übertriebenen Luxus; um die Summen zum Ankauf
ſolcher Häuſer an die Kammer wieder herbeizu
ſchaffen und ſie hernach im baulichen Weſen zu
erhalten. Gröſſere Baue bedarf es wahrlich nicht.

Und nun, Fürſt und Vater, ſäumen Sie
nicht, zu thun, was Sie thun wollen. Jeder
Tag, der noch darüber hingeht, zwingt der leidenden Menſchheit Thränen und Seufzer über Sie
gen Himmel ab, vermehrt Faulheit und Müſſiggang in Ihrem Lande, und verleitet die untern
Stände zur Immoralität und Zügelloſigkeit in
den Sitten.

Guſtaf, indem er Abſchied vom Greiſe nimmt.
Bei dem Tage meiner Geburt, Vater Hallo —
bei dem Tage meines Todes, ich bin keiner der
Fürſten, die ſchwelgen und praſſen, oder das
Geld unnütz zum Fenſter hinausſchütten, unbekümmert darüber ob Hunderte oder Tauſende

in ihrem Lande hungern und dursten. Möchte vor allen meinesgleichen, die so thun, kein Bürger oder Bauer den Huth abziehen! — Ich darf dis sagen, weil ich selbst Fürst bin. Sagte es ihr Unterthan: so hätte er wohl Hochverrath begangen. Aber ich weis besser, was Hochver= rath sei — nehmlich dis, wenn ein Fürst seine Schuldigkeit nicht thut. Dis ist das eigent= liche Crimen læsæ maiestatis.

Hallo, der geradehin an Gustaf fällt. O Fürst — wahrer Fürst!

Gustaf, der sich von ihm loswindet. Ja, ja, so mein' ichs. Und so wirds dort auch einmahl klingen, wo wir Fürsten ohne Huth und Krone Rechenschaft abzulegen haben. — Ich habe heute alle Kour verbeten; aber nun will ich gleich sie allen meinen Räthen ansagen lassen; und dann soll arbeiten an der Armensache, wer weiter von ihnen in meinen Diensten sein will.

Der Seele des Greises stand ein harter Kampf bevor. — —

Eines Abends, als er, ehe Eleonore, die sich zuweilen bis gegen die Nacht in Berkewitz aufzuhalten pflegte, von ihren Kindern zurückge= kommen war, schon im Bette lag, und eben ein=

schlummerte, ward er durch ein starkes Geräusch in der Nebenstube geweckt. Er richtete sich auf, und sah Alberten, der leise an sein Bette hereilte. Der ganze Anblick verkündigte ihm vorgefallenes Unglück. „Was bringst du so spät noch? fragte er halb im Taumel; und wo hast du die Mutter?"

Albert hatte sich vorbereiten wollen, seinem Vater die traurige Nachricht, welche er ihm zu bringen hatte, auf eine weniger erschütternde Weise zu eröfnen; aber die Frage des letztern war zu bestimmt, als daß er der Vorbereitung nicht vergessen sollte. Er wollte anfangen zu reden, und ward von häufigen Thränen unterbrochen. Der Greis entsetzte sich; doch war er noch Mann genung, um aufzustehen.

„Was ists? — sage nur, was ists?"

Albert stotternd. Die liebe Mutter ist uns plötzlich sehr krank geworden. In der Nebenstube liegt sie auf dem Sofa. Wir baten sie, daß sie bei uns übernachten möchte; aber sie bestand darauf, daß wir sie zu Ihnen bringen sollten.

Hallo unter den wehmuthsvollsten Blicken gen Himmel. Ach Gott! Gott! —

Darauf schlich der Greis wankend zur Nebenstube fort, und die Füße schienen ihm mit iedem Augenblick entsinken zu wollen. Florentin kam ihm, als er dis sah, entgegen, und führte ihn. Eleonore lag in den Armen ihrer beiden Töchter, und versuchte vergeblich, ihre Hände nach ihm auszustrecken. Sie war schon Ringerin mit den Aengsten des Todes.

Hallo umfaste sie mit männlicher Zärtlichkeit. Man hörte ihn tief schluchzen. „Meine Einzige — meine Liebste — du treue, ewigtreue Mut ter, was ist dir?" —

Eleonore seufzte aus der Fülle ihrer Seele. Ihre Gesichtszüge waren verzerrt — ihr Mund zog sich hin und her — ihre linke Hand war unbe weglich. Mit der Rechten gab sie ihm den letz ten Druck, und stammlete schwach: „Vater — ich sterbe. Aber in — deinen Ar — men habe ich — sterben — wollen. Gott hat — mir — diese — Gnade gethan. So leb — nun — wohl — und — komm — bald — nach."

Der Greis weinte bitterlich. „Ach! dein Geist säume nur noch einige Augenblicke! — o meine treue Gattin, meine liebe Begleiterin durch langes Leben — so wills denn Gott, daß du mir vorangehest! Nimm Dank, Dank wie im Himmel noch, für alle deine Liebe gegen mich aus meinem beklommenen Herzen an! Der Schöpfer sei mit dir, und lohne dich nach überstandenem Kampf mit Freuden iener Welt! Ich — folge
bald

*Nein er schlägt mich nicht. Ich habe mich übereilt; — er
verzeih mein Jüngling.*

bald — und bin wieder mit dir — und wir war:
ten denn beide auf seine Gnade.

Eleonore sah noch einmahl ihn, und denn
alle ihre Kinder liebreich an. Alle umfaßten sie
selbige, und unter ihren Küssen gab sie den
Geist auf.

Sie ist dahin — sie ist von mir — rief der
Alte jammernd aus. Gott! wie schlägst du mich
am Grabe noch so hart! — —

Darauf sas er lange noch unbeweglich neben
seiner lieben Todten, hatte die Hände im tiefen
Schmerz gefaltet, sah zur Erden vor sich nieder,
und schien nicht auf das Wehklagen seiner Kinder
zu hören. Endlich rief er aus: „Nein, er
schlägt mich nicht. Ich habe mich übereilt; —
er verzeiht mir in Gnaden! Was mir geschehen
ist, ist natürlich. Wir haben ia lange genug
mit einander gelebt; länger, als Tausend andere.
Ich, oder sie, muste den Anfang zur Scheidung
machen. Sie hat ihn machen müssen; denn
wir haben zusammen viel Drangsale erlitten, und
sie war empfindlicher dabei, als ich. Von nun
an soll mir keine Thräne weiter entwischen. Mein
Angedenken an sie soll ein ununterbrochenes, aber
freudiges Andenken sein. Denn ich folge ihr ia
bald nach. Liebe Kinder, ermannet euch, und
stimmet in mein Gebet ein!"

Der Greis senkte sich zur Erden. Seine Kinder nach ihm.

„Du Erbarmer aller Leidenden hast dich auch ihrer erbarmt, und ihre Quaalen abgekürzt. Nicht Monathe lang — nur Stunden lang dauerte ihre Todesnoth. Wir beugen uns in stiller Demuth unter deinen Willen und beten dich zufrieden an. Dich preise unsere ganze Familie lange für das unzählbare Gute, welches du dieser unserer lieben Verschiedenen erwiesen hast! Alle eilen wir der Ewigkeit zu. Sie hat den Lauf zuerst vollbracht. Laß uns sie segnen! Stille unsere Wehmuth und stärke uns täglich mehr im Glauben an dich. Führe uns denn ihr nach, und bringe uns wieder zu ihr, und mache uns selig, wie sie.“

Aufgeheiteter schien des Greises Antlitz nach vollbrachtem Gebet. Seine Kinder hoben ihn auf, und Albertine trocknete ihm die letzten Thränen ab, welche noch in den tiefen Furchen seiner Wangen schlichen.

Hallo. Lieben Kinder, ihr hattet eine ordentliche Mutter an ihr, und ich eine Gattin, die der Trost meines Lebens war. Sehnsucht sprach aus ihren Blicken, wenn der Mittag kam, und sie konnte die Stunde immer kaum erwarten, in der sie gewöhnlich den Weg zu euch antrat. Gestärkt und recht freudegesättigt kehrte sie denn von euch jederzeit zu mir zurück, und würde bis nach

Mitternacht mir von euch zu erzählen gewußt
haben, wenn den Greis nicht nach erquickendem
Schlummer verlangt hätte. Ich kann nicht
sagen, daß sie unter euch vieren einen Unterschied
gemacht hätte. Sie gedachte Florentins und seiner Schwester mit eben der Zärtlichkeit, mit welcher sie von Albert und Albertinen zu reden pflegte.
Ich habe eine der längsten Ehen auf Erden mit
ihr geführt; aber es ist mir, als hätte ich sie seit
kurzem erst geheirathet. Unaussprechlichen Antheil hat sie an allem, was mir widerfuhr, genommen. Wenn ich, von Arbeit müde und entkräftet, mich in ihre Arme warf, und den Abend
unter häuslichen und vertraulichen Gesprächen mit
ihr hinbrachte — Gott! wie gestärkt, belohnt
und erheitert fühlte ich mich da! Und, wenn ihr
meine zwei leibliche Kinder dann um uns her
waret, uns umhüpftet und umspieltet, und von
uns verlangtet, daß wir ieder einen von euch auf
unsern Schos nähmen, und wir mit dem einen
Arm euch und mit dem andern uns umschlangen
— o wie viel tausend Freudenthränen haben wir
da geweint! Durch die Seele gings mir, wenn
sie denn damahls, als unsre Umstände noch schlecht
waren, wohl zu mir sprach: Lieber, wir haben
zwar wenig Umgang und sind arm; aber wir sind
einander doch eine ganze Welt, und unsere Kinder sind mehr, als Millionen für uns. — Ihr

Beſorgtſein für mich, wenn ich in gefährlichen La=
gen zu ſein ſchien, ging über alles, was ich euch
davon ſagen mag, und ich bin gewis, daß ſie die
Unruhen, welche ſie meinetwegen gelitten, einen
Theil ihres Lebens gekoſtet haben. Sie war mir
ganz das, was das Weib dem Manne ſein ſoll.
Keine Stunde von allen, die ich noch lebe, ſoll
vergehen, ohne daß ich ihrer gedenke. Ich bin
nun ganz einſam hier, und will es auch hier ſein
bis an meinen Tod; aber, da ich nun nicht mehr
mit ihr reden kann; ſo ſoll meine ſchönſte Unter=
haltung dieſe ſein, daß ich mich in die verſchiede=
nen Zeitpunkte unſeres zuſammengeführten Lebens,
in welchen ſie mir die auſſerordentlichſten Beweiſe
ihrer Liebe gab, zurückverſetze, und es, ſo weit
es die ſterbende Fantaſie eines Greiſes vermag,
dadurch dahin bringe, daß mir ſo ſei, als wäre
ſie noch um mich, als ſähe ich ſie, und als ſchlöſſe
ich ſie in meine Arme. Glaubet mir — die
erſten Jahre der Liebe ſind ſanft und ſüs; aber
nichts ſind ſie gegen den ſtillen ſeligen Abend
rechtſchaffener Gatten. Wenn ein Paar See=
len durch ein ſo langes Beiſammenſein ganz in
einander eingeſchauet, ſich ganz an einander
gewöhnt haben, und ſo unauflöslich verbun=
den ſind — dann, dann genieſſet man die
Seligkeiten der Liebe, der Treue und der
Tugend erſt recht. Aber dann wird auch der

Augenblick der Trennung recht schwer — recht schwer. —

Der Greis unterbrach sich hier selbst — schluchzte — drückte seinen Kindern die Hände — blickte seufzend gen Himmel — fuhr fort: Doch, wie freudig umarmt ein Greis unter solchen Umständen die Hofnung eines künftigen Lebens! — O Eleonore, Eleonore, du meine treue Gefährtin, nicht auf ewig verlohren bist du für mich! In seligern Gefilden geselle ich mich wieder zu dir; und dann fürchten wir die Trennung nicht wieder. Gewis finden wir uns wieder; denn unsere Gesinnungen waren dieselbigen. Die Welt, deren Bürgerin du sein wirst, mus auch meine Welt werden. Das sei nun hinfort meine süsseste Vorstellung! Und so lange sie von Gott noch nicht realisirt wird, will ich mich daran begnügen, ihren Vorgenus aus eurem Anblick, liebe Kinder, zu schöpfen. Doch, sie wird bald kommen — ja, sie wird bald kommen, die Stunde, in der mein Geist dem ihrigen folgt. Harren, Hallo! Harren bis ans Ende ist die letzte Tugend des Greises. — Liebet, Kinder, eure Mutter im Tode noch, und lasset ihr Bild im Segen unter euch bleiben! Ich werde euch beobachten über diesen Punkt, und von den Gesinnungen, welche ihr gegen eure todte Mutter äussert, auf diejenigen schliessen, welche ihr einst für

euren todten Vater hegen werdet. Ahmet euren
Eltern in Tugend und Sanftmuth gegen einander
nach; auf daß ihr, wenn euch dereinst die Gottheit trennet, eben so mit Seelenruhe, ohne Vorwurf und mit inbrünstiger Freude auf eure Wiedervereinigung in iener Welt auseinander gehen
möget, wie Eleonore von mir ging. Sie soll
begraben werden in der Laube; und zwar so, daß
mein Grab neben dem ihrigen Platz finde. Ich
fühle mich schwach, und überlasse es euch, die
Anstalten zu treffen.

Hallo gab Eleonoren den letzten Kus, und
legte sich äusserst entkräftet zu Bette. Von iedem
Paare seiner Kinder waren immer einer bis zum
Tage der Beerdigung Eleonorens auf dem Berg.
Albert und Florentin besorgten das Grab; ihre
Frauen die Leiche. Den Greis hielt seine Schwachheit auf einige Tage im Bette. Er versuchte es,
sie durch Muth zu bekämpfen; aber er that der
Natur vergeblich Widerstand. Am Tage der Beerdigung war er am allerschwächsten. Seine Kinder fleheten ihn, das traurige Begrabungsgeschäft
ihnen allein zu überlassen. Ihre Bitte iam-
merte ihn; doch muste er sie erfüllen. „So gehet
denn, sprach er, und senket sie mit Gebet und
Segen ein. Ich will mich unterdessen auf meinem Lager vor Gott demüthigen. Stehe ich wieder
auf— dann, dann mein erster Gang zu ihr!"

Niemand folgte der Leiche Eleonorens, als ihre vier Kinder. Dennoch gehört ihr Grab zu denienigen, in welche die häufigsten Thränen des aufrichtigsten Schmerzens und der innigsten Dankbarkeit gefallen sind. Florentin und seine Schwestern dachten schwermüthig an ihre Eltern bei selbigem zurück, und fühlten tief, wie weit schöner dieses Grab, als das Grab des alten Jakobs sei. Die beiden iungen Männer halfen wacker den Hügel machen, und ihre Gattinnen schütteten grosse Körbe voll Blumen über ihn aus. Als Träger und Gräber weg waren, verweilten die edelmüthigen Kinder noch eine Zeitlang am Grabe, ohne zu sprechen. Sie standen tief in Gedanken, und dachten alle einerlei. Nach wechselseitigen Umarmungen verliessen sie es, und kehrten unter heiligem Schweigen zu ihrem Vater zurück. Der Vollmond warf ein blasses Licht durch die Wolken, und eine feierliche Stille herrschte auf dem ganzen Berge.

Habt ihr sie begraben? — fragte der standhafte Greis.

Seine Kinder schwiegen, und wendeten sich von ihm, um ihn ihre Thränen nicht sehen zu lassen.

O gönnet ihr die Ruhe! —

Eine himmlische Heiterkeit ergos sich bei diesen Worten über sein ganzes Antlitz. Man

suchte ihn zu bereden, daß er wieder nach Berkewitz zurückziehen möchte.

Hallo. Ich bleibe bei eurer Mutter.

Albertine und ihre Schwägerin erboten sich,
eine Woche um die andere bei ihm auf dem
Berge zuzubringen.

„Bleibet ihr bei euren Männern, und in
euren Wirthschaften, erwiederte er, denn dahin
gehören die Weiber. Könnet ihr mich und eure
Mutter doch so oft besuchen, wie ihr wollet. Die
geringe Bedienung, welche ich bedarf, leisten
mir der Gärtner und seine Leute. Brauche ich
sonst etwas, so soll es euch durch sie abgeso-
dert werden."

Er erholte sich darauf wieder von seiner
Schwachheit; und der Abschied, welchen seine
Kinder zum erstenmahle nach Eleonorens Tode
von ihm nahmen, war einer der rührendsten,
und schien die Stelle des Allerletzten vertreten zu
sollen, wenn sie diesen etwa einmahl nicht von
ihm nehmen könnten.

———————

Der Greis erfüllte sein Versprechen. Sein
erster Gang nach seiner Genesung war zu Eleonoren. Mit so hoher Andacht, mit so überwäl-
tigendem Gefühl war er noch nie in die Laube ein-
getreten, als ietzt. Noch lagen die Blumen,

welche die edlen Töchter ausgeschüttet hatten, auf
dem Hügel, und welkten. Er nahm einige Ro-
sen davon, und steckte sie an seinen Busen. Der
Strom der Empfindung ris ihn fort. Er sprach
laut: „Nun sanfter Friede Gottes über dir, du
treues Weib! Eingegangen, eingegangen bist du
in der Erde, unserer Mutter, Schos, und dein
Freund, dein Vertrauter, dein unzertrennlicher
Gefährte im Leben und im Tode wartet der Stunde, in welcher sie sich auch ihm öfnen wird. Ach!
wie herzlich hast du mich geliebt! Welch eine
Leere hat nun die Welt für mich, da du nicht
mehr bist! Liebe Selige, ich bin dir viel schuldig.
Ich fühlte deinen Werth im Leben, und dränge
mich auch im Tode noch an deine Seite. Nimm
aus Gottes Händen nun den schönsten Lohn eines
frommen Weibes und einer redlichen Mutter.
Warte auf mich in iener Welt; — — ich
komme bald. Schon sinken meine Kniee hier
auf meine künftige Gruft, und im kurzen wird
diese Stätte alle meine Gebeine decken. Denn
ruhe und raste ich neben dir, und unser Staub
vereinigt sich, wie unsere Seelen immer vereinigt
waren. Ach! welche Wonnen über uns, wenn
Gottes größter Tag kommen wird, und wir ihm
wieder gemeinschaftlich — nicht mehr im Staube — das erste Lobgebet anstimmen werden!
Welche Wonnen — wenn wir uns in reinester

Liebe üben, und uns und unsere Kinder in vol:
lendeter Tugend erblicken werden! dann ewig
wohl mir, daß du meine Gattin wardst!"

Der Greis befand sich schon, ohne dessen be:
wußt zu sein, in der völligen Stellung eines glü:
henden Beters, und fuhr ununterbrochen fort:

„Gott! zum erstenmahle bete ich hier zu
dir an meiner Gattin Grabe. Du warest ihr
gnädig — ach! sei es auch mir! Ich bin nun
ganz einsam; aber du bist mein Beistand. Nichts,
nichts habe ich eisgrauer Alter weiter mehr zu
thun, als des Augenblicks zu harren, in welchem
du auch mich dahin führen wirst, wo meine Liebe
nun schon ist. Gewähre ihn mir nach deiner
Weisheit in einer recht seligen Stunde, und löse
mich alsdann sanft auf; damit mein Tod einst
einem Mittagsschlummer gleiche, in den der Ar:
beiter unter der überhandnehmenden Sonnenhitze
fällt. Ach, wäre es möglich, daß ich so einmahl
hier, so in dieser Stellung, und so nach voll:
brachtem Morgengebet geradehin auf mein Grab
sänke, und mein Geist unter inbrünstigen Ge:
danken an dich aus Welt in Welt überginge —
o Gott! wie überschwenglich begnadigtest du denn
einen Greis, der dich allenthalben sucht und al:
lenthalben findet, und aus der Hofnung höherer
Offenbarungen deiner Liebe, welcher du ihn bald
würdigen wirst, seine letzte höchste Freude schöpft!

Schöpfer — Vater — Gott und Herr! segne
mich mit Kraft und Muth! Erheitere meinen
Geist, und gib ihm Augenblicke, in welchen er
im Anblick deiner grossen Werke auf Erden schon
in iene Welt hinübergerückt zu sein glaubt. Sieh,
wie diese Hände, welche sich vor dir falten, schon
zittern, dieses Haupt, das sich zu dir erhebt,
schon wankt; aber du — du bist meine Stärke!"

Da kam Fürst Gustaf.

Er fand den Greis knieend — knieend an
einem Hügel, der die Gestalt eines Grabhügels
hatte. Sein erster Gedanke war, daß Hallo,
um das Andenken seines Todes recht lebhaft zu
erhalten, denselben als Bild seines eigenen Gra=
bes habe aufwerfen lassen.

„Was ist dis? — Wozu dieser Hügel?"

Hallo, sich aufrichtend. Er deckt Eleono=
rens, meiner vollendeten Gattin, Gebeine.

Fürst Gustaf, sich entsetzend. Wie? ist sie
todt?"

Hallo. Ja, bester Fürst; sie ist dahin, und
ruhet hier schon seit einigen Tagen, und ich war
eben heute erst stark genung, zum erstenmahle
an ihrer Gruft zu beten.

Der Fürst. O du beiammernswürdiger wa=
cker Greis, was für ein hartes Geschick hat
dich noch treffen müssen! wie blutet für dich mein
Herz!

Hallo. Nicht so, lieber Herr und Vater. Wenn ein Paar Menschen so lange zusammen gelebt haben, wie Eleonore und ich, was ist natürlicher, als ihre Trennung dann? Thäte der Hinterbleibende nicht grosses Unrecht gegen Gott, wenn er über den frühen Abschied des andern murren wollte? Es ist mir nun lieb, daß sie vorangegangen ist. So hat sie ein Leiden weniger empfunden; das Leiden, welches ihr unter allen das bitterste gewesen sein würde — das Leiden, **mich sterben zu sehen.** Ich liebte sie; darum gönne ich ihr die frühere Vollendung.

Der Fürst. O du gesetzter Greis, was bist du für ein seelengrosser Mann! Untröstlich dich zu finden würde ich geglaubt haben, wenn ich vom Tode deiner Gattin gehört hätte; und siehe, du bist schon völlig beruhigt. Mein ganzes Erstaunen erregst du.

Hallo. So zu denken, ist ja die einzige Klugheit, welche der Mensch ausüben kann, und Pflicht für mich. Auch ward es mir nicht schwer. Einige Minuten lang währete zwar der Sturm, den ich auszustehen hatte; aber ich stillete ihn bald. Das ist der Lohn der Rechtschaffenheit, daß für uns keine Lage des Lebens sich ereignen könne, in der es uns bei ihr an Trost gebrechen sollte.

Der Fürst schwieg mit fest auf den Greis ge-
richteten Blicken, und man las die immer höher
steigende Ehrfurcht gegen denselben in seinen Augen.

Halso. Wir haben in keuschester Liebe und
in herzlichster Vertraulichkeit eine lange Reihe
von Jahren verlebt. Unaussprechlichviel hätte
ich an den Genüssen des Lebens verlohren, wenn
sie nie meine Frau geworden wäre. Süsser, seliger, — bei allen Leiden, die uns betroffen haben, mus nie eine Ehe unter dem Himmel gewesen sein, als die unsrige. Mit Entzücken
denke ich an den Tag unserer Verbindung, und
mit Ruhe an den Tag unserer Trennung zurück.
Beide sind nun vorüber. Aber einer ist mir
gleichheilig, wie der andere. Auch der Tod kann
mich nicht ganz von ihr trennen. Ich bin hier
doch bei ihr, und werde täglich bei ihr sein, und
werde die meisten Stunden, die ich noch lebe,
hier verleben, und werde bald ganz wieder bei
ihr sein. Es ist wahr, es bleibt immer ein
Schmerz, seinen Vertrautesten verlohren zu haben; aber es ist ein sanfter Schmerz; denn er wird
auf der Stelle durch das Bewustsein gemildert, daß
man des Todten werth gewesen sei, daß er sich
davon überzeugt gehabt, daß er erkannt und geschätzt worden, und daß er im Augenblick des
Scheidens sich auf den Augenblick des Wieder-
vereinigtwerdens mit uns innigst gefreuet habe.

Nur wahre Liebe, die wir gegen die Unsrigen
hegen, beruhiget uns am Ende über ihren Tod.

Der Fürst, der sich seufzend an Hallo's
Seite setzte. Darinn sind wir Fürsten, wir
Grosse, übel dran, daß uns von dieser Glück:
seligkeit, welche der Mensch im Schosse seiner
Familie genießt, gewöhnlicher Weise nur ein klei:
ner Theil angewiesen ward. Ich weis nicht,
es ist bei uns meistentheils zwischen Gatten und
Gatten, zwischen Eltern und Kindern, zwischen
Geschwistern und Verwandten gar das Vertrau:
liche und Herzliche nicht, welches man unter
diesen Verhältnissen in andern Ständen antrift.
Wir leben größtentheils in einer Art von Entfer:
nung unter einander, kommen uns nie nahe ge:
nung, bleiben gleichgültig und kalt gegen einan:
der; und wahre, sanfte Liebe ist ein Trieb, den
wir selten recht kennen lernen. Das macht, daß
wir von Kindesbeinen an nur für das Geräusch
empfindlich gemacht werden, und von nichts, als
von grosser Welt und von hohem Tone reden
hören. Für Ceremonie können wir gar nicht zur
Vertraulichkeit gegen einander kommen; und,
wenn wir einmahl nahe daran sind, so verdirbt
ein Courtag, an dem wir hundert Leute und
mehr in einem Saale beisammen, und äusserst
verbindlich gegen einander sehen, ob wir gleich
wissen, daß keiner von ihnen dem andern über

den Weg traue, alles wieder. Ueberhaupt wer=
den uns oft die Bande der Natur und der Liebe
von Jugend auf nicht von einer so heiligen und
ehrwürdigen Seite vorgestellt, von welcher andere
Menschen sie betrachten lernen. Es ist fast,
als wenn man damit sagen wollte, daß das,
was man eigentlich Haus nennet, zu klein für
uns sei, und daß wir nicht für das Haus,
sondern für die Welt bestimmt wären. Nur
Schade, daß die Welt uns das nicht ersetzen
mag, was wir im Hause haben könnten und ver=
liehren müssen. Warlich guter Greis, wenn dies
und andres mehr die übrigen Menschen bedächten:
so sollten sie endlich einmahl anfangen, uns un=
seres hohen Standes wegen nicht mehr zu be=
neiden. Die sanftesten Freuden gehen für viele
von uns verlohren. Von der Natur auf allen
Seiten wie abgedrängt und ausgeschlossen, müs=
sen sie sich an die Kunst halten, die in allen
ihren noch so hochgerühmten Produkten mit ihrer
glänzenden Flitterei die simple und sättigende
Würde iener nie erreichen mag. Zwanzig, dreis=
sig Menschen stehen zum Exempel um sie her,
und lauern auf ihren Wink, iede Art von Be=
dienung zu leisten; unter ihnen allen ist kein
Freund, kein Bruder für sie. Ueber die wider=
natürliche Ceremonie, Etikette, und wie das Zeug
alle heist, kommen sie um die sanftesten und lie=

benswürdigsten Gefühle der Menschheit. Es ist
fürwahr für ihre Unterthanen nicht gut, wenn
die Sachen mit ihnen auf solchem Fuße stehen.
Nur gar zu leicht tragen Menschen, deren eigenes
Gefühl für die Bande der Natur und der Liebe
nicht stark genug ist, auch kein Bedenken, sie
unter andern aufzuheben. Alle die Familientren=
nungen, welche die Fürsten so oft vornehmen,
wenn sie in ihren Diensten den Gatten von der
Gattin entfernen, den Kindern den Vater oft in
denjenigen Jahren entziehen, in welchen sie seiner
Zucht am meisten bedürfen, und von den Eltern
die Söhne, und von der Braut den Bräutigam
weg ins Schlachtfeld führen, und bei den Thrä=
nen derselben ungerührt bleiben, würden von ih=
nen nicht vorgenommen werden, wenn — ih=
nen ihre eigene Familie mehr wäre.

Dem Greise hatte gleich bei den ersten Wor=
ten des Fürsten das Herz geklopft. Gustaf aber
sprach ihm zu offenherzig und zu schön, als daß
er ihn unterbrechen sollte. Ganz Liebe und Hoch=
achtung für einen so edeldenkenden Herrn hub er,
als derselbe schwieg, an: Ja, bester Fürst, zu
wünschen wäre es, daß die Fürsten durchgängig
von Jugend auf empfänglicher für die Freuden
und Seligkeiten gebildet würden, welche sie, wie
alle andere Menschen, aus dem Schoße ihrer
Familien schöpfen könnten. Oft würde dieser ein=
zige

zige Umstand dazu dienen, daß die verheerendsten
Kriege, welche mehr denn eine Nation auf halbe
Jahrhunderte unglücklich machen, nicht geführet
würden. Auch würde die Geschichte nicht mit
schwarzen Fa...enhandlungen, an Höfen begangen, bezeichnet sein. Man würde nicht lesen,
wie da ein Bruder den andern aus dem Wege
geräumt, und der Sohn seinen leiblichen Vater
langsam hinrichten lassen. Doch, um so viel reizender ist es, wenn man einen Fürsten erblickt,
der Mann für seine grosse und kleine Welt zugleich ist, und in dessen Augen ein Tag, den er
ganz als Gatte, Bruder, Verwandter und Vater verlebt, einen höhern Werth hat, als die
Galatage eines ganzen Jahrs. So einem Fürsten dienen — unter so einem Fürsten leben —
o Gott, wie schön ist das!

Bei diesen Worten umfaßte der Greis den
herrlichen Gustaf, und blickte ihm lächelnd in die
Augen, als wenn er sagen wollte: treflicher
Mensch, so ein Fürst bist du!

Indessen, fuhr er fort, will ich nicht in Abrede sein, daß äuserst schwer wegzuräumende Hindernisse allerdings da sind, welche der sanftern
Familiendenkart an vielen Höfen im Wege liegen.
Vielleicht dürfte es auch nicht an Leuten fehlen,
die zur Rechtfertigung der Sache sagten, daß
Fürsten oft genöthigt wären, die süssesten Fami-

lienverhältniffe dem ins Gröffere gehenden Wohl
ihres Volks aufzuopfern. Wahr nun, oder nicht
wahr, daß Fürften von diefer Seite nicht fo viel
haben, als ihre geringften Unterthanen; ia zuge=
geben fogar, daß ihr Beruf es ihnen unmöglich
mache, die Familienfreuden fo ganz und fo un=
unterbrochen, wie andere Menfchen zu genieffen;
fo mus man auf der andern Seite doch auch das
wieder in Anfchlag bringen, was fie vor allen
andern Menfchen voraus haben. Sie können
Taufende glücklich machen; während daß wir
übrige nur an dem Wohl einiger Wenigen, wel=
che dicht um uns her leben, arbeiten. Ein
ganzes Volk ftellt ihre Familie vor. Unfer
Zirkel, in dem wir thätig find, ift eng und klein;
der ihrige zieht fich von einer Grenze ihres Landes
bis zur andern, und umfaßt nicht felten noch die
nachbarlichen Fluren. O Fürft und Herr, welch
ein Gedanke — von Taufenden Vater geru=
fen zu werden! Warlich, im Genuffe deffelben
befindet fich ein Menfch in der höchften Nähe
an Gott. Nicht die bloffe Macht, welche in
den Händen der Groffen ift, ftellt fie vor unfern
Augen zu Bildern der Gottheit auf; fondern
die zum Wohlthun, zu allgemeinen Segnun=
gen angewendete Macht ift es, welche dis
thut. Wenn ein Fürft feine Wittwen im Lande
verforgt, feine Waifen im Lande erzieht, feine

Unterdrückten schützt, seine Armen nährt, dem
Fleiße Arbeit verschaft, Ordnung, Ruhe und
Sicherheit allenthalben aufrecht erhält, und allen
seinen Unterthanen mit edlem Beispiel, wie der
Vater seinen Kindern vorgeht: o so erreicht er eine so überschwengliche Höhe eines Hausvaters,
daß wir übrigen alle nur wie im Staube unter ihm kriechen. Wenn er denn sein Land
durchreiset, wie der Vater sein Haus durchwan-
dert, allenthalben nachsieht, woran es seinen
Kindern gebreche, die Arbeiten untersucht, welche
seine Diener geleistet haben, iede Lücke, die er
noch vorfindet, ausfüllt, und so alle seine Fuss-
stapfen mit Segen zeichnet: welche Gefühle von
wahrhaftigaöttlicher Seligkeit müssen sein ganzes
Herz durchströmen! Allenthalben stehen seine Unterthanen zu Hunderten und zu Tausenden, und
empfangen ihn mit offenen Armen, wie die
Kinder den Vater, wenn sie ihn eine Zeitlang
nicht gesehen haben. Vertrauensvoll nahen sie
sich ihm mit ihren Bitten; und, wenn er ihnen
selbige gewähren kann, wie muß er die Macht
schön finden, welche er in Händen hat! Reiset
er bei ihren Tempeln vorüber, so sagt ihm sein Herz,
daß sie daselbst für ihn beten; und geht er in
ihre Hütten ein, so kann er zu sich selbst sprechen:
auch hier gedenken sie meiner in vereinigter Andacht vor Gott. — Mildester Fürst, verstatten

Sie einem Greise, daß er Sie segnen dürfe, ohne den Schein der Unbescheidenheit zu empfangen. Was mein Herz seit Jahren im Stillen dachte — was ich Tausenden schon sagte, wenn Sie nicht gegenwärtig waren, das sage ich dicht am Grabe Ihnen selbst noch ins Gesicht. Sie sind so ein Fürst, der — Hausvater seinem Volke ist. Die Macht, welche Sie haben, theilen tausend Grosse mit Ihnen; der äuserliche Glanz, welcher Sie umstrahlt, umstrahlt auch diese; aber — das menschliche Herz, welches in Ihrem Busen schlägt; erhebt Sie über Viele Ihres-gleichen. Der Patriot darf Ihnen dafür die Liebe Ihres Volks nicht erst anwünschen; Sie sind schon der höchste Gegenstand derselben. Er darf Ihnen die Segen des Himmels nicht erst erflehen; schon schüttet selbige die Gottheit reich-lich auf Sie herab. O bleiben Sie Ihren Grund-sätzen treu, und lassen Sie sich bis ans Ende Ihrer Tage von Befolgung derselben durch die Schmeichler, durch die menschenfeindlichen Pluß-macher und durch die unpatriotischen Projektirer nicht abwendig machen. Wenn diese Stimme, welche ietzt zu Ihnen spricht, längst verstummt ist — wenn diese Glieder, welche die letzten Regungen noch an Ihrer Seite empfangen, längst aufgelöset und zerstäubt sind — — dann, dann, edler Fürst, hören Sie sich noch von allen

Seiten her Wohlthäter, Retter und Vater ge=
rufen werden! Behaupten Sie sich in der Wür=
de, der Repräsentant des höchstens Wesens
für eine ganze Nation zu sein, und machen
Sie, daß für Ihre Unterthanen einst die Nach=
richt von Ihrem Tode unter allen Nachrichten
die schrecklichste sei. Gott! was muß jene Welt
für Wonnen noch für Fürsten haben! Wird es
dem Vater eine Seligkeit sein, der keine andere
gleich, wenn er sich einst von seinen guterzo=
genen Kindern wieder umgeben sieht, die ihm ihr
gesammtes Heil verdanken: wer mag die Reize
schildern, die der Himmel für einen Fürsten ha=
ben wird, den ein ganzes Volk, daß aus vielen
tausend Familien besteht, dort noch umringt, seg=
net, liebt und Vater ruft! Ach, menschlicher
Fürst, diese Seligkeit ist Ihre! Gott — Ihr
Herz — Ihre Tugend — Ihre Weisheit —
Ihre Menschenliebe bereiten sie Ihnen. . . . .

Gustafs Augen waren voll Thränen, als
der Greis so zu reden aufhörte. „So lange
ich lebe, erwiederte er, soll glücklich machen meine
gröste Wollust sein. Täglich will ich noch besser
zu werden suchen. Und, wenn du, grauer Bie=
dermann, lange nicht mehr zu mir sprichst: so
will ich zu deinem Grabe noch hieher kommen,
und deine Stimme hören, und allewege so han=
deln und denken, daß du mir einst das Zeugniß

welches du mir heute gibſt, in iener Welt noch
gern ertheilen mögeſt.

Hallo ſah ſeinem Fürſten nach, ſo weit er
konnte, und pries Gott für die Eindrücke, wel=
che er heute auf die Seele deſſelben gemacht zu
haben glaubte.

Der Greis vor ſich ſelbſt.   Heil dem Volke,
welches Er regiert! Von Jahr zu Jahre wird
der Wohlſtand deſſelben höher ſteigen, und En=
kel und Urenkel werden in dem Nahmen Guſtaf
etwas göttliches finden, und ieden ihrer guten
Fürſten ſo nennen, wenn er auch nicht ſo getauft
worden wäre.   Heil Dir ſelbſt,   Du ſchöner,
Gottesähnlicher Menſch — Guſtaf — Deiner
Unterthanen Vater, und der Fürſten Zierde!
Gott ſei mit dir auf allen deinen Wegen, und
ſchütze dich, und verleihe dir das längſte Leben,
das ie ein Prinz verlebte! Er gebe dir mein Al=
ter, und als Greiſe dereinſt meine Munterkeit
und Seelenruhe;ʼ und laſſe deinen Sohn die
Thränen trocknen, welche dein Volk über deinen
Tod weinen wird!   Ich danke dir, daß du mich
höreſt, und durch mich im Guten geſtärkt wirſt,
und werde iene Welt nur alsdann erſt recht ſchön
für mich finden, wenn ich auch in ihr an deiner
Seite ſein kann.   Ja, drängen will ich mich
auch denn noch an dich, und dich an alle die
Reden erinnern, welche wir unter einer Laube;

auf Erden mit einander führten. Unter einer
Laube, die du mir schenkteſt, und die ich ganz
für dich und .für mich zu benutzen ſuchte; —
für dich, zu Erhöhung deiner Freuden: — und
für mich — — zum Grabe....

Hallo ſtand einige Augenblicke in einer Art
von Entzückung, und blickte bald nach Guſtafs
Reſidenz, bald nach Eleonorens Gruft. Drauf
grif er nach einem Spaden, und fing neben dem
Grabhügel ſeiner Gattin noch einen aufzuwerfen
an, der ihm denienigen recht ſinnlich abbilden
ſollte, unter welchem er bald an ihrer Seite
ſchlummern würde. Der Gärtner half ihm her=
nach dabei, und er befeſtigte auf iedem Hügel
einen Pfahl mit einer Tafel. Auf der einen las
man die Worte: Eleonore, die Treue, ging
voran; — und auf der andern: Und Hallo,
ihr dankbarer Mann, folgte ihr bald und
gern. Einen ganzen Morgen brachte er mit
Blumenbepflanzung und Blumenbeſtreuung der
beiden Hügel zu, führte am Mittag ſeine Kinder
unter die Laube, bewirthete ſie daſelbſt mit den
Früchten, die der Berg ſchon hatte, und ſprach
zu ihnen: „Sanft und heiter iſt dem Rechtſchaf=
fenen ſein Gang zum Grabe; erquickend für ihn
die Ruhe in ſelbigem! Bald werdet ihr hier ſitzen,
meine Kinder, und ſprechen: Da liegt unſere
Mutter — und hier unſer Vater. Mir iſt,

H 4

als hörte ich dis schon; aber mein Geist leidet dabei weder Angst noch Furcht. Eleonorens und mein Grab sind mit Blumen bestreuet und bepflanzt, wie ihr sehet. Aber diese Blumen sind die geringern nur; denn — sie verwelken und verblühen. Wir fingen früher an, unsere Gräber mit Blumen zu bestreuen und zu bepflanzen, die von höherer Schönheit sind, die die herrlichsten Früchte für uns tragen, und ewig uns erfreuen werden. Setzet die kleine verwelkliche Blumenanlage, welche ich hier gemacht, nach meinem Tode fort, und bindet euch, so oft ihr alsdenn hieher kommet, Sträuffe davon, und stecket sie an euren Busen. Ihr waret auch Blumen, von unsern Händen gezogen, und euer Anblick labte euren grauen Vater noch über alle Anblicke der Natur. Bleibet gute Menschen; — so wird auch der Tod keine Schrecken für euch haben, und ihr werdet in seinen einbrechenden Dämmerungen so seelenruhig, wie in den niederfallenden Kühlungen einer Sommernacht, sitzen."

Die Erndte nahete nun herbei. Hallo's Kirche, deren Bau der Fürst mit möglichster Eil betreiben lies, ragte schon hoch hervor, und die beiden geistlichen Wohnungen zu ihren Seiten konnten nach einigen Monathen bezogen werden. Wilhelmi sendete auf Hallo's Ansuchen aus dem Seminarium der Residenz einen tüchtigen iungen Menschen in die Schule nach Berkewiß, der alle Hofnung von sich gab, unter der fernern Anleitung eines helldenkenden und unverdrossenen Predigers die ländliche Jugend aufdas beste zu bilden. Hallo lies ihn zu sich auf den Berg kommen, und examinirte ihn selbst. Er fand an ihm einen offenen Kopf, einen Kinderfreund, und einen iungen Mann, der sich das Talent erworben hatte, Begriffe zu entwickeln, sich faslich zu machen und herabzulassen. Es lies ihn in seiner Gegenwart sich mit einigen Bauersiungen über einige Grundsätze des Lebens, die ieder Mensch wissen mus, unterhalten, bezeigte Zufriedenheit mit seiner Methode im Unterricht und beschenkte ihn.

Schwerer aber ward es dem Greise, einen Prediger zu bekommen, der so ein Mann wäre, wie er ihn verlangte. Es fehlte zwar nicht an Subiekten, welche sich dazu meldeten; allein sie reichten alle nicht an das Ideal eines Pastors zu Berkewiß, welches Vater Hallo entworfen hatte. Endlich langte an einem Morgen, da der Greis eben unter der Laube sas, ein Mann zwischen dreissig und vierzig Jahren, der schon eine geraume Zeit in einem benachbarten Fürstenthum Prediger

gewesen war, mit Empfehlungsschreiben von Wilhelmi an.

„Herr Buchholz — schrieb der Minister —
ist ein gescheuter, offener, edeldenkender Geistlicher, und hat nichts wider sich, als den Ruf der
Heterodoxie; und ich zweifle nicht, daß er ein
Mann nach Ihrem Herzen sein werde. Der
Fürst hat ihm auf meine Fürsprache eine Versorgung in seinem Lande versprochen, aber eben
fiel mir ein, daß Sie noch keinen Prediger
hätten.‟

Buchholz händigte dem Greise, als dieser
das Empfehlungsschreiben gelesen, ein Testimonium ein, welches er sich vom Konsistorium seines Landes vor seiner Abreise aus selbigem hatte
geben lassen. Dieses enthielt ein ganz ungekün-
steltes Lob seines Karakters, seines iederzeit unan-
stössiggeführten Lebenswandels und seines im Amte
bewiesenen Fleisses, und man sah es den so gar
einfachgewählten Ausdrücken desselben an, daß
man es ihm gern vorenthalten haben würde, wenn
man gekonnt hätte. Der Schlus davon war:
„Weshalb um so mehr zu bedauern steht, daß
„ein sonst so würdiger Mann sich durch den
„Schwindelgeist, der gegenwärtig über die Kirche
„blasen thut, zu Meinungen hinreissen lassen,
„die den heiligen simbolischen Büchern entgegen-
„sein thun, und daß ihn sein Stolz verleitet hat,

„der Obrigkeit den schuldigen Gehorsam zu versa-
„gen, welche ihm das öffentliche Bekenntniß sei-
„ner Irrthümer und den Wiederruf derselben zur
„Ehre Gottes auferlegte. Gott verleihe ihm
„seine Gnade zu seiner Besserung, und führe
„ihn bald zur reinen Lehre zurück, damit er selig
„werde; denn draussen sind die Hunde."

Die Miene des guten Bewußtseins, die Treuherzigkeit und Furchtlosigkeit, mit welcher Buchholz dis Testimonium überreichte, stellte in den
Augen des durchschauenden Greises noch ein Zeugnis für ihn aus.

Hallo, unter heftigem Kopfschütteln. O der
elenden Lage, in der die Religion da noch ist, wo
solche Schöpse an ihrer Spitze stehen! Herr
Prediger, dis Attestat macht Ihnen Ehre. Ich
bedaure ieden ehrlichen Mann unter Ihren Umständen, der weiter sieht, und thun soll, als wenn
er nichts sähe. Gottlob, hier zu Lande mildert
sich die Luft merklich.

Buchholz war ein Mann, der sich durch sein
Aeusserliches schon überaus empfohl. Die Natur
hatte ihn gut gebildet, und sein edler Anstand,
verbunden mit einem männlichheitern Wesen, nahmen ieden, der ihn sah, bald für ihn ein. Er
sprach mit bescheidener Freimüthigkeit, und man
hörte es ihm in den ersten Augenblicken an, daß
er viel gedacht habe. Er hatte den Menschen

tief ſtudirt, ſich zu deutlichen Begriffen erhoben,
und ſeine Religion nicht aus Siſtemen und Kom-
pendien geſchöpft. Gegen Untreue und Men-
ſchenhaß konnte er äuſerſt aufgebracht werden;
aber gegen nichts war er duldſamer, als gegen
Verſchiedenheit in Religionsmeinungen. Er drang
allenthalben auf gute Handlungen, und bewies
die Schönheit des Chriſtenthums nicht aus Wun-
dern und Weiſſagungen, ſondern aus den Ein-
flüſſen, welche daſſelbe auf Tugend und Ruhe des
Menſchen hat. Seine Talente hatten ihm im
Vaterlande eine frühe Verſorgung verſchafft, und
die Gemeine, an der er ſtand, hatte ihn werthge-
ſchätzt. Wie es aber überall Menſchen gibt,
welche dabei zu verliehren glauben, wenn es zu
hell um ſie her wird: ſo fehlte es auch da nicht
an Leuten, denen er durch Verbreitung ſeiner beſſern Einſichten im Wege war. Inzwiſchen wuſte
er ſich ſo zu ſetzen, daß man nichts gegen ihn
aufzubringen vermochte, als daß er auf der Kanzel nicht in der eingeführten Theologenſprache
rede. Er ſprach z. E. von Vater, Sohn und
Geiſt, ohne von Dreieinigkeit oder gar Dreifal-
tigkeit zu reden; ſprach von Erlöſung der Menſchen
durch Jeſum, ohne dabei immer von Blut und Wunden zu reden; ſagte, wenn er hätte Satan und
Teufel ſagen ſollen, Verführer, Verleumder oder
Verfolger; nannte Buſſe Beſſerung, gute Werke

schöne christliche Handlungen, Strafgerichte Unglück der Theile zur Erhaltung des Ganzen, Erb-
sünde natürliche Unvollkommenheit, u. s. f. Immer hatte er sich, . wenn ihm darüber Vorwürfe
gemacht worden waren, dadurch zu verantworten
gesucht, daß er erklärt, daß es bei der Religion
nicht auf Worte und Töne, sondern auf Sinn
und Sachen ankomme, und daß ieder sich über
sie derienigen Sprache zu bedienen berechtigt sei,
in welcher er am gewissesten verstanden zu werden glaube. Verschiedene seiner Amtsbrüder hatten es sich zwar einfallen lassen, wider ihn zu predigen; aber er hatte nie darauf geantwortet. Ohne
eine Meinung, welche er für falsch hielt, zu bestreiten, lehrte er dieienige, welche seiner Ueberzeugung nach besser war, lies seine Zuhörer die Vorzüge der letztern selbst finden und fühlen, und
verdrängte das Vorurtheil ohne alles Geräusch
blos durch den heitern unverkennbaren Glanz der .
himmlischen Wahrheit. Dabei war er ein wackerer, auf allen Seiten zum Wohl seiner Mitbürger thätiger Mann. Wer eine gute Sache, und
keinen Fürsprecher hatte, . ging zu Buchholz,
und ging nicht vergeblich. · Wer Accidenzien an
ihn zu zahlen hatte, und nicht reich war,
brauchte nie etwas an ihn zu zahlen. In Familien, zu denen er Zutritt hatte, dauerten Streitigkeiten selten über vier und zwanzig Stunden.

Für arme Waisen ging und lief er so lange, bis
er ihnen wieder einen Vater verschaft hatte. Ei=
nen Schwermüthigen, der sich ersäufen wollen,
hatte er selbst aus dem Wasser gerettet; und sei=
nes Nachbars Kinder hatte er auf seinen eigenen
Armen bei einer schrecklichen Feuersbrunst mitten
aus den Flammen getragen.

: Eben diese Feuersbrunst war es gewesen,
welche ihn nachher in die unangenehmsten Lagen
gebracht. Andere Prediger seines Orts traten
Sonntags nach derselben auf, erklärten das vorge=
fallene Unglück für längstverdiente Rache, welche
Gott an der sündigen Stadt ausgeübt, prophezeie=
ten noch schrecklichere Gerichte, und eiferten hef=
tig. Buchholz bestieg auch seine Kanzel, und
that in aller Unschuld gerade das Gegentheil. Er
sagte, daß das Unglück nicht entstanden sein würde,
wenn man mit einem so furchtbaren Element, als
das Feuer sei, das jede Sünde der Vernachläs=
sigung, welche man wider selbiges begehe, schreck=
lich zu rächen pflege, sorgfältiger umgegangen wäre,
und daß es am allerwenigsten so weit um sich
gegriffen haben würde, wenn man dasigen Orts
bessere Feueranstalten hätte. Er erläuterte bei=
läufig die Begriffe von Zorn, Strafgericht und
Rache Gottes, und bat besonders seine Gemeine,
gegenwärtigen Vorfall nicht darunter zu rechnen;
denn — sagte er, Gott hätte ein Wunder thun

müffen, wenn der Stall, in welchem das Feuer
auskam, und der durch die Unvorsichtigkeit eines
Knechts einmahl angesteckt war; nicht hätte forts
brennen sollen; Gott hätte ein Wunder thun
müssen, wenn die Flamme sich nachher nicht dahin
gewendet hätte, wohin zur selbigen Zeit der Wind
ging; und da auf dieser Seite dichtnebenan gerade
eine Reihe Scheuern stand, die mit Stroh ange=
gefüllt waren, so hätte Gott ein Wunder thun
müssen, wenn das Feuer diese Scheuern nicht
ergreifen sollte; und da unsere Spritzen in so
schlechten Umständen waren, daß sie keine Dienste
thun konnten; so hätte Gott ein Wunder thun
müssen, wenn das Feuer nicht so lange fortge=
brannt hätte, bis es an jenen leeren Platz kam,
wo es weiter keine brennbare Materie antraf.
Uebrigens warnte er vor aller Lieblosigkeit im Ur=
theilen; inmassen unter den abgebrannten Fami=
lien viele der allerrechtschaffensten und arbeitsam=
sten in der ganzen Stadt sich befänden.

Buchhelz hatte solchergestalt wider seine Amts=
brüder und wider die Policey zugleich gesündigt.
Er ward angeklagt, und — ließ zu seiner Rechts=
fertigung die gehaltene Predigt drucken; in der
man auswärtig durchgängig viel gesunden Men=
schenverstand und Wahrheit fand. Nur im Va=
terlande traf man in ihr falsche Auslegungen der
Lehre von der Fürsehung und Verleugnung der

Gerechtigkeit Gottes an. Buchholz ward das
zu kondemnirt, auf der Kanzel öffentlichen
Wiederruf seiner unrichtigen Meinungen zu
thun; widrigenfalls weiter gegen ihn geschehen
würde, was Rechtens sei. Jedermann drängte
sich zum Tempel, um zu hören, wie er sich aus
der Sache ziehen würde. Ein grosser Theil des
geistlichen Ministeriums war nicht weniger dabei
gegenwärtig um einem so glänzenden Siege des
Glaubens über die Spötter beizuwohnen.
Buchholz handelte dasselbe Thema noch einmahl,
und zwar noch weit gründlicher und ausführlicher
ab, beharrete bei seiner Meinung, und bewies die
Gottanständigkeit und Vernunftmässigkeit derselben, legte seine Vokation freiwillig auf die Kanzel, ermahnte seine Amtsbrüder, mehr, als seither geschehen, über die Religion nachzudenken und
auf ihre Predigten zu studiren; und freuete sich
am Schlusse darüber, daß er wenigstens das
Gute für seine Mitbürger gestiftet habe, daß man
nun die Spritzen repariren lassen.

Vater Hallo ließ sich dis alles gar ausführlich
von ihm erzählen, und lächelte zuweilen dabei.
„Wenn nun, sprach er, einmahl wieder Feuer in
iener Stadt ausbricht, und durch Hülfe der Spritzen zu rechter Zeit gelöscht wird; so werden sich
alle Ihre gewesenen Mitbürger Ihrer im Segen
noch erinnern." Er unterhielt sich darauf mit
dem

dem Prediger, weitläuftig über die Störrigkeit
der Theologen, offenbare Unrichtigkeiten und Gott-
unanständigkeiten in ihrem Sistem nicht abändern
zu wollen. „Ich kenne, sagte er unter andern,
den grossen Haufen dieser Herren sehr gut. Da
haben Sie's getroffen, wenn Sie ihnen Nachdenken und Studiren empfohlen haben. Wissen Sie
denn nicht, daß dis lauter mühsame Sachen
sind? Es ist ja weit bequemer, wenn man so
hübsch Alles beim Alten lässet, getrost nach-
schwatzt, was immer geschwatzt worden ist, und
darauf gute Mittagsruhe hält. Dabei bleibt man
ohne Kopfschmerzen, wird dick und fett, alt und
grau, und hat weiter keine Noth in der Welt,
als die, welche etwa die bösgesinnten Kirchkinder
machen, die die Accidenzien nicht gehörig entrichten.“

Von der Kirche kam Hallo in seiner Unterredung mit Buchholz auf den Staat, von den
Priestern auf die Fürsten und Könige, von den
Bürgern auf die Bauern; und seine Freude war
unaussprechlich, einen Mann gefunden zu haben,
der so über alles mit ihm simpathisirte. Er
karakterisirte ihm den edlen Fürst Gustaf, und
erzählte ihm die glücklichen Veränderungen, welche
er mit dem ganzen Zustande seiner Bauern zu
Berkewitz vorgenommen. Prediger Buchholz sah
hier alles das realisirt, was er längst zum Besten

des niedrigsten Standes der Menschheit gedacht und gewünscht hatte. Er that ietzt einige herrliche Aeuserungen, welche den Greis ganz in sein menschenfreundliches Herz einschauen liessen.

Hallo. Haben Sie Familie?

Buchholz. Ja, Frau und sechs Kinder.

Hallo. Ich halte es für sehr nöthig, daß ein Geistlicher Familie habe. Es ist doch einmahl gewis, daß das, was wir über das menschliche Leben denken, alsdann am richtigsten von uns gedacht werde, wenn wir es aus eigenen Erfahrungen abstrahiren. Wie kann ein Prediger zu seiner Gemeine über die Pflichten im Hausstande, über Verträglichkeit der Ehegatten, über gute Kinderzucht und weise Oekonomie auf eine treffende Weise reden, wenn er selbst ohne Hauswesen, ohne Weib und Kind ist? Und doch sind dis gerade diejenigen Gegenstände, über welche der gemeine Mann noch am meisten Belehrung nöthig hat. Der Zuhörer blickt auch, wenn ihm Pflichten vorgetragen werden, immer auf den vortragenden Prediger zurück, um zu sehen, wie dieser sie selbst ausübe. Lebt der Prediger nun selbst in einer friedlichen Ehe; erzieht er selbst Kinder gut und edel: hat er selbst ein wohleingerichtetes Hauswesen; o wie mus alles, was er hierüber spricht, bis in das Innerste der ihm zuhörenden Seelen dringen! Er spricht solcherge=

ſtalt doppelt, — durch Wort und That. Dieſe
Art zu lehren iſt die kräftigſte, und es iſt
unmöglich, daß ſie nicht den herrlichſten Segen
ſtiften ſollte. Niemahls mus der Zuhörer bei
irgend einer Pflicht, die der Prediger vorträgt,
denken können: er will nur, daß wir ſie ausüben
ſollen. Immer mus iener denken können: mein
Prediger übet ſie ſelbſt ſchon aus.

Buchholz glaubte ſich ſelbſt ſprechen zu hören; ſo ganz harmoniſch dachte der Greis mit
ihm. „Das iſt, hub er an, von ieher mein
erſter Grundſatz geweſen, nach dem ich in meinem Amte gehandelt habe, daß ich meine Zuhörer
nichts glauben machen wollte, als was ich ſelbſt
glaubte, und daß ich nichts von ihnen als Pflicht
foderte, als was ich ſelbſt that.“

Hallo. Ich vocire Sie hiermit zum Prediger
in Verkewitz.

Buchholz. Gott ſegne mich in meinem
neuen Amte.

Hallo. Bleiben Sie heute bei mir. Morgen will ich Sie ſelbſt bei der Gemeine intro-
duciren.

———————

Mit Sonnenaufgang weckte Hallo ſeinen Gaſt,
und lud ihn zum Morgengebete auf Eleonorens Grabe ein.

Hallo. Einen Priester Gottes zum Zeugen seiner Andacht machen, ist ja wohl recht schicklich, und befördert die Erhebung des Herzens.

Dis war ganz in Buchholzens Geschmack. Ein Gebet in der heiligen Frühe des jungen Tags, mitten in der freien Natur, auf dem Gipfel eines Bergs, hatte hohe Reize für ihn.

Buchholz, als ihm der Greis ein Zeichen gab, daß seine Seele ihre Ergiessung an Gott vollendet habe. Das ist so recht Nachahmung des Besten der Menschen. Ein Gebet in den ersten Augenblicken des Wiedererwachtseins ist gleichsam ein Gebet beim Eintritt ins neue Leben, ist Bild unseres ersten Gebets am künftigen Morgen unserer Auferstehung. — Herrlich betet man in der Einsamkeit; und keine Einsamkeit ist dazu schöner, als die im Schoosse der Natur. Der Beter auf einem Berge fühlt durch die Höhe, in welcher er sich dem Wesen aller Wesen heiligt, seine Fantasie erregt. Seine Absicht ist, sich zum Schöpfer zu erheben, und er dünkt sich durch seinen erhabenen Stand in der Schöpfung schon näher an ihm.

Buchholz sympathisirte mit dem Greise nicht nur als Geistlicher, sondern auch als Mensch schon, über den Werth des Gebets. Es war die erste wichtige Handlung, welche er an jedem Tage verrichtete. Er konnte sehr dagegen eifern, daß man ein so angemessenes Stärkungsmittel für den Geist des Menschen noch nicht durchgängig gehörig benutze. „Warum beten die Mehresten? sprach er zu Hallo. Nur erhört wollen sie sein. Gegeben soll ihnen nur immer darauf werden, und zwar gerade das, was sie haben wollen. Warlich gerade die unbedeutendste Seite, von der man diese ehrwürdige Religionshandlung betrachtet! Der Mensch soll ja nicht beten Gottes wegen, sondern seinetwegen. Wenn ich eine gute Handlung thun will: dann bete ich, um mich recht dazu in volle Thätigkeit zu versetzen. Wenn ich mich in Gefahr sehe, daß meine Tugend wanken könne: dann bete ich, um sie aufrecht zu erhalten. Wenn Unglück mir obschwebt: dann bete ich, um bei Geistesgegenwart, bei Glauben und Muth zu bleiben. Die Wirkungen erfolgen auch allemahl gewis; denn das Gebet erregt meine Fantasie, und diese wieder alle meine Kräfte.“

Man wandelte nun über den Berg nach Berskewitz hin.

Buchholz. Gott! wie schön ist hier die Natur ringsum! Reizender, als so, fand ich sie in meinem Leben nicht. O würdiger Greis, welch einen herrlichen Aufenthalt gab Ihnen Fürst Gustaf in Ihren letzten Tagen! Wie mögen Sie hier unter dem sanftesten Bewustsein, der Welt so viel geleistet zu haben, von allen Ihren Arbeiten ruhn!

Wie mögen Sie aus diesem Paradiese der Erde
sich auf das lebhafteste in die Gefilde der Seligen
hindenken, in welche Ihr Schöpfer Sie bald
überleiten wird!

Hallo. Sie haben meinen Lieblingsgedanken
getroffen. Ich lebe hier recht als Greis, der
die Erde schon wie unter seinen Füssen siehet, und
jede Stunde, welche kommt, für die hält, in
der er sich aufschwingen wird. Meine Freude
auf diese ist unaussprechlich gros. Schön sind
diese Aussichten umher, und sie laben mich abgelebten Alten recht. Aber wenn ich sie so mit
meinen Blicken überstrichen habe, gleitet mein
Auge unvermerkt von ihnen ab, und heftet sich
unten am Himmel, wo sie sich zwar zu schliessen
scheinen, aber für mich sich erst recht anmuths-
voll öfnen. Ich habe viel verlohren, daß mein
Beruf, den ich in der Welt hatte, mich so
lange, ach! so gar lange von den Genüssen der
schönen Natur abschlos. Aber nun schöpfe ich sie
auch recht unersättlich aus ihrer reinesten Quelle.

Buchholz. Die Natur würde Ihnen nun
nicht so reizend sein, Greis, hätten Sie der
Welt nicht so wacker gedient. Es reue Sie Ihrer vergangenen langen Entfernung von ihr nicht!
Aber traurig genung ist es, daß die, welchen ihre
Lebensart doch keineswegs den Zutritt zu ihr ver-
schließt, sich immer noch selbst so sehr von ihr

entfernen, ihre Freuden ungenossen lassen, und
nach andern haschen, die doch, von allen Seiten
betrachtet, so tief unter ienen sind. Ein wesent-
licher Fehler unserer Zeitgenossen, daß es ihnen
noch so sehr an Geschmack und Empfindung für
die Natur gebricht! Die verdammte Verwöhnung
von Jugendauf an Geräusch, Mode, Eitelkeit
und Tand! Sie macht unser Geschlecht ärmer,
kränker, verzagter, unmoralischer, als es sonst
sein würde. Ich habe oft Gelegenheit gehabt,
mit Leuten von Stande über die Vergnügungen
der Natur zu reden, und sie ihnen zu empfehlen;
aber ich weis nicht, wie es war. Ich sprach
doch deutsch; allein genung, sie thaten, als ver-
ständen sie mich nicht. Des Morgens sind sie
noch in ihren Betten, wenn Freude und Seligkeit schon lange für sie bereitet sind. Die schönsten Stunden in der Natur sind für sie verlohren;
und ich wette drauf, daß viele von ihnen, die nach
iedem Schattenspiel an der Wand laufen, das
erhabenste Schauspiel — den Aufgang der Sonne
— nie gesehen haben. Denn koeffiren sie sich,
zögern an der Toilette und am Schreibtisch, gehen
um Mittag an die Luft, klagen über die Schwüle
derselben, sperren sich wieder in ihre Zimmer ein,
setzen sich an den Spieltisch, u. s. w. O herrliche Natur, wie undankbar handeln deine Kinder
gegen dich! Du hast Freuden nicht nur für einige

sondern für alle. Du rührst die feinsten Sai
ten unsers Herzens. Dein Genus ist so rein,
so schuldlos, wie die tugendhafte Liebe. In
dir ward noch kein Bösewicht gebildet. Jeden,
der in deinen Schos kam, und nur Sinn für
dich mitbrachte, gabst du als einen bessern Mann
an die Welt zurück. — —

Vater Hallo drückte den Prediger an sein
Herz, nannte ihn Freund und Bruder, segnete
die Stunde, in der er ihn kennen gelernt, und
bat auf die Zukunft um seinen öftern Umgang.

Als sie nach Verkewitz kamen, ward Buchholz von dem Greise mit den Worten zu seinem
Sohne geführt: Hier bringe ich dir den Mann,
der mit dir gemeinschaftlich an dem Glück unserer Bauern arbeiten soll. Liebe und ehre ihn.
Er ist es werth.

Darauf ward die ganze Gemeine zusammen-
gefodert, und Hallo hielt folgende Anrede an sie:
Ich habe den Mann gefunden, den ich euch versprach. Lernet ihn hier kennen. Ich bringe
ihn selbst zu euch; damit ihr sehet, wie hoch ich
ihn schäze. Er hat mehr gelernt, als er hier
zu wissen nöthig hätte. Er wird euch herrlichen
Unterricht über alle eure Pflichten und Trost für
Leben und Tod reichen. Er ist ein Menschenfreund und wird väterlich für eure Wohlfarth sorgen. Nichts sollet ihr ihm dafür geben, als —

euer Herz. Höret ihn, wenn er euch ermahnet, und gewähret ihm den süßesten Lohn für alle seine Arbeiten, daß er unter euch Nutzen stifte. Schenket ihm euer Vertrauen; ihr werdet erfahren, daß er es verdiene. In allen wichtigen Vorfällen eures Lebens, in denen ihr euch selbst nicht helfen könnet, sei er der Mann, an den ihr euch zuerst wendet, und den ihr um Rath fraget. Fallen Streitigkeiten unter euch vor: so bittet ihn, daß er sie schlichte. Folget ihm und liebet ihn. Er ist der, der euch den Weg zu ewiger Glückseligkeit zeigt. Vergeltet es ihm, und traget auch zu seiner Ruhe und Zufriedenheit auf Erden bei, so viel ihr könnet. —— Herr Prediger, ich übergebe Ihnen diese Gemeine. Werden Sie von nun an Lehrer, Freund und Vater derselben! Alsdenn Ruhe über Ihren und über meinen Tod, und Freude für Sie und für mich in jener Welt!

Buchholz stand mit sichtbaren Zeichen der innigsten Rührung da, während daß Hallo so redete. Er neigte sich ehrfurchtvoll gegen selbigen, und sprach langsam und männlichsanft: Frommer Greis —— —— ich lebe jetzt meine heiligsten Augenblicke. Mein dankbares Herz betet für Sie. Mit Freuden übernehme ich aus Ihren Händen die Aufsicht über diese Gemeine, und gelobe Ihnen die unverbrüchlichste Treue in

meinem Amte. Möchte Gott mich recht viel
Segen in selbigem stiften lassen! Möchten Sie
noch lange Jahre Zeuge davon sein! — —
Ihr aber, gute Bewohner dieses Dorfs, neh‐
met mich gern zu eurem Prediger auf, und
bauet vorläufig, da ihr mich noch nicht weiter
kennet, auf die Wahl dieses einsichtsvollen Grei‐
ses, der euer größter Wohlthäter ist. Ich denke
euch bald davon zu überzeugen, daß er auch dismahl
nicht falsch gewählt habe. Es war von jeher
mein seligstes Geschäft, meine Nebenmenschen zur
Erkenntnis Gottes, der Welt und ihrer Pflichten
zu führen, und mit redlichem Eifer will ich dis
nun auch unter euch zu betreiben suchen. Ich
will so zu euch reden, daß ihr mich alle verstehet.
Ich will mich bemühen, euch insgesammt nach
euren äuserlichen Umständen, Verbindungen und
Gemüthsbeschaffenheiten kennen zu lernen; damit
ich iedem von euch das sagen könne, was ihm zu
wissen besonders nöthig ist. Mein Vortrag auf
der Kanzel soll nicht der einzige Unterricht sein,
den ich euch über die Pflichten des Christen, des
Landmannes und des Hausvaters ertheile; durch
mein Beispiel will ich euch selbige noch vollkom‐
mener lehren. Ehe ich etwas von euch fodere,
daß ihr es thun sollet, will ich es von mir fo‐
dern. Ich will es vor euren Augen ausüben;
damit ihr nicht nur wisset, warum ihr dis oder

ienes thun follet, sondern auch, wie ihr es am glücklichsten ins Werk setzet. Haltet mich bei meinem Wort, und machet mir ins Gesicht, darsüber Vorwürfe, wenn ich euch iemals eine böse Handlung sehen lasse. Eure Kinder sollen mir lieb und werth sein. Ich will oft in der Schule bei ihnen sein und durch meine Gegenwart sie aufmerksam und fleißig machen, und ihren Lehrer unterstützen. Ich will sie in der Kirche vornehmen, und hernach, wenn sie zum Abendmahle des Herrn mit euch gehen sollen, alles anwenden, daß sie mit guten Kenntnissen und Gesinnungen ieder in seinen Stand eintreten, euer Beistand in der Wirthschaft und eure Freude im Alter werden. Seid gottesfürchtig, tugendhaft, arbeitsam und mäßig vor ihren Augen, damit sie es auch werden, und ihr es seid, die den ersten Samen des Guten in ihre Herzen streuen. Haltet sie nie von den Schulstunden unter irgend einem Vorwande ab. Euer lieber alter Herr meint es so gut mit euch, daß sie unentgeldlich, wie ihr, unterrichtet werden sollen. So seid von Herzen auch dankbar gegen ihn, und nehmet die Wohlthat an, welche er euch reichen will. Ist es nicht besser für euch, wenn ihr kluge, gesittete und fromme Kinder habet, als wenn sie abergläubisch, grob und lüderlich würden? Seid ihr nicht dieienigen unter allen Menschen, die

ihren Unarten zuerst ausgesetzt sein, und denen
ihre Ausschweifungen das gröste Herzeleid machen
würden? Wie sie in der Jugend gebildet wer=
den; so bleiben sie. Gönnet ihnen, da sie es
haben können, das Glück, noch bessere Einsichten
ietzt schon zu erlangen, als ihr in ihren Jahren
hattet, und sehet nicht scheel darüber, wenn sie
auch noch bessere Menschen werden können, als
ihr ietzt seid. O wie schön ist es, wenn ein
Mensch, der guten Unterricht empfangen hat,
hernach im ganzen Leben sich selbst trösten kann!
Wie schön ist es, wenn man über Alles, was
um uns her geschieht, venünftiger denkt! Wie
schön, wenn man mit unverdorbenem Herzen in
seinen Stand und Beruf eintritt, demselben
wohl vorsteht, ein unbeflecktes Gewissen mit in
sein Alter nimmt, und so bis ans Ende den Se=
gen Gottes und seines ganzen Dorfs geniest! All
eure Häuser, Aecker und Wiesen, die ihr euren
Kindern hinterlasset, sind nichts gegen diese Mit=
gabe, wenn ihr sie ihnen reichet. Habet Gott
vor Augen, und betrachtet eure Kinder als des
Himmels schönste Gabe, die ihr auf das heiligste
verwahren, und von der ihr einst die strengste
Rechenschaft ablegen müsset. Meine Kinder sind
mein Reichthum, meine Ehre, meine Freude
und mein Trost; und ich hoffe zu Gott, daß sie
im Himmel einst noch meine schönste Seligkeit

sein sollen. — Lebet verträglich unter einander als Bewohner eines Dorfs. Beleidiget einander nicht vorsätzlich durch Uebervortheilung, Falschheit, Verleumdung, Unbehülflichkeit und Bitterkeit. Und fehlet ihr einer gegen den andern: so vergebet euch, und denket, daß morgen vielleicht der Vergeber in dem Falle sein könne, daß er wieder Vergebung bedürfe. Ihr seid zwar nur Landleute; aber ihr könnet so glücklich sein, wie die Leute da in der Residenz, deren Thürme ihr täglich sehet. Arbeitet fleissig in euren Häusern und auf euren Ländereien; eure Lebensart gibt die beste Gesundheit, das längste Leben und das heiterste Alter. Haltet alles wohl zu Rathe; seid gute Wirthe, und stehet euren Güthern wohl vor. Euer lieber alter Herr hat mehr an euch gethan, als ie ein Edelmann oder Guthsbesitzer in diesem Lande an seinen Bauern that. Er hat euren Zustand von allen Seiten erleichtert und verbessert; und es liegt nun blos an euch die Schuld, wenn ihr nicht die glücklichsten Landleute werdet, welche es unter diesem Himmelsstrich nur geben kann. Liebet euch selbst und Ihn. Werdet bei Fleis, Wirthschaftlichkeit, Ordnung, Redlichkeit und Gebet wahrhaftig auch so glücklich, und versüsset durch den Anblick eurer Wohlfarth, die das Werk seiner Hände ist, ihm die herbe Todesstunde. Ich will euch dienen, mit allem was ich bin und vermag, Wir wollen nicht in Entfernung von einander leben; wir wollen uns öfter sehen, als im Tempel. Ich masse mir von nun an den freien Zutritt in eure Häuser und Familien zu. Wäre mir dieser nicht verstattet: so würde ich kaum den zehnten Theil des Guten unter euch stiften können, welches ich doch gern stiften möchte. Nur durch Umgang wird das Vertrauen unter uns bewirkt werden können, welches die Quelle aller Ergiessungen der Seelen gegen einander ist, und das den Prediger erst recht zu einem nützlichen Manne für seine Gemeine macht. Da, — nicht, wenn ich auf der Kanzel stehe, — könnet ihr Fragen an mich thun, mitsprechen, mich um meine Meinung bitten, eure Familienumstände und das Innere eurer Häuser mir entdecken, und ausser Sorgen sein, daß irgend Jemand etwas davon höre, als ich. Ich bekomme daselbst auch Gelegenheit euch manches beiläufig zu sagen, was sich auf der Kanzel nicht sagen lässet. Ich kann euch ausser meinen Religionskenntnissen auch meine übrigen Kenntnisse, die euch nützlich werden mögen, mittheilen. Ich kann, wenn ich Mißverständnisse unter euch bemerke, dem Ausbruche derselben vielleicht zuvorkommen, euch Schimpf und Schande, Aerger und Unkosten ersparen, und auch Klagen hören, die mancher Alter, der

nicht mehr fort kann, sonst nicht mehr an mich
zu bringen im Stande ist. Komm' ich manchem
von euch nicht schnell genung in sein Haus: so
komm' er in das Meinige. Meine Thüre stehe
euch allen eben so gut offen, als ich verlange, daß
mir die eurige stehen solle. Ich will mich allemahl freuen, so oft Jemand von euch, der traurig zu mir kam, beruhigt und vergnügt wieder
von mir gehet. Nehmet alles so in Liebe von
mir an, als ich es euch · in Liebe sagen werde.
Wenn ich zu euch spreche; so spricht nicht ein
Mann zu euch, der auf eure Hände siehet, ob sie
mit Geschenken angefüllt sind; sondern ein unei-
gennütziger Freund, der durch euer Zutrauen zu
ihm schon ·bezahlt ist, und der, wenn er euch
gedient hat, durch die Freude darüber mehr Sold
und Lohn empfängt, als euer ganzes Dorf und
die ganze Welt ihm geben kann. Ich verlange
nichts von euch, als das Zeugniß, daß ich es von
Herzen gut mit euch meine; und am wenigsten
sollet ihr mir im Beichtstuhl etwas anderes reichen,
als dis. Wenn ich euch irgend worüber zurechtweisen müste: so höret mich und folget mir.
Machet mich zu eurem Schiedsrichter, zu eurem
Sachwalter, zu eurem Fürbitter, und mein Herz zu
einer Niederlage, wo alle eure Geheimnisse ruhen, die
eurem eigenen Herzen zu schwer sind, als daß es sie
allein aufbewahren könnte. Unterstützet mich, wenn

ich Wiederspenstige unter euch finde, und helfet mein Ansehen gegen sie behaupten. So will ich mit Freuden unter euch leben und sterben, und will für euch beten, so lange ich beten kann. Ach! betet auch für mich! Betet für euch — für euren Wohlthäter Hallo — und für Fürst Gustaf. Ich, wie ihr, bin nun ein Unterthan eines der herrlichsten, menschlichsten Fürsten. O lieben Leute, wohl uns!"

Die Bauern würden vielleicht ieden Prediger, den ihren Hallo zugeführt hätte, willig aufgenommen haben; weil sie hörten, daß sie weder Beichts geld, noch Trau = noch Leichengebühren, an ihn entrichten sollten. Die Aufnahme aber, welche Buchholz bei ihnen erhielt, war die herzlichste. Sie waren Menschen, und hatten natürliches Gefühl für Wahrheit und Herzensgüte so gut, und vielleicht noch durchgängig unverdorbener, als die Leute in der Stadt. Er hatte tief aus der Seele zu ihnen gesprochen, und so hatte er damit ihr Innerstes bewegt. Noch nie hatten sie einen Prediger so plan und faßlich, so sanft und vertraulich reden gehört. Sein vortrefliches Aeuserliches war ihm noch überdis bei dieser Art von Leuten, welche darauf zu halten pflegen, zu Statten gekommen; und die biedermännische Mine und der hausväterliche Ton, unter welchen er sprach, hatten sie ganz an ihn gefesselt. Jus
fries

friedenheit, und Beifalllächelnd ſtanden ſie da, und breiteten alle ihre Arme nach ihm aus, und hätten ihm gern noch eine Stunde zugehört, und vermochten für Freuden nicht, ihm etwas zu erwiedern. Endlich ſetzte ſich Niklas, der überall gern den Sprecher machte, in Bewegung, und hub an: „Wir ſind zwar nur einfältige Bauersleute, aber doch ſind wir ehrliche Leute. Wir können nicht viel ſchwatzen, aber wir meinen es doch gut. Das ganze Dorf, Herr Paſtor, ſpräche gern, wie Sie wohl ſehen; aber keiner weis, wie er ſeine Worte recht anbringen ſoll. Ich bin um Erlaub, im Nahmen aller reden zu dürfen. Alles, was Sie da ſagten, iſt uns durch die Seele gegangen, und wir wollen von Herzen gern zu Ihnen in die Kirche kommen. Wir wollen Sie als unſern Seelſorger lieben und ehren, und Ihnen iederzeit folgen. Von uns ſoll Ihnen keiner Aerger oder Verdrus machen; und, daß keiner ſich Ihnen widerſetze, wenn Sie uns einen guten Rath geben — dafür iſt der Schulze und Niklas.

Bei den letzten Worten ſchlug ſich Niklas vor die Bruſt, und nahm ein recht obrigkeitliches Anſehen an. Er ging aus freien Stücken an Herrn Buchholz hin, und gab ihm ſeine Rechte. Seinem Beiſpiele folgte das ganze Dorf, und Buchholz fühlte es hernach eine Zeitlang an ſeiner

Halle 2. Th.   K

Hand, daß ihm seine neue Gemeine von Herzen zugethan sei. Er wohnete so lange, bis er sein Haus beziehen konnte, bei Albert, lies alsdenn seine Familie nachkommen, und hielt, bis die Kirche fertig war, in einem grossen Saale seine Gottesverehrungen. Freudenvoll eilten die Bauern, wenn der Sonntag kam, in seine Predigt, und er stiftete reichlich Segen von allen Seiten.

Der Greis hatte den würdigen Prediger oft halbe Tage um sich und unterhielt sich mit ihm über die wichtigsten Gegenstände des Menschen. Besonders unterredete er sich oft mit ihm über die eigentliche Würde des Christenthums, über die ursprüngliche Einfalt desselben, und über die wahren Gesichtspunkte, aus welchen sein herrlicher Stifter habe beurtheilt und angesehen sein wollen. Hallo hatte mit den gewöhnlichen Religionsideen nie viel zu schaffen gehabt; indessen hatte freilich ein Mann, wie Buchholz, der sein ganzes Leben den Untersuchungen über das Christenthum gewidmet, über den Zweck und über die Beweise desselben vollkommenere Kenntnisse eingesammlet. Lehrbegierig, wie der gutmüthige Jüngling, sas Hallo daher neben ihm, gab ihm den Faden des Gesprächs in die Hand, lies ihn selbigen so weit fortziehen, als er wollte, und fand die Erklärun=

gen, Beſtimmungen und Auseinanderſetzungen
deſſelben ſeines herzlichſten Beifalls werth. Nichts
hätte ihm ſeiner Meinung nach glücklicheres und
erwünſchteres in den ſpäteſten Stunden ſeines Lebens wiederfahren können, als die Herkunft eines
ſolchen Geiſtlichen zu ihm, der ſo tief in das
Weſen des Chriſtenthums eingedrungen war, und
die himmliſche Wahrheit von allen den Schleiern,
welche ihr Aberglaube, Vorurtheil, Grübelei,
Scholaſtik und Jahrtauſende umgeworfen, ſeiner
Seele enthüllet hatte. Mehr denn einmahl
ſprach er deshalb, wenn ihm Buchholz neue und
herzerhebende Ausſichten öfnete, welche er zwar
ſchon lange geahndet und gewünſcht, aber mit
Ueberzeugung noch nicht erblickt hatte: Sie hat
Gott zu mir geführt!

Die Beſuche des Fürſten erhielt Hallo in den
Morgenſtunden. Die Beſuche des Predigers
um Mittag. An ſeinem Tiſche war allemahl
ein Kouvert für den letztern; ſelbiger mochte kommen, oder nicht. Als er daher eines Tags eben
im Begrif war, unter der Laube zu ſpeiſen, und
einen Schnellherankommenden hörte, rief er, ohne
ſich umzuwenden: Noch iſt es Zeit, Herr Prediger. Kommen Sie — kommen Sie! —

Wider alle ſeine Erwartung ſtand ietzt der
Fürſt neben ihm. Sein Erſtaunen darüber ward

doppeltgros; denn noch nie hatte er ihn mit so
zorniger Mine gesehen, als ietzt.

„Vater Hallo, ich komme dir zur Unzeit;
aber las dich nicht stören. Ich wollte nur Luft
bei dir schöpfen. Moritz, der ältere, der Hof=
rath, hat mir einen Streich gespielt, derglei=
chen mir noch keiner gespielt hat. Aber — er
wird dafür an mich denken. Mein Rohr, wo=
von du hier noch die Ueberreste siehst, habe ich
auf seinem Rücken zerschlagen. Es wird dich wun=
dern, wenn ich dir den ganzen Vorgang erzähle,
daß ich die Kanaille nicht auf der Stelle ermor=
det habe. Ha — Ha — es schnürt mir den
Hals ganz zu..."

Eine schreckliche Erklärung für Hallo; um
so viel schrecklicher, als er dergleichen von dem
sanftmüthigen Gustaf nicht gewohnt war. Auf
seinem Gesicht schwebte in diesen Augenblicken seine
ganze Seele; und wäre der Fürst ietzt im Zustan=
de der Aufmerksamkeit und Beobachtung gewesen:
so würde er das Gutachten des Greises über seine
Handlung von Wort zu Wort auf der Stelle
gelesen haben. Aber er hatte eher keine Ruhe
des Geistes, bis er den ganzen Vorgang ausführ=
lich erzählt hatte.

Hallo vergas Essen und Trinken, gab dem
Fürsten zweckmässige Anschläge, wie die Folgen
der Verrätherei, welche sein Diener gegen ihn

ausgeübt haben sollte, zu redressiren wären, er=
grif ihn darauf traurig bei der Hand, und sprach:

„Mein geliebter Fürst! so sehr ich die Hand=
lung dieses Menschen verabscheue: so wollte ich
doch viel darum geben, wenn ich in dem Augen=
blick hätte um Sie sein können, als Sie Ihren
Arm gegen ihn aufhuben. Ich weis gewis,
Sie hätten ihn wieder sinken lassen, ohne so zu
thun, wie Sie gethan haben. Fürsten müssen
nicht schlagen. Diese Handlung ist zu tief un=
ter ihrer Würde, und macht auf die Herzen ihrer
Unterthanen die widrigsten Eindrücke. So un=
verletzlich auch ihre Gerechtsame sind; so bebet
doch das ganze Volk zurück, wenn es sie selbst
Rache für empfangene Beleidigungen nehmen sie=
het. Die Gesetze müssen richten und strafen.
Alsdenn gibt es gewisse dazu bestimmte Personen,
welche die Strafen vollziehen. Aber diese Leute,
so nothwendig sie auch im Staate sein mögen,
werden nie ein Gegenstand der Liebe ihrer Mitbür=
ger werden können. Fürsten werfen sich weg,
wenn sie mit dem obersten Ansehen, welches ih=
nen gebührt, die Ausübung der untersten Hand=
lungen verbinden. — Das Volk erblickt in ih=
nen alsdenn auch nicht mehr den sanftmüthigen
Vater, der langsam straft. Die Rache ist zu
schnell, welche sie so selbst nehmen. Wie leicht
ist es möglich, daß es ihnen auch einmahl nur so

K 3

scheinen kann, als wären sie beleidigt. Wie?
wenn sie alsdenn eben so zu Werke gehen? So
ist der rechtschaffenste Diener nicht mehr vor dem
Arm seines Fürsten sicher, und kann für eine
Handlung Schläge bekommen, für die er wohl
Lob und Lohn verdient hätte. Ein Fürst mus
seinen Unterthanen zeigen, daß er nicht gern
straft. Wäre Züchtigen und Strafen seine Freu-
be: wer sollte das Volk nicht beweinen, an dessen Spitze das Schicksal ihn stellte? Indem er
aber schlägt, kann er dem Verdacht nicht auswei-
chen, daß er Wohlgefallen an Bestrafung habe.
Herrlich ist das Beispiel der Großen für die
Tausende, deren Augen immer auf sie gerichtet
sind, wenn sie sich enthalten, Richter in ihrer
eigenen Sache zu sein, und dadurch zu erkennen
geben, daß sie nichts für die allgemeine Ruhe
und Sicherheit gefährlicher halten, als dis. Der
Richter mus ein kaltblütiger, bei der Sache un-
interessirter und das Recht beider Theile mit
gleicher Genauigkeit besorgender Mann sein. Wie
kann ein Beleidigter selbst die Rolle desselben
spielen? Er entscheidet für sein Ich; und ist er
denn stark genug dazu, seinen Urtheilsspruch zu
vollziehen: wer verbürgt irgend einem seiner Mitbürger weiter Habe, Freiheit und Leben? Den
Fürsten müssen diese Sätze von ausserordent-
licher Wichtigkeit sein; denn ihr Beruf ist es, für

allgemeine Sicherheit zu wachen. Ihre Gesetze
verliehren das richtende Ansehen, wenn sie in eigener Person die Selbstrache unter ihrem Volke
einführen. Und überhaupt, gnädigster Fürst, ist
der Anblick eines Schlagenden schon zu sinnlich-
häslich. Die mörderische Positur, in welcher
sich der Mann befindet, der den Stock im Zorn
aufhebet, und die iammervollen Krümmungen
des andern, der die Schläge empfängt, nehmen
ieden, der davon Zeuge wird, wider den ersten
ein, und bewegen zum Mitleid für den letztern.
Kommt der Gedanke vollends hinzu, daß sich
dieser nicht wehren könne oder dürfe: — o
Fürst und Vater! Ihr eigenes so sanftmüthiges
Herz setze Ihnen selbst das übrige hinzu, was
ich nun weiter darüber zu verschweigen mich be-
scheide. Ihr Arm ist von Gott zum Segnen
so stark gemacht. Nicht schlagen sollen Sie
mit selbigem, sondern — in Schutz nehmen.
Sie haben einen Ihrer Räthe geschlagen;
einen Mann, für dessen Karakter, den er doch
von Ihnen selbst hat, wenn er auch noch so
schwere Bestrafung verdient hatte, sich doch
Stockschläge nicht schicken, und am wenigsten
Stockschläge von der Hand, die ihm vorher das
Hofrathspatent unterschrieb. Wahrlich, alle
Ihre übrigen Räthe haben hierdurch in den Augen Ihres Volks verlohren. Diese sind die-

ienigen, welche Ihr Ansehen aufrecht erhalten
sollen; wie können sie dis, wenn Sie selbst
das ihrige so öffentlich und so tief fallen laffen?
Wie mus durch diesen Vorgang der Muth derselben in Betreibung ihrer Amtsgeschäfte nieder-
geschlagen worden sein, wenn sie einen ihres-
gleichen so behandelt werden gesehen haben,
wie der Musketier behandelt wird. Und nun
können Sie Ihrer eigenen Ehre wegen keine
weitere Untersuchung über den Moritz anstellen
laffen. Er ist schon bestraft. Was für eine
klägliche Gestalt würde sein Prozes gewinnen,
wenn die förmliche Inquisition erst nach gesche-
hener Bestrafung ihren Anfang nehmen sollte!
Auch dürfen Sie nun nicht weiter daran denken,
ihn strafen zu laffen; denn **zweimahl** sollen
auch Fürsten nicht strafen. Und nun erwägen
Sie endlich, was für niederträchtige Diener
dis zuwege bringen müste, wenn Sie solch ein
Verfahren öfter ausübten! Sobald man wif-
fen würde, daß die Sache mit einer Tracht
Schläge abgethan sei: so würde sich ieder die
ärgsten Betrügereien, Schelmereien und Verrätherei erlauben, der nur weggeworfen genung dächte, um seinen Rücken einmahl Ihrem
Rohre hinzuhalten, und sich aus drei oder fünf
Mandeln Prügel nichts machte . . . . . "

Gustafs edle Seele durchdrangen Scham und
Reue. Er biß die Lippen zusammen, sahe vor
sich hin, machte eine Zeitlang mit dem zersplitter-
ten Rohre Triangel und Quadrate in den Sand,
stand plötzlich auf, gab dem Greise das Rohr und
sprach: Da hast du es, redlicher Alter, und hebe
es zum Andenken davon auf, daß auch Fürsten
fehlen. Ich habe unter meiner Würde gehandelt. Ich war in Hitze. Ich fühle es nun, daß
ich mich entehrt habe. Ich wollte viel tausend
Thaler darum geben, wenn ich die Stunde zurück
hätte. Moritz soll aus dem Lande, damit ich
ihn nur nicht wieder sehe. Aber da hast du meine
Hand darauf — nie soll sie sich wieder gegen
einen meiner Diener, und gegen irgend einen
Menschen auf solche Weise heben. Vergib du
mir! Ich bin sonst nicht so — das weißt du.
Aber laß mich dich umarmen für deine Redlichkeit.
Ach! könnte ich mirs von Gott erflehen, daß
dein Geist einst, wenn du stirbst, in einen meiner Räthe überginge, und noch einmahl auf ihm
ruhete!

Lange hing der Fürst in Hallo's Armen.
Hallo war wie zerknirscht und zerschlagen. Er
konnte nichts, als die Worte, lallen: Thun Sie
ia nie wieder so, liebster Fürst!

So wahr ich lebe, nicht! — erwiederte
Gustaf, und ris sich von ihm los.

K 5

··· Guſtaf ritte Schritt für Schritt nach der Reſidenz zurück. Der Reutknecht muſte erſt in weiter Entfernung ihm folgen. Daraus schlos der Greis, daß sein Fürſt unmuthsvoll nun über den ganzen Vorgang erſt recht nachdenke.

Buchholz kam. ·

Hallo's Miene war sonſt die heiterſte, wenn der Prediger in die Laube zu ihm trat. Jetzt war ſie finſter und traurig.·

Buchholz. Was iſt Ihnen widerfahren, ehrwürdiger Greis?

Hallo. Ach! Sie werden es doch hören. Mein Herz möchte mir bluten. — Guſtaf, der milde, menschliche Guſtaf hat in der Hitze einen seiner Räthe geschlagen. — Nun iſts ihm leid. Die Reue über seine Handlung macht ihm Ehre; die Handlung selbſt aber Schande. Ich wollte, daß ich es nicht mehr erlebt hätte.

· Hier schwieg der Greis, und ging in der Laube auf und nieder. ·

Buchholz gerieth über diese Erzählung des Greises in keine geringe Verlegenheit. Theils kontraſtirte ſie zu sehr mit dem Gemälde, welches ihm derselbe von Guſtafs Grosmuth und Milde oft vorgezeichnet hatte, theils ward dadurch in ihm das Andenken an gewiſſe ehemalige Vorgänge in seinem Vaterlande, die wider alle Menschlichkeit gewesen waren, und die er so gern zu vergeſſen

trachtete, wiederum rege. Er zuckte die Achseln
und verſetzte: Mir ſchaudert die Haut allemahl,
ſo oft ich höre, **daß ein groſſer Herr ſchlägt.**
Sein Karakter bekommt dadurch keinen vortheil=
haften Anſtrich. Das geringſte, was ich dabei
denke, iſt dis, daß ich in ihm Anlagen zum Jach=
zorn erblicke; und dieſe können mich nirgends
mehr in Schrecken ſetzen, als an einem Fürſten;
denn ie ſtärker und mächtiger der iachzornige Mann
iſt; deſto mehr hat die Geſellſchaft von ihm zu
fürchten. Alles will ich lieber an einem Fürſten
gewahr werden, als — Jachzorn; denn das Le=
ben vieler Tauſende ſteht in ſeiner Gewalt, und
um daſſelbe wird mir ſofort bange. Wenn der=
ienige, welcher für Ordnung und Gerechtigkeit
unter einem ganzen Volke ſorgen ſoll, in ſeinen
eigenen Angelegenheiten bei der Exekution anfängt;
ſo iſts eben ſo, als hübe er feierlich alle Geſetze
auf. Einer der Grafen meines Vaterlandes, der
Vorgänger des gegenwärtigen, war von dieſer
Art. Alles, was vorfiel, machte er mit dem
Stocke ab. Entweder die Sache war alsdenn
völlig beigelegt, wenn er die Schläge ausgetheilt
hatte, und er bezahlte ſie denn wohl gar, und
machte den Rath, den er heute blau geprügelt
hatte, morgen zum Hofrath; oder er ſchlug die
Leute erſt krumm und lahm, und lies alsdann die
Unterſuchung über ihre Schuld und Unſchuld anhe=

ben. Er schlug den Bauer, wenn ihm selbiger
zur ungelegenen Stunde ein Memorial überreichte;
— den Bürger, wenn dieser in seiner Haus-
thüre eben stand und stehen blieb, indem er vor-
überging; — den Kammerdiener, wenn solcher
ihn misverstanden hatte, und nochmahls zu fragen
wagte; den Amtsrath, wenn ihm selbiger eine Ge-
genvorstellung aus den Landesgesetzen that. Von
allen denen, welche seit zehen Jahren nahe um
ihn hatten sein müssen, konnten sich nur Wenige
rühmen, daß sie ohne die Gnade zu haben, den Nach-
druck seines mächtigen Arms zu empfinden, von
ihm weggekommen wären. Im ganzen Lande
bebte man vor ihm, und die Leute, welche er zu
sich rufen lies, wären oft lieber in den Tod gegangen, als zu ihm. Aber er selbst hatte den gröf-
sesten Schaden davon. Ich glaube, daß kein
grosser Herr mehr bestohlen und hintergangen
worden sei, als er. Seine rechtschaffenern Diener entfernten sich alle nach und nach mit guter
Manier von ihm, und er war zuletzt fast von lauter Schurken und Schelmen umgeben, die einen
Buckel voll Prügel nicht achteten, wenn sie eine
Summe Geldes unterschlagen oder sonst einen Bu-
benstreich zu ihrem Vortheil ausführen konnten.
Von seinem ersten Kammerdiener an bis auf den
Stubenheizer hatte alles einen wohlausgestopften
Rücken. Merkte er dies: so warf er sie zu Bo-

den und trat sie mit Füssen. Seine Geschichte
ist voll der grausenvollesten Unmenschlichkeiten, und
wäre werth, daß sie der Welt mitgetheilt würde;
damit auch Regenten sähen, daß sie — nicht
ungestraft sündigen können. Wo irgend eine
Familie von ihm Pension erhielt: da konnte man
auch mit Gewisheit voraussetzen, daß der Vater
derselben unter seinen Händen sich verblutet hatte,
oder von ihm zu Schanden geschlagen worden
war. Kurz vor seinem Tode hörte der Graf
plötzlich auf, zu schlagen, und man murmelte im
Lande folgende Erläuterung davon. Einer seiner
Kammerdiener, ein baumstarker Kerl, soll sich
einsmahls, als er ihn iämmerlich gemishandelt,
in gröster Wuth ihm zur Gegenwehr gestellt, ihm
in die Gurgel gegriffen und dazu gefragt haben,
ob er nun mit Schlagen aufhören wolle, widrigenfalls er ihn auf der Stelle erwürgen würde;
da soll er es verschworen haben, sich wieder an
einem Menschen zu vergreifen, und man glaubt
nicht ohne Grund, daß die heftigste Alteration,
welche er davon gehabt, die Ursache seines bald
darauferfolgten Todes gewesen sei.

Hallo. Was nun einmahl geschehen ist, das
ist geschehen. Aber ich bin fest überzeugt, daß
dieser Fehler, der Einzige in seiner Art, den mein
guter Fürst begangen hat, auf seinen Karakter
nicht nur keine nachtheiligen, sondern vielmehr die

vortheilhaftesten Einflüsse haben werde. Ich
kenne ihn von allen Seiten. Er wird nun an
Sanftmuth, Milde und Güte fernerhin sich
selbst zu übertreffen suchen; damit sein Volk seines Fehlers vergesse, und ihn noch mehr liebe,
als zuvor.

Darüber kamen der Greis und der Prediger
in ein langes Gespräch über das wichtige Kapitel
von Fürsten, und schütteten so viel edle Wünsche einer in des andern Schos aus, daß die
Welt, Erde, der seligsten eine sein würde, wenn
es dem Himmel iemahls gefallen sollte, auch nur
den zehnten Theil davon in Erfüllung zu
bringen.

Gegen Abend kam Albert von Berkewitz, und
erzählte, daß vor einer Stunde ein Viktualien-
händler aus der Residenz bei ihm gewesen, der
ihm die Nachricht mitgetheilt, daß der Hofrath
Moritz um ein Uhr sich erschossen habe. Der
Mann, setzte er hinzu, habe zu sagen gewust, daß
der Fürst ihn mit eigener Hand gewaltig geschlagen, und daß dieser vermuthlich der Untersuchung
zu entgehen gesucht, welche noch über ihn habe
angestellt werden sollen.

Vater Hallo lies seine Hände herabsinken und
zitterte am ganzen Leibe.

Albert erzählte noch von einem Billet, das der Hofrath Moritz kurz vorher, ehe er sich erschossen, an den Fürsten geschickt haben solle; welches dieser aber, weil er damahls gerade einen Spazierritt zu einer sonst ungewöhnlichen Zeit gemacht, nach einigen Stunden erst erbrochen haben könne.

Hallo. Es siehet ihm ähnlich, daß er sich selbst entleibet habe. Ich habe ihn gekannt. Er hatte einen erstaunenden Ehrgeiz; der ihn auch gewis, wie ich glaube, zu der Verrätherei bewogen hat, durch welche er sich vermuthlich an dem dabei implicirten auswärtigen Hofe hochempor-schwingen wollen. Ich konnte ihn nie leiden. Er hatte so etwas Widriges im Gesicht, wie ich an wenig Menschen angetroffen habe; und so, wie man ihm in die Augen sahe, krochen die Aepfel derselben zu Winkel. Aber ach! — was wird Gustafs Seele bei diesem abscheulichen Vorgange empfunden haben! — Wäre er doch schon nach der Zeit wieder bei mir gewesen! Wäre doch meine erste Unterredung mit ihm schon wieder vorüber — Wie viel mehr wird er nun sich selbst noch über seine Handlung haben sagen müssen, als ich ihm über sie gesagt habe.

Buchholz. Ist er der Mann, wie Sie, ehrwürdiger Greis, ihn mir geschildert haben: so wird er Lebenslang seinen eigenen Arm nie wieder über einen seiner Diener aufheben.

Hallo. Ich weis nicht, — mir ahndet mehr Unglück.

Der Greis sas hierauf, wie tiefsinnig, und sprach nichts mehr. Albert bat den Prediger, daß er bei seinem Vater heute übernachten möchte.

Tags drauf war der Fürst mit der Sonne zugleich auf dem Berge. Hallo hatte eine schlaflose Nacht gehabt, und aus Greisesmattigkeit den Morgen verschlummert. Der Gärtner kam und meldete, daß der Fürst in der Nähe der Laube wanke. Hallo hatte ihn in der Nacht, so oft er nur eingenickt war, schon unter derselben gesprochen. Ganz zerstreut, und aus körperlicher Erschöpfung düster, schlich er ietzt an Eleonorens Grab.

Fürst Gustaf, der ihm auf dem Fus in die Laube folgt, mit gesenktem Arm und mit starrem Blick. Vater Hallo! ach Vater Hallo!

Hallo, der ihm um den Hals fällt. Ach! ich weis schon, was geschehen ist, mein Fürst! ich weis es schon.

Gustaf. Wie? weißt du es schon? — weißt du auch alles? — da lis einmahl. (giebt ihm Moritzens Billet.)

Moritz

Moritz hatte dem Fürsten geschrieben: „Ich habe Unrecht gethan, und bin strafbar. Das das bekenn' ich. Aber Fürst, hätten Sie auch dem Strafbaren Gerechtigkeit, wie Sie doch sollten, wiederfahren und eine kaltblütige Untersuchung über seine Sache anstellen lassen; so würden Sie gefunden haben, daß er Verzeihung verdiene. Nun ists zu spät. Ich kann meine Schande nicht länger überleben. Sie bringen mich zum Selbstmord. Wenn Sie diese Zeilen gelesen haben, hat ein wohlthätiges Pistol meiner Schmach schon ein Ende gemacht. Es wird seine Dienste thun — gewis wird es sie thun — denn ich werde es zwischen die Zähne klemmen,“

Hallo hatte gelesen und verstummte.

Gustaf, in äusserster Unruhe. Was sagst du dazu, Vater?

Hallo. Was kann ich dazu sagen? — Nichts!

Der Fürst warf den Huth von sich, ris sich die Kleider auf, wischte sich den Schweis von der Stirn, ging schnell in der Laube hin und her, sprach endlich: Wie ich von dir zurückkam, und vom Pferde stieg, hörte ichs schon, daß er sich erschossen habe. Drauf ward mir das Billet gegeben. Es war, als hörte ich den Schus, da ichs las, und als sähe ich ihn stürzen. Tausend

Menschen haben vor seiner Thüre gestanden, und
es hat eine Wache hingestellt werden müssen, um
das Eindringen zu verwehren. Gott! Gott!
hätte ich den gestrigen Tag zurück! — — Aber
willst du denn gar nicht reden heute, lieber Wa
ter, gar nicht?

    Hallo. Hat er nicht Familie hinterlassen? —
Ich glaube.

    Gustaf, stammelnd. Eine Frau nicht; aber
— fünf Kinder.

    Hallo. O daß sich Gott im Himmel
erbarme!

    Gustaf. Dieserwegen sei ruhig, Hallo. Ich
will sie erziehen lassen, und ganz Vaters Stelle
an ihnen vertreten. Das habe ich mir auf der
Stelle zur Pflicht gemacht.

    Hallo. Das müssen Sie auch, mein Fürst.
Aber hören Sie nur einmahl den Alten, der Ih
nen nichts mehr verschweigen darf. — Die Af
faire des Moritz — des Unglücklichen — nun
nenn' ich ihn so; er hat das höchste Opfer für sein
Verbrechen gebracht — wird mir dunkel und
geheimnisvoll. Es kann sein, daß er die verdiente
Verzeihung nach gehöriger Untersuchung der Sache
nur so hingeschrieben. Ist sein Herz sehr böse
gewesen; so hat dis etwa der letzte empfindlichste
Streich sein sollen, den er Ihnen versetzte. Aber
es wäre doch möglich, daß er zu seiner Vertheidi

gung dis oder jenes hätte sagen können, das seine
Schuld wenigstens den Graden nach geringer
machte. Vielleicht ist er nur das Werkzeug gewe=
sen und hat sich durch andere bethören lassen. Viel=
leicht ist er gar wider seinen Willen dazu gemis=
braucht worden. Es kann ja doch sein — und
erwägen Sie nur den Gedanken in einem solchen
Falle, daß es sein könne . . . . . Es kann also
sein, daß ein anderer strafbarer war, als er. Es
kann sein, daß er nicht verdiente, geschlagen zu
werden. Es kann sein, daß sein Selbstmord
nicht aus Verzweiflung über seine Sache, sondern
aus einem unzuüberwältigenden Ehrgefühl her=
rührte. Es kann sein, daß seine fünf Kinder
Waisen eines nur unglücklichen Vaters sind. Wie
entsetzlich mus Ihnen dieses blosse Seinkönnen
sein, so lange nicht das Gegentheil davon erwie=
sen ist!

Gustaf, ganz ausser sich. Aber um Gottes
willen, lieber, bester Greis, wie komme ich
dahinter?

Halko. O Fürst, nun ist es zu spät. Der
Mann ist todt, der es Ihnen sagen konnte. Nun
bitte ich Sie, lassen Sie die Sache lieber sich
berasen, als daß Sie selbige aufrühren.

Gustaf, in Affekt. Halko — bei meiner
Würde! ich schwöre es dir, daß ich, wenn er
unschuldig befunden würde, es vor der ganzen

Welt bekennen wollte, daß ich ihm Unrecht
gethan . . .

Hallo. Dadurch bekäme er sein Leben und
seine Ehre nicht wieder; auch erhielten die Kinder
dadurch ihren Vater nicht wieder. — Hören
hätten Sie ihn sollen; seine Sache gehörig
untersuchen lassen hätten Sie sollen. Alsdenn
hätte er mögen schuldig oder unschuldig befunden
werden; so hätte er Ihnen doch den Vorwurf
nicht machen können, daß ihm nicht Gerechtigkeit wiederfahren sei, die auch dem höchsten Verbrecher gebührt. Und wenn er der schuldigste
Bösewicht gewesen; so hat er nun doch diesen
Vorwurf Ihnen mit Recht gemacht.

Gustaf. Aber ich habe ihn ia im Verbrechen
ertappt; ich habe ihn ia desselben auf der Stelle
überwiesen.

Hallo. Geliebtester Fürst, es konnte Ihnen
ia aber auch wohl nur erwiesnes Verbrechen, von
ihm begangen, sein. War es denn dadurch
schon ihm erwiesenes? Umstände machen ia die
Sache. Wenn Sie nun die Hälfte dieser Umstände, oder auch nur einen einzigen, auf den
viel ankam, übersehen hätten? Sehen Sie, von
dieser Besorgniß wären Sie nun frei, hätten Sie
seine Sache durch eine gewöhnliche Kommission
untersuchen lassen. Ein Beleidigter in seiner eigenen Sache ist nimmermehr der gehörige Unters-

cher derselben; und am allerwenigsten ein beleidigter Fürst. Der Gedanke — ich bin beleidigt — besonders, wenn ihn ein Fürst denkt, verstattet keiner Untersuchungsidee den Eingang. Sagen Sie mir doch, verantwortete er sich denn gar nicht, als Sie ihn schlugen?

Gustaf. J freilich redete er allerlei, und würde noch mehr geredet haben, wenn ich ihn hätte zu Worten kommen lassen.

Hallo. Was sprach er denn?

Gustaf. Ja, da fragst du mich zu viel. Ich weis nicht, was er gesprochen. Ich war viel zu aufgebracht gegen ihn, als daß ich darauf hätte hören sollen. Und ie mehr er sich verantworten wollte; desto aufgebrachter ward ich. Ich weis es gar nicht, wie es zuging; ich bin in meinem Leben so nicht in Rage gesetzt worden. Ich verlohr zuletzt beinahe mein Bewustsein, und kann mich in diesem Augenblick nicht darauf besinnen, wie er aus meinen Händen gekommen. So viel weis ich noch — der weisse Schaum stand ihm auf den Lippen.

Hallo. Ach! Fürst und Vater! So hat er wohl zu seiner Entschuldigung mancherlei sagen wollen und können . . .

Gustaf. Aber es war ia noch Zeit genung dazu. Das konnte er ia immer noch thun. So viel konnte er ia wohl denken, daß die Sache

L 3

damit noch nicht abgethan sei. Und, wenn ich
ihm keine Kommission setzte, so konnte er ia eine
verlangen.

Hallo. Noch nicht abgethan? Und Sie
hatten ihn doch schon bestraft? — Und nun den=
ken Sie sich einen Mann, der so viel Ehrgeiz hat,
als er, ob bei selbigem nicht der Gedanke, daß er
vor der ganzen Welt beschimpft worden, so
beschimpft worden, wie noch kein anderer, alle
übrige Gedanken überwältigen und verdrängen
müsse. Er hatte zu wählen zwischen Leben voll
Schande und Tod, und grif nach dem letztern.

Gustaf. Ach, Hallo, du schlägst deinen
Fürsten zu Boden. Suche ihn lieber aufzurich=
ten; er sagt sich nun selbst tausendmahl mehr
über den Vorgang, als du ihm sagen magst. Ich
kann dir den Preis nicht hoch genung ansetzen, für
den ich den gestrigen Tag aus der Geschichte meines
Lebens möchte wegstreichen können. Doch er
bleibe darinn! Er mache mir Vorwürfe, so
lang ich lebe; damit ich ihn unaufhörlich zu ver=
güten suche. Mein Herz war nie dem Zorne
und der Rache offen; aber siehe, von nun an
will ich es noch sorgfältiger zur höchsten Sanft=
muth stimmen.

Hallo. Mein geliebtester Fürst — hören
und lassen Sie hören von nun an ieden Be=
schuldigten, ehe er verdammt oder gestraft wird.

Es kostet sein Glück, seine Ehre, seine Freiheit, sein Leben; er mus zur Rettung derselben alles sagen können und dürfen, was er zu sagen hat. Nur alsdann ist die Gerechtigkeit vollkommen am Verbrecher ausgeübt, wenn er sie selbst als solche fühlt und wenn er selbst das Urtheil bestätigen mus, das ihm gesprochen wird. Alle Bürger im Staate lernen dann erst die Tugend und Rechtschaffenheit recht schätzen, wenn sie solchergestalt, im geringsten Grade auch nur ausgeübt, dem Verbrecher noch zu statten kommt. Niemand bebet alsdann heuchlerisch und sklavisch vor der höchsten Gewalt; sondern ieder verehrt sie als seine Schützerin und Retterin. Der Unterthan soll ia nicht durch sie an den Rechten der Menschheit leiden, sondern er soll ihr vielmehr den sichersten Besitz und Genus derselben zu danken haben. Sie ist dazu da, daß es unmöglich werden solle, daß ein Mensch ungehört verdammt werde; nicht aber dazu, daß dis leichter gemacht werde. Sprechen Sie selbst nicht Urtheil; noch weniger vollziehen Sie es selbst. Lassen Sie sprechen, und untersuchen alsdenn den Urtheilsspruch. Es ist den Fürsten mehr Ehre, ein hartes Urtheil zu mildern, als selbst ein solches zu fällen.

Gustaf. Hallo — Hallo — lebe nur noch — du sollst sehen, mich ganz wieder liebend

L 4

ſollſt du ſehen, was dieſer Vorfall für Eindrücke auf mich gemacht habe.

Hallo. O Fürſt und Herr, ich kenne Ihr Herz, und meine ganze Seele liebt Sie. Ich will auch nicht behaupten, daß Moritz nur ein anſcheinender Verbrecher geweſen ſei; aber die Sache bleibt doch nun dunkel, zweideutig und unentſchieden. Er hat ſich mit dem lauten Vorwurf gegen Sie erſchoſſen: **Fürſt, du haſt mich geſtraft, ohne mich gehört zu haben:** der bitterſte Vorwurf für Fürſten!

Guſtaf. Ja, bei Gott! der bitterſte — aber auch der erſte und letzte von dieſer Art! —

Hallo. Wer ſorgt denn für ſein Begräbnis? — ich frage nicht ohne Urſache.

Guſtaf. Ach, es iſt wahr — da kam eben Wilhelmi, als ich fortreuten wollte, und ſagte, daß ſchlechterdings keiner von ſeinen Verwandten die Beerdigung beſorgen wolle; und die Kinder ſind noch klein. Ja, er ſetzte hinzu, daß viele der Meinung wären, daß er kein ehrliches Begräbnis verdiene, und daß ihn niemand werde hinaustragen wollen.

Hallo. Das dacht’ ich. Es iſt doch ſonderbar, daß man einen Menſchen, der ſich erſchießt, nicht eben ſo ehrlich begraben will, als einen andern, der ſich durch Unmäſſigkeit tödtet. Man begräbt ia nicht den Menſchen, ſondern nur ſei=

nen Körper. Dieſer hat ja nicht geſündigt:
wie kann man denn Strafe am unſchuldigen
Theil ausüben. Er hat vielmehr jämmerlich
gelitten durch den Selbſtmord. Er hat nicht
geſündigt, ſondern es iſt gegen ihn geſündigt
worden. Ueberhaupt gehören Grauſamkeiten, die
ein Menſch gegen ſich ſelbſt begeht, nicht unter
die Gerichtsbarkeit der Geſellſchaft. Die Geſellſchaft hat nur das Recht, den, der ſie verletzt,
auf ähnliche Art wieder zu verletzen; wer ſich
aber ſelbſt verletzt, beſtraft ſich ſchon ſelbſt. Wer
ſtraft auch wohl einen Menſchen, wenn er ſich eine Hand abhiebe? Einen Selbſtmörder, der ſich
aus der Geſellſchaft der Lebendigen reißt, auch
aus der Geſellſchaft der Todten werfen zu wollen,
iſt eben ſo ungereimt, als einem Menſchen, der
ſich die eine Hand abhauet, zur Strafe die andere auch abhauen zu wollen. Auch wird durch
das unehrliche Begräbnis des Selbſtmörders die
Lieblosigkeit im Urtheilen über ihn geradezu ge-
reizt. Man ſpricht ihm nun eben ſo die Seligkeit ab, wie man ihm das ehrliche Grab ab-
ſpricht. Da man mit ihm nicht einmahl auf
einem Kirchhofe todt ſein ſoll: ſo wird man noch
weniger in einer und derſelben Welt wieder mit
ihm leben wollen. Und die Seligkeit dürfen wir doch
keinem abſprechen; — auch dem Selbſtmörder
nicht. Gott allein kennet ſeine ganze Handlung;

L 5

wir sehen nur die Aussenseite davon. Er kann auch vorher viel Gutes gethan haben, und seine letzte schlechte Handlung kann ihn nicht um den Segen seiner vorherigen rechtschaffenen bringen. Noch kommt dazu, daß durch unehrliches Begräbnis nicht der Selbstmörder, sondern seine arme Hinterlassenen leiden. Diesen soll man aber vielmehr aufhelfen. Und ist nicht ein Theil des Erdbodens so ehrlich, als der andere? Nicht der Ort, wo wir liegen, macht uns ehrlich oder unehrlich; ich wollte lieber sagen, daß der Fall gerade umgekehrt sei. Mancher Erzbeträger kauft sich ein Gewölbe am Altare; aber ich mag nicht sagen, was von der Stunde an, in welcher er da begraben wird, die geheiligte Stätte werde. Sie helfen Aberglauben und Vorurtheile auch hierdurch ausrotten, bester Fürst, wenn Sie das lieblose Herkommen in Behandlung der Selbstmörder abschaffen. Ergreifen Sie diese äusserst auffallende Gelegenheit, und geben Sie durch Moritzens ehrliche Beerdigung das erste Beispiel von der Art.

Gustaf. Du hast Recht. Er soll vollkommen seinem Stande gemäs begraben werden.

Hallo. Wenn dis so viel heißt, als mit der Pracht und mit dem Geräusche, welche in der Residenz noch bei solchen Leichen üblich sind; so widerrathe ich es ihnen, bester Fürst. Dis wäre meiner Meinung nach von einem Extrem aufs andere übergesprungen. Da seine Verwandten nichts damit zu schaffen haben wollen: so laßen Sie selbst durch einen Ihrer Hofverwalter die Beerdigung besorgen. Dieser Umstand wird bei dem grossen Haufen den Abgang des gewöhnlichen Pomps ersetzen. Ganz simpel angezogen, laßen Sie ihn morgen in aller Frühe auf dem gewöhnlichen Platze durch ein Kommando Dragoner zur Erde bestatten; damit aller Auflauf des Volks vermieden, und die Neugierde, wo und wie er werde begraben werden, durch die Nachricht, daß er schon begraben sei, betäubt werde.

Gustaf. So schnell wirds nicht sein können, lieber Greis; erst müssen wir ja einen Sarg haben.

Hallo. Dazu kann ich Ihnen bald behülflich sein. Moritz war nicht völlig so gros, als ich. Als ich Eleonoren, meine theure Gattin, begraben ließ, habe ich auch mir den Sarg bereiten lassen. Er steht zu Ihrer Disposition, um die Sache zu beschleunigen; und es liegt nichts daran, daß es jedermann wisse, daß ich den Sarg dazu hergegeben habe. Vielleicht trägt auch dis zur Ausrottung des lieblosen Vorurtheils bei.

Guſtaf. Hallo! in deinem Sarge ſollte
Moritz liegen?

Hallo. O gütiger Fürſt, Holz iſt Holz.
Der Sarg weis weder, für wen er gemacht
ward, noch wen er umſchließt. — Hallo läßt
ſich einen andern machen; weiter hat es nichts
auf ſich.

Guſtaf. So ſeis!

In dem Augenblick ſtieg ſtarker Rauch über
der Reſidenz auf. Es ſchien in der Gegend des
Schloſſes zu ſein. Hallo ſah es zuerſt, und als
er hinwies, rief der Fürſt ſchon — ach, da
iſt Feuer! In gröſter Eil iagte Guſtaf fort. Mit
gefalteten Händen ſtand Hallo und ſah unaufhörlich nach dem Feuer hin. Buchholz fand ihn
mit Thränen in den Augen. Der Rauch ward
ſtärker und deutete eine gewaltige Flamme an.
Von allen Seiten geriethen die umliegenden
Dorfſchaften in Bewegung. Karavanen von hunderten liefen nah und fern durch die Felder, um
ihrem Fürſten den thätigſten Beiſtand zu leiſten.
Einige Stunden lang dauerte Hallo's Angſt;
worauf ein Läufer aus der Reſidenz kam und
ihm die Nachricht vom Fürſten brachte, daß er
ruhig ſein möchte, und daß das Feuer nicht in
der Stadt, ſondern im nächſten Dorfe ſei, welches gerade hinter dem Schloſſe lag, und das ein
allgemeiner Aſchenhaufe ward.

Hallo, gemäſſigter. Auch dis iſt Unglück;
doch ſind ſeine Grenzen enger, und Guſtaf kann
es wieder vergeſſen machen.

***

Der Fürſt war am folgenden Tage bei guter Zeit wieder unter Hallo's Laube, und hatte
viel Heiterkeit in ſeiner Mine.

Guſtaf. Das war ein heftiges Schrecken,
welches wir geſtern hatten. Gott Lob! es iſt
kein Menſch dabei umgekommen.

Hallo. Dafür ſei dem Schöpfer Preis! —
Sind viel Häuſer abgebrannt?

Guſtaf. Das ganze Dorf. Da war kein
Retten. Der Wind ward zu ſtark. Wenn
hier gelöſcht ward, brannte es dort ſchon wieder.
Ich glaube, daß an dreiſſigtauſend Menſchen da
waren; aber ſie waren alle vergeblich da. Ich
kann dir nicht ſagen, wie ich meine Bauern bei
dieſer traurigen Gelegenheit noch mehr lieb gewonnen habe. Alle die Dorfſchaften, welche
von dieſer Seite zu Hülfe kamen, ſind durch die
Stadt gezogen, und haben ihren Weg gerade
nach meinem Schloſſe genommen, weil es ſo gelaſſen, als wenn dis im Feuer ſtände. Ich
fand, als ich zurückkam, noch verſchiedene derſelben auf dem Schlosplatze, welche ſich in der
Abſicht daſelbſt gelagert hatten, um mir ihre

Freude darüber zu bezeugen, daß ich nicht abge=
brannt wäre.

Hallo. Ach ia — guter Fürst; Ihr Volk
liebet Sie unaussprechlich. Es ist eine dankbare
Nation. Wenn Fürsten nur wollen! so können
sie die Gefühle der Menschlichkeit auch in ihren
Bauern wecken. — — Aber die Armen; die
abgebrannt sind — — o mein wohlthätigster
Fürst —

Gustaf. Still! Vater Hallo. Ich weis,
was du thun willst. Aber dismahl bin ich dir
doch zuvorgekommen. Ich habe schon beschlos=
sen, wozu du mich erst bewegen willst. Ich
war der beste Helfer auf den Brandstätten. Wie
gar keine Rettung möglich war, lies ich die Un=
glücklichen zusammenkommen, und sagte ihnen,
daß ich das ganze Dorf, wie es gestanden, uns
entgeldlich wiederherstellen wollte. Da sahen sie
ruhiger ihr Eigenthum einen Raub der Flammen
werden. Da hättest du ein Zeuge von den mil=
den Ausdrücken menschlicher Erkenntlichkeit an
Bauern werden sollen. Es ist unmöglich, daß
ich dir sagen könne, was ich dabei empfunden.

Hallo, wie in Entzückung. O Fürst —
segne Sie Gott! segne Sie Gott!

Gustaf. Das hat er heute schon gethan,
wenn ich es so nennen soll. Bei Tagesanbruch
ist der alte Baron von Breitkopf gestorben, und

sein schönstes Gut Wilmern, das die stärksten
Holzungen im Lande hat, ist mir dadurch zuge=
fallen. Sieh, da ist ia nun Holz genug zu
dem neuen Dorfe, und für so eine Acquisition,
als ich durch das schöne Guth gemacht, kann
ich ia nun wohl iene armen Bauern so setzen,
daß sie auch nicht einen Dreier durch den Brand
eingebüßt haben sollen.

Hallo. Gott! wie sonderbar verketten sich
die Begebenheiten im menschlichen Leben! —
Bei Gelegenheit dieses neuen Unglücks im Lande,
das durch Feuer angerichtet worden ist, wieder=
hole ich, bester Fürst, den Antrag, welchen ich
schon vor Jahren zu Errichtung einer Feuerkasse
im ganzen Lande gethan habe. Der Plan dazu
ist versiegelt in Wilhelmi's Händen. Jetzt kann
er ausgeführt werden. Damahls waren verschie=
dene von den Vasallen dagegen, welche nun alle
todt sind. Ich empfehle Ihnen diese Angele=
genheit als eine der wichtigsten für das ganze
Land, welche sie während Ihrer Regierung zu
Stande bringen und durch die Sie den Segen
der spätesten Nachkommenschaft in noch höherer
Maße verdienen können. Alle Ihre Untertha=
nen sind Mitbürger unter einander. Es ist bil=
lig, daß Einwohner eines Landes sich unterstützen.
Und sie thun es auch so, wenn die Abgebrann=
ten hernach umhergehen und Almosen einsammlen.

Aber die reichen Geizhälse schlupfen dabei durch;
auch ist keine rechte Aufsicht dabei, wie die Unglücklichen die erhaltenen Beisteuern anwenden.
Sie können alle Ihre Unterthanen nicht fester an
einander fesseln, als wenn sie solchergestalt alle
einer des andern Unglück zum Theil für sein eigenes ansehen müssen. Die Furcht vor dem Unglück wird dadurch in den Seelen derer, die es leiden müssen, geringer; die Thätigkeit aber, - Beistand zu leisten, an denen, die Zeuge davon
sind, oder es doch werden können, vermehrt.
Gottes weise Regierung selbst wird dadurch vor
den schrecklichsten Vorwürfen gesichert, welche
ihr die Unglücklichen, wenn sie es ganz ohne
ihre Schuld sind, nur gar zu bald machen. Und
dis, mein edler Fürst, ist in meinen Augen immer ein wichtiger Theil des Berufs der Grossen
dieser Erde gewesen, wenn Unglück entsteht,
Gott dabei nicht sinken zu lassen. Niemand
kann dis so vollkommen thun, als sie. Wir
übrige Menschen können nur darüber raisonni-
ren, daß Gott auch im Unglück die Liebe sei; Fürsten aber können es recht handgreiflich machen,
wenn sie ihren Ueberflus von Kräften und ihre
oberste Gewalt dazu anwenden, das geschehene
Unglück wieder gut zu machen. Wenn dieser
Gesichtspunkt derjenige erst werden wird, in welchen die Fürsten jedes Unglück, das sich in ihrem
Lande

Lande zuträgt, hinstellen: so können sie es dahin
bringen, daß wenig Elend übrig bleibt, welches
von ihren Unterthanen wirklich empfunden wird.
Unverschuldetes Elend, das einen Theil trift,
gleich taxiren, und zum Ersaß desselben die
übrige Theile, welche es eben so treffen konnte,
und die es heute oder morgen noch treffen kann,
beitragen zu lassen — — diese Maxime ist in
die Sisteme der Staaten noch nicht tief genung
eingewebt, und doch ist sie so sonnenklar richtig.
Gestern ist z. E. ienes Dorf abgebrannt. Die
Bewohner desselben haben alles verlohren, und
würden nun ohne Ihren Beistand das geschehene
Unglück unaussprechlich empfinden. Wie viel
Dörfer, wie viel Städte haben Sie in Ihrem
Lande! Wenn diese insgesammt den gestifteten
Schaden unter sich theilen: so beträgt es auf
iede Familie nur eine Kleinigkeit, die iede gern
dazu beitragen wird, weil sie in ähnlichem Falle
auf ähnliche Unterstützung hoffen darf; und so
theilt sich die Empfindung des geschehenen Uns
glücks in so viel Theile, daß sie keinem von allen
schmerzhaft wird.

Gustaf. Wilhelmi soll mir deinen Plan
nochmahls vorlegen, und verlaß dich drauf, daß
ich ihn ins Werk setzen werde. Ich will den
Grundsaß, auf den du mich eben geleitet hast,
in Zukunft auf mehrere Fälle anzuwenden su

chen. — Moritz ist heute nach deinem Vorschlag begraben worden. Kannst du glauben, daß sich sogar die Dragoner anfangs gesperret haben, ihn zu tragen? —

Hallo. O das glaub ich gern. Aber nun lassen Sie den ersten von Ihren armen Hofbe: dienten, der stirbt, eben so durch Dragoner hin: austragen; so verliert sich auch dis Auffallende bei Moritzens Beerdigung in den Augen des Vor: urtheilvollen Haufens.

Gustaf. Ich glaube, daß die meisten in der Stadt noch nicht einmahl wissen, daß er begra: ben ist. Es war sehr früh, und die Leute schlie: fen heute alle länger, weil sie des Feuers wegen bis in die Nacht auf den Beinen gewesen wa: ren. — Aber nun las dir sagen, warum meine Miene heute eigentlich so heiter ist. Ich las Moritzens Billet gestern Abends nochmahls, und konnte nicht ruhen, bis ich mit Gewisheit wus: ste, ob er als Schurke gestorben sei, oder nicht. Wilhelmi ist bis nach Mitternacht bei mir gewe: sen, und nun sieh hier — —

Der Fürst zog hierauf allerlei Papiere aus der Tasche, durch welche Hallo so fest, wie er, davon überzeugt ward, daß Moritz wirklich der Verbrecher gewesen, für den ihn Gustaf ohne ge: wöhnliche Untersuchungskommission erklärt hatte.

Gustaf. Ich kann dir nicht sagen, Greis, um wie viel beruhigter ich nun über Morißens Selbstmord bin. Er hat das Billet also nur geschrieben, um mich über seinen Tod recht verlegen zu machen. In seinem Kamin hat man einen Haufen frischer Asche gefunden, daß es wahrscheinlich wird, daß er alle die verdächtig machende Papiere, die noch in seinen Händen waren, vorher erst zu verbrennen gesucht hatte; aber diese hat er in der Tollheit übersehen.

Hallo. Allerdings können Sie nun ruhiger sein. Aber den Vorwurf — daß Sie ihn vor gehöriguntersuchter Sache gestraft — hat er Ihnen denn doch mit Recht gemacht. Sehen Sie, wie schön wäre es nun, wenn er Ihnen auch diesen nicht hätte machen können!

Gustaf. Das fühle ich selbst; aber es soll mir ihn Niemand wieder machen. Und seiner Kinder Vater will ich doch sein, wenn sie nun gleich Kinder eines überwiesenen Verbrechers sind. Und ich will nicht einmahl, daß sein Verbrechen öffentlich bekannt werde. Er mag ruhen. —

Hallo. O mein edelmüthiger Fürst......
Ich zweifle nun nicht, daß Moriß, auch ungeschlagen von Ihnen, sobald er sich entdeckt glaubte, um der Untersuchung zu entgehen, aus Ehrgeiz sich selbst entleibet haben würde; aber dessen ungeachtet, lieber frommer Regent, sei Ihre

M 2

Hand doch in Zukunft nur zum Segnen ge=
macht!

Der Fürst umarmte mit Inbrunst den
Greis.

Hallo. Da wir ietzt eben auf das Kapitel
von Beerdigungen gekommen sind, Fürst und
Vater, so kann ich nicht umhin, Ihnen einen
Gedanken mitzutheilen, der schon oft in mir re=
ge gewesen ist. Es ist in Ihrem Lande noch
Mode, daß die Begräbnisse einen übertriebnen
Aufwand verursachen. Einige suchen eine Ehre
darinn, durch prächtige Beerdigung ihrer Tod=
ten den übrigen zuvorzukommen; andere halten
sichs für eine Schande, wenn sie solche schlechter
begrüben. Ich habe darüber mit verschiedenen
sonst klugen Leuten in der Residenz besonders ge=
sprochen; sie waren mit mir einer Meinung,
wünschten aber nur, daß es möchte verboten
werden. Da muß erstlich ein kostbarer Sarg
angeschaffet werden; hernach wird der Todte
prächtig gekleidet und zur Schau ausgestellt;
weiter wird denn gezecht im Leichenhause bei der
Beerdigung; hernach wird eine Menge unnützes
Lichts verbrennt, oder gar mit Fackeln gespielt;
es wird eine Menge Kutschen bezahlt, die der
Leiche folgen; die Träger müssen unmässig be=
zahlt werden; und am Ende wirft sich die ganze
Familie in eine Trauer, die oft die letzten Thal

er noch wegnimmt, die ihr vom verſtorbenen
Vater hinterlaſſen wurden.

Guſtaf. Du haſt warlich recht, Hallo.
So iſts. Aber der Fürſt bezahlt es nicht —
wird man ſagen.

Hallo. Hören Sie mich nur noch weiter
über die Sache an. Dis lehrt doch die geſun=
de Vernunft, daß kein Aufwand alberner ſei,
als der, welcher auf Pracht angelegt wird,
die, wenn ſie höchſtens drei Tage angeſehn
worden iſt, in die Erde geſenkt wird, um
daſelbſt zu verſtocken und zu verfaulen. Hie=
her gehört alſo der koſtbare Sarg, und der oft
noch koſtbarere Anzug des in ihm liegenden Tod=
ten. Offenbar ſinnloſem Aufwande iſt ein
Fürſt befugt, unter ſeinen Unterthanen zu
ſteuern. Seine Leiche tragen zu laſſen, von
wem er will, mus iedem erlaubt ſein; eben ſo,
wie es iedem erlaubt iſt, wenn er ausfahren
will, ſich fahren zu laſſen, von wem er will.
Das Gezeche bei den Leichenbegängniſſen iſt das
unſchicklichſte von der Welt. Die Trauerver=
ſammlung ſoll aus theilnehmenden Freunden be=
ſtehen. Dis iſt wenigſtens ihr natürlicher Ur=
ſprung. Aber ſo, wie dieſe Verſammlungen
ietzt ſind, beſtehen ſie gröſtentheils aus Leuten,
die nur an den Torten und Weinen Theil neh=
men, welche im Trauerhauſe vorgeſetzt werden.

M 3

Ich bin bei dergleichen gewesen. Man dachte
des Todten nicht; man war lustig und guter
Dinge, wie bei einer Hochzeit; man ward wohl
Genießer bis zur Unmäßigkeit! Das Licht ist bei
einer Leiche nicht mehr nöthig, als daß man
sehen könne, und Leute, die ihre eigene Füsse
nicht mehr so weit tragen können, daß sie mit
zum Thore hinausgehen, schicken sich gar nicht
mehr zu Leichenbegleitern, wohl aber selbst bald
zu Leichen. Bester Fürst, dis ist alles so vernünftig gedacht, daß es iedem einleuchten mus.
Und glauben Sie, alle Kluge werden sehr damit
zufrieden sein, wenn es nur erst Mode ist,
von diesen Albernheiten abzulassen. Aber so will
sich niemand dem Gerede aussetzen, und den
Anfang machen. Sie allein können durch ein
nachdrückliches Verboth alles unnützen Aufwans
des bei Leichenbestattungen diese edle Mode einführen. Man wird Ihnen bald Dank dafür
wissen, wenn sie nur erst eingeführt ist. Erwägen Sie nur, für wie wenig Familien ein
solcher Aufwand eine Kleinigkeit sei. Ist es
nicht thöricht, wenn in Familien, wo Vater
oder Mutter stirbt, und die Kinder so schon
genug verliehren, diese noch einen Theil ihres
Erbes, dessen sie doch zu ihrer Erhaltung nun so
sehr benöthigt sind, hinter die Eltern drein werfen müssen? Müssen diese nicht vielmehr nun alles

zu Rathe zu halten suchen, da ohnehin ihre Er=
nährer dahin sind? Warlich! es ist recht wider=
sinnig, mit einem Todten, der nun von aller
Eitelkeit getrennet ist, erst noch zu guter letzt
rechte Eitelkeit treiben zu wollen.

Gustaf. Morgen will ich die Sache mit
Wilhelmi ins Reine bringen. Verlas dich
darauf.

Hallo. Und denn noch das sogenannte Be=
trauren des Todten — —

Gustaf. Nun, lieber Greis, das betrift
denn doch das Andenken an den Todten. Das
ist denn doch eine gute Empfindung; und darinn
mus man die Leute nicht stören.

Hallo. Bester Fürst — sollen denn die
Kleider an den Todten denken?

Gustaf. Ei, du verstehst mich doch wohl.
Der Trauerende denkt an ihn.

Hallo. Fürwahr, der kann auch im bunten
Rock an ihn denken.

Gustaf. Aber durch die schwarzen Kleider
denkt er öfter an ihn . . .

Hallo. Das mus entweder ein schlechter
Mensch sein, der sich durch die Kleider erst an
seinen Todten erinnern lässet; und wenn er dis
ist: so wird die Erinnerungskraft, welche in der
schwarzen Farbe liegen soll, auch nicht von langer
Dauer für ihn sein. Die ersten vierzehn Tage

M 4

wird fie ihre Wirkungen auf ihn äufern, und
hernach wird er die Trauerkleider, ohne an et=
was weiters dabei zu denken, als daß er sich
anziehe, anlegen. Oder er hat an dem Todten
nicht viel verlohren; und denn ists ihm doch auch
kaum zuzumuthen, daß er ihn betrauren solle.
Bester Fürst, das beste Mittel, den Todten
lange im Andenken bei seinen Hinterlassenen zu
erhalten, ist dis, daß er zu seinen Ehren
lange von ihnen vermißt werde. Menschen
müssen so für einander leben, daß, wenn einer
von ihnen vorangegangen ist, der hinterbleiben=
de allenthalben denke und sehnsuchtvoll fühle,
daß iener fehle. Bei iedem glücklichen Ereig=
nis mus dieser sein erster Gedanke sein: ach,
wäre mein Todter noch da, und genösse es
mit! bei iedem Misgeschick — ach, wäre er
noch da, und rathete mir!

Gustaf. Das ist allerdings richtig, lieber
Greis; aber es ist doch wohl anständig für Hin=
terlassene, daß sie es auch öffentlich der Welt
zu erkennen geben, daß sie noch im Segen und
mit Zärtlichkeit an ihre Todten denken.

Hallo. Daraus würde folgen, daß sie, so
lange sie lebten, schwarze Kleider tragen müßten!
denn sie sollen ihre Todten ia nie vergessen. Und,
bester Fürst, hier sind wir eben auf den ersten
Punkt gekommen. Kann die Welt durch die

schwarze Kleidung der Hinterlassenen auch wohl
wirklich von dem Andenken derselben an ihre Tod=
ten überzeugt werden? Schwarze Kleider kann
ieder anlegen; auch der, dem kein Gedanke an
seinen Todten mehr in Sinn kommt. Nein, iene
Stille der Seelen, die dem Traurenden aus den
Augen blickt — iene Achtung, die er für ihn
forthegt — ienes eben so fromme Leben, als
wenn der Todte noch um ihn wäre — iene Fort=
setzung des vom Todten gestifteten Guten — iene
treue Befolgung seiner letzten noch mündlich ge=
gebenen Anordnungen und Rathschläge — iene
Gleichgültigkeit gegen die sonstgenossenen Freuden
nun ohne ihn — — dis, dis sind die Be=
weise, durch welche die Welt von dem fortdauren=
den Angedenken an ihn überzeugt wird. Durch
die schwarzen Kleider wird sie nur allzuoft ge=
täuscht. Sie sind eine wahrhaftige Maske,
welche viel Hinterlassene nur anlegen. Denken
Sie sich nur ein Paar Ehegatten, die in bestän=
diger Uneinigkeit und Unzufriedenheit mit einan=
der gelebt haben. Endlich stirbt der eine von
ihnen, und der andere legt schwarze Kleider an,
und die ganze Welt, die ihn so schwarz gekleidet
sieht, weis, daß die Scheidung, welche zwischen
beiden der Tod getroffen hat, ihm äuserst will=
kommen gewesen sei. Denken Sie sich einen iun=
gen Menschen, der einen reichen Geizhals, wel=

cher im Leben nichts hergab, beerbt. Er trauert,
und die ganze Welt weis, daß er recht auf den Tod
desselben gehoft habe. Warum soll es Menschen
verstattet sein, ja warum soll es ihnen so gar
Pflicht sein, einen falschen Schein anzunehmen,
und öffentlich und ungescheut alle ihre Mitbürger
zu betrügen? Und dis ist der eigentliche Ursprung
des sogenannten Trauerns. Heuchler brachten es
auf. Menschen, denen ihr Herz sagte, daß sie
ihren Todten gern verlohren hätten, die da fürch=
teten, daß alle andere ihnen die Zufriedenheit dar=
über eben so deutlich ansehen würden, als sie solche
selbst empfänden, musten darauf bedacht sein, sich
eine trauernde Aussenseite zu geben. Weil ihr
Herz nicht trauerte, sollen ihre Kleider trauren.
Offenbar verräth der Mensch sich selbst dadurch,
wenn er zu viel Aengstlichkeit in Ueberzeugung ande=
rer beweiset, daß das, wovon sie glauben sollen,
daß es sein Sinn sei, sein Sinn wirklich sei. Wo
man zu sehr das Aeuserliche hervorsucht und treibt:
da stehts ums Innere schlecht. Wer wahrhaftig
von einer Leidenschaft beherrscht wird, denkt nicht
einmahl darauf, andere davon zu überzeugen, daß
sie ihn beherrsche. Er handelt ihr gemäs, und
so überzeugt er diese, ohne es zu wissen. Dis
ist so wahr und so richtig, und wird auch auf das
gewöhnliche Trauren schon so angewendet, daß
kein Mensch mehr aus den Trauerkleidern auf die

wirkliche Traurigkeit deſſen, der ſie trägt, oder
gar aus der Tiefe des Trauerns auf die Tiefe des
Schmerzens ſchließt. Es iſt Mode — das iſt
nun noch alles, was dabei gedacht wird. Wenn
Sie nun ſprechen, es ſoll nicht mehr Mode ſein,
ſo iſts in wenig Jahren eben das. Wollen Sie
dis durch kein ausdrückliches Geſetz ſagen; ſo laſſen Sie durch ihren Hofſtaat die Mode nur aufgeben. Dem Beiſpiele deſſelben werden bald mehrere folgen, und ſo wird der allmächtige Gedanke — es iſt nicht mehr Mode — die übrigen Trauerkleider über die Seite ſchaffen. See-
lentrauer iſt die einzige, welche unſern Todten
zur Ehre gereicht. Dieſe trage ieder Rechtſchaf-
fene, und, wer ſie nicht tragen kann, dem ſei es
nicht mehr verſtattet, die Welt zu täuſchen. Warlich, die Fürſten müſſen es ſich zu einem heiligen
Geſetz für die Wohlfahrt der Geſellſchaften, deren
Häupter ſie ſind, machen, dem ſo genung allgemeinen Hange unter ihren Unterthanen, durch
Aeuſerlichkeiten zu betrügen, und anders zu
ſcheinen, als man iſt, bei ieder Gelegenheit
Widerſtand zu thun. Und wozu ſoll auch dieſer
unnütze Aufwand? In groſſen Familien iſt er ia
in der That keine geringe Ausgabe. Man redet
allenthalben gegen den übertriebenen Luxus in der
Kleidung. Fürſt und Herr, der Trauerluxus
iſt unter allen der unzuentſchuldigenſte und zweck-

loseste. Stellen Sie sich einmahl eine Familie vor, deren Vater stirbt. Frau und Kinder empfinden seinen Tod als den schmerzlichsten Verlust. Sie sind Unglückliche vom ersten Range. Die untröstbare Wittwe iammert; die armen Waisen iammern der Mutter nach. Auf ihre Beruhigung sollte ieder bedacht sein. Nun kleidet die Mutter sich und ihre Kinder mit der niederschlagendsten Farbe. Alles um sie her ist schwarz, dunkel und traurig. Wenn sie ia einmahl einige Augenblicke sich ihre Schmerzen aus dem Sinn schlagen könnte; so treten die schwarz gekleideten Kinder herein, und erneuern denselben. Ist es nicht wider alle Vernunft und Religion, daß Traurige sich recht vorsetzlich noch trauriger machen, und ihren Schmerzen muthwillig Nahrung, solche Nahrung geben, die sie schlechterdings vermehren mus? Sollten Wahrhaftigtraurige nicht vielmehr eine aufmunternde Farbe zu ihren Kleidern wählen? Wenn nun vollends die Zimmer schwarz ausgeschlagen werden; so heißt dis im Ernst nichts anders, als ich will mir mein Unglück selbst recht unerträglich machen. Jeder Mensch mus ia durch sein eigenes Gefühl davon überzeugt werden, daß seine Seele mit der Farbe sympathisire, und daß diese ihn aufheitere und niederschlage.

Gustav. Ich danke dir. Du hast mich auf

ganz neue Gedanken gebracht. Meine Diener sollen die ersten sein, welche keine Trauerkleider mehr anlegen.

Die Erndte zu Berkewitz war vollbracht. Hallo hatte mit seinem Sohne die Eingaben der Feldmesser von den Ländereien der Bauern überschlagen, die Taxen der Oekonomien damit verglichen, die Hälfte des Guthsackers dazu geschlagen, zwo Hufen davon für Prediger und Schulmeister abgerechnet, und das übrige in so viel gleiche Theile getheilt, als Bauerfamilien im Dorfe waren. Albert lies nun die Feldmesser aus der Residenz abermahl kommen, um ieden dieser Theile nun besonders zu reguliren. Darauf folgte eine zwote Taxe der Aecker, wie sie von nun an zu iedem Bauerguthe gehören sollten. Albert legte sie seinem Vater vor. Aus derselben ergab sich, daß die Verschiedenheit sämtlicher neurepartirten Güther nicht gar groß war; und wie viel iedes derselben hinfort an Abgaben an die Hallosche Familie zu entrichten hatte. Albert muste die Güther numeriren, und sie solchergestalt mit allem Zubehör in seines Vaters Schreibtafel eintragen; damit am Tage der Verlosung iedem Bauer, sobald er eine Nummer gegriffen, gesagt werden könnte, was er habe, und was er nach gäbe.

Hallo. Es ist nun weiter kein Hindernis, daß wir auch den letzten und wichtigsten Schritt unserer Reform vollenden. Die Felder sind leer — die Hölzer sind bearbeitet und bis zum Errichten fertig; ich brenne für Begierde, das neue Dorf in ienen Gründen empor steigen zu sehen.

Darauf setzte Hallo einen Tag fest, an welchem die ganze Gemeine auf ihren Aeckern sich versammlen, und ihn der neuen Ackervertheilung und Häuserplätze wegen erwarten sollte. Buchholz hielt Sonntags vorher unaufgefodert eine Vorbereitungspredigt dazu, und bewies den Bauern, was für Vortheile sie davon haben würden, wenn sie in Zukunft mitten auf ihren Aeckern wohnten, alle ihre Habe und Guth rings um sich her hätten, ieder das Seinige umzäunte und benutzte, wie er wollte, und sie durch den Zuschus von herrschaftlichen Ländereien in den Stand gesetzt würden, aus Halbspännern zu Vollspännern oder aus Kothsassen zu Bauern zu avanciren. Er sagte ihnen, daß sie nimmermehr alle das Gute, welches der alte Herr Hallo ihnen thue, ihm verdanken könnten; daß ihre Kinder den Werth desselben erst recht zu schätzen wissen würden; und bat sie, dem Greise am Tage der Vollendung seiner Wohlthaten gegen sie dadurch, daß sie ihm ihre Zufriedenheit mit allen seinen Anstalten bezeigten, einen Beweis davon

zu geben, daß ihr neuer Prediger seither nicht ohne
Segen bei ihnen gearbeitet habe. Diese Rede
machte die erwünschten Eindrücke.

Hallo begab sich am bestimmten Tage unter
Buchholzens Begleitung in die Gemeinde, und
fand daselbst seine Kinder und das ganze Dorf
schon versammlet. Er ließ die Bauern in einen
Kreis treten, gab ein Zeichen, still und aufmerk=
sam zu sein, und redete sie also an:

„Ich grüsse euch insgesamt freundlich, unsere
liebe Landleute. Eleonoren, meine Gattin, habe
ich begraben; und mich möget ihr nun immer hin
auch begraben, wenn ich das Letzte für euch gethan
habe, welches ich so gern noch selbst thun wollte.
Ich danke meinem Schöpfer, daß er mich diesen
Tag erleben lassen. Diesen Tag, den ich dazu
bestimmt habe, mit der Hälfte meiner Aecker die
eurigen zu vermehren, euch mit neuen Häusern zu
beschenken und euch so wohnen zu machen, daß
ihr, wenn ihr vor selbigen stehet, euer ganzes Ei=
genthum bei einander sehen möget. Jeder von
euch hat in Zukunft mehr Acker, als er seither
gehabt hat. Die, welche sonst mehr, als die
andern hatten, dürfen also nicht neidisch darüber
sein, daß ihre ärmern Nachbarn nun so reich sind,
wie sie; denn sie selbst werden ja reicher, als sonst,
und in der Masse, in welcher ihre sonst ärmern
Nachbarn reicher werden, als vormahls, steigen

auch die iährlichen Abgaben derselben. Diese Abs
gaben sind billig; denn meine Familie begibt sich
gutwillig der Hälfte ihrer Aecker, und muß dafür
einigen Ersatz bekommen. Da sie aber Gelegens
heit genung hat, neue Ländereien von gutem Bos
den, die ietzt mit überflüssigen Holzungen bewachs
sen sind, urbar zu machen, so ist sie mit einem
sehr mässigen Ersatz dafür auch zufrieden. Drei
Jahre lang sollt ihr ganz frei von Abgaben auch
von den Aeckern sein, welche ihr von nun an mehr
besitzet, als sonst. Hernach sollet ihr iährlich
nur drei Thaler fürs Hundert zahlen. Es ist
alles aufgeschrieben, was ieder von euch sonst
gehabt hat, und wie viel es werth gewesen ist.
Nun sind die Theile gleich. Und so wie erst
ieder von euch seine Nummer gezogen hat, wird
man ihm auch sagen können, wie viel er nun
mehr habe, als sonst, und wie hoch sich in Zus
kunft seine iährlichen Abgaben belaufen. Ihr sollet losen; und wenn die Losung vorüber ist, wird
euch Albert alles vorlesen. Das Holz zu den
neuen Häusern ist euch geschenkt. Wenn wir
hernach die Plätze abgezeichnet haben, könnet ihr
ieder das Seinige, wie es ihm angewiesen wird,
herbeifahren; damit die Häuser noch vor Winter
alle gerichtet, gedeckt, verkleidet werden und auss
trocknen. Eben so schenke ich auch die Ziegel-
steine und übrigen Materialien dazu. Alsdann

ziehet

ziehet im Frühjahre mit Lobgesängen in sie ein.
Lebe ich noch; so will ich in eure Gesänge ein-
stimmen. Das Arbeitslohn, welches seither dazu
von mir vorgestreckt worden, und noch vorgestreckt werden wird, möget ihr, wenn erst alles
fertig ist, und ihr euch eingerichtet und erholt
habt, in Terminen, die ihr euch selbst setzen könnet, an meinen Sohn zurückbezahlen; und falls
ihr Tag und Stunde dabei nicht zu halten ver-
möchtet, soll er euch nicht drücken. Vielleicht
könnet ihr eure itzigen Wohnungen in Zukunft an
Arbeiter und Handwerker, die sich hier niederzu-
lassen gesonnen sind, um einen guten Preis verkaufen; da ihr denn das Arbeitslohn, welches
die neuen kosten, nicht einmahl fühlen werdet.
Ihr selbst könntet auch manche Arbeit theils selbst,
theils durch eure Knechte beim Bau verrichten,
die der Bürger in der Stadt, wenn er bauet,
mit baarem Gelde bezahlen muß. Erkennt nur,
daß wir es gut mit euch meinen, und beweiset
diese Erkenntnis durch freudige Annahme und
redlichen Gebrauch unserer Wohlthaten. Und
nun — looset! der Schulze allein bekommt ausser dem Loose das mittelste Guth, welches da mit
einer hohen Fichte bezeichnet ist. Die übrigen
ziehen auf gut Glück; · und Niklas zieht zuerst."

Hallo vermuthete noch immer einigen Widerstand von Seiten der Bauern; jedoch ohne sol-

dies sich merken zu lassen. Allein die Zeit, welche
diese Leute gehabt hatten, Frühiahr und Sommer
hindurch von der Güte aller der neuen Anstalten,
die schon eingerichtet waren, wirkliche und unab=
zuleugnende Erfahrung zu machen, und Buchhol=
zens gehaltene Predigt am letzten Sonntage, hat=
ten sie ganz zur Vernunft und zum Gefühl zurück=
gebracht. Albert hielt seinen Huth mit den Loosen
hin, und der Greis hatte die angenehme Genug=
thuung, zu sehen, daß, als Niklas gegriffen und
seine Numer laut abgerufen hatte, die beiden
berüchtigten Grosmäuler, welche anfangs harr=
näckig darauf bestanden, daß alles bim ollen blei=
ben solle, sich zuerst an den Huth drängten und
ihre Numern zogen. Alle die übrigen folgten
dem Beispiele derselben; und als darauf ein lau=
tes Gelächter in der ganzen Gemeine entstand,
und Hallo fragte, über wen dasselbe eigentlich
ergehe, wies Niklas mit seinem Krickstock auf die
beiden Grosmäuler, welche nun ziemlich beschämt
da standen.

Hallo gab ein Zeichen, daß das Gelächter
aufhören sollte, und schüttelte unwillig darüber
sein graues Haupt. Von dem Schulzen an, der
Numer 1 war, bis auf den letzten Bauer, mußte
nun ieder seine Numer hersagen, und so wurden
sie eingeschrieben. Albert las iedem vor, wie viel
er sonst Acker gehabt, und wie hoch derselbe taxirt

worden, wie viel nun ein ieder besitze, wie viel, er mehr habe, als sonst, wie hoch das Plus in Taxe sei, und was für Abgaben ein ieder iährlich zu entrichten habe. Alles ward gehörig niederge= schrieben und von allen Theilen unterschrieben. Die Feldmesser waren eben mit Abziehung der Stätten für die neuen Häuser fertig. Jeder Bauer ging auf die seinige, setzte einen hohen Pfahl, schnitt seine Numer ein, und merkte sich seine Nach= barn zur Rechten und Linken. Niklas war ge= rade der Nachbar des Schulzen zur rechten Hand geworden; worauf sich dieser launige Alte nicht wenig zu gute that, und sich den Ehrennahmen — des Schulzens rechte Hand — gab.

Hallo, nachdem er die Bauern nochmahls einen Kreis schliessen lassen. Nun Gott Lob, daß wir so weit sind! Heute danke ich euch für eure Willfährigkeit, mit der ihr in allen Stücken mir gefolgt habt. Aber nach langen Jahren werden eure Kinder und Kindeskinder mir noch dafür danken, daß ich euch in diese bessere Lage versetzte. Seid nun fleißig in Herbeischaffung des Holzes und der übrigen bereitliegenden Baumaterialien. An Arbeitsleuten ausser euch selbst noch soll es euch nicht fehlen. Freudenvoll will ich täglich vom Berge auf euch herabblicken, wie weit ihr seid, und eure neuen Wohnungen allgemach her= aufsteigen sehen. Wetteifert alsdann in Umzäu=

N 2

nung euer Aecker. Albert wird euch lehren,
allerlei lebendige Hecken ziehen. So werden
diese Gründe vielen neben einander liegenden Gärten gleichen, und kein Fremder wird durch sie
reisen, ohne die glücklichen Bewohner derselben zu
beneiden. Unschuld und Ruhe — Fleis und
Ueberflus wohne alsdann in ihnen, und lasse euch
des Lebens Werth mehr empfinden, als ihn Millionen Menschen eures Standes noch schmecken!
Die Wiesen mag Albert eben so unter euch vertheilen; und dann helfet ihm bei Wiederherstellung
des grossen Teichs. Dis wird euer eigner Vortheil sein; denn ihr habt rechtmässigen Antheil
an der Hälfte desselben, die als Wiese liegen bleiben soll, und werdet eure Felder vor Ueberschwem-
mungen sichern; und — haltet Jahr aus Jahr
ein die Feldgraben wohl im Stande, aus welchen
der Teich das Wasser von euren Aeckern ziehen
mus. Ihr sprechet mich heute wahrscheinlich zum
letztenmahle. Ich gehe nun von euch, und komme
wohl nicht wieder zu euch. Vergesset des abgelebten Alten nicht, der für euch, wie für seine
Kinder, gesorgt hat. Ich weis, daß ich weiter
nichts gethan habe, als was alle Guthsbesitzer
thun sollten; aber Trost, wahrer menschlicher
Trost, ist es mir nun, dis gethan zu haben. Liebet mich nun, meine Kinder. Dort oben sterb
ich —. dort oben werd ich begraben. Aber der

Gang zu meinem Gräbhügel soll euch nie verwehrt
werden. Führt eure Enkel einst noch an selbigen
hin, und sagt ihnen, daß der Mann da ruhe, der
das neue Dorf anlegte. Ihr aber, wie ihr hier
stehet, wenn ihr von meinem Tode höret; so fals
let nieder, und danket unserm Vater im Himmel
für die Erlösung von allen Leiden dieser Welt,
welcher er nun euren Freund gewürdigt hat.
Eine bessere Welt winkt mir schon. Ich warte
und harre, wenn mein Schöpfer sie mir öfnen
wird. Heil mir — heil euch in unsern Todes=
stunden!

Männliche Thränen benetzten die Wangen des
Greises. Doch blickte hohe Himmelsfreude durch
die Thränen hindurch. Die ganze Gemeine
blieb unbeweglich im Kreise stehen, und schluchzte
laut. Niklas wollte Hallo's Hand küssen.

Hallo, indem er die Hand zurückzieht. Nicht
so — Alter! So ein Mann wie du, verdient
es schon, daß ich ihn umarme. Du hast mir
bei meinen neuen Einrichtungen viel Dienste
geleistet.

Niklas hielt treuherzig still, und fühlte die
Grösse des Lohns, den für ihn Hallo's Umar=
mung hatte, so ganz. Eine edle Röthe breitete
sich hernach über seine runzlichten Wangen aus
und verjüngte ihn. Als er von derselben sich

erholt, gab er sich vor der ganzen Gemeine kein
geringes Ansehen.

„So sage ick denn in Namen aller, hub er
unter einem tiefen Bückling an, dat wir Ihre
Ekkelens oder Ihre Gnaden— unser ener wees
sich nicht recht auszudrucken — für alle Ihre
Liebe und Wohlthat gar schöne und unterthä=
nik danken."

Die ganze Gemeine versuchte einen eben so
tiefen Bückling zu machen, wie Niklas; worüber
denn verschiedne auf die Nase fielen; und die
beiden Grosmäuler setzten besonders hinzu: **un
det mönen wi ekspres of so.** — —

Hallo empfohl seinem Sohne nochmahls die
schleunigste Betreibung des Aufbaues der neuen
Häuser, und ihm und dem Prediger Buchholz
die genaueste Aufmerksamkeit über die Sitten und
Haushaltungen der Bauern.

„Wenn Ihr beide zusammenhaltet; so könnet
ihr viel thun, und es mus nach einigen Jahren
keinen schlechten Wirth mehr im Dorfe geben.
Suchet einer des andern Ansehen aufrecht zu er=
halten, und ruhet nicht eher, bis Trägheit, La=
ster und Elend mit ihrer ganzen Wurzel aus die=
ser kleinen menschlichen Gesellschaft ausgerottet
sind."

Darauf sprach er auf der Rückkehr zu Buch=
holzen, den er mit sich auf den Berg nahm;

„Nun dächte ich, hätten wir uns wohl über=
zeugt, daß der Bauer auch Mensch ist; es kommt
warlich nur alles darauf an, wie man ihn behan=
delt. Meine Geschichte, die ich mit diesen Leu=
ten gehabt, verdiente, daß die Welt sie erführe;
damit manche hochweise Herren in den hochfürst=
lichen und hochköniglichen Gerichten, Kammern,
Konsistorien, Amtsstuben, und wie sie weiter
heissen, und besonders die unbarmherzigen Aus=
sauger unter den Guthsbesitzern, die zur Schande
unsers Jahrhunderts bei weitem noch den grössern
Theil ausmachen, endlich auch einmahl aufhörten,
eine Dorfgemeine wie ein Spann Zugochsen
zu betrachten. Ich fand hier eben den Wider=
stand bei meinen wohlüberlegten Neuerungen,
über den man allenthalben klagt. Aber haben Sie
die beiden grossen Hänse wohl bemerkt, über die
ein allgemeines Gelächter aufgeschlagen ward? Ich
kann Ihnen nicht sagen, welche Satisfaktion es
für mich war, als sie zuerst sich an den Hut
drängten und ihre Loose zogen. Sie waren die
beiden Widerspenstigsten anfangs, und hatten das
gröste Maul im Dorfe. Es ist allerdings wahr,
was man sagt, daß der Bauer an nichts schwe=
rer, als an Neuerungen gehe. Aber erstlich:
geht man denn nicht überall schwer an selbige?
Siehts in den Kammern, in den Regierungen,

in den Kanzeleien, in den Polizeigerichten anders damit aus? —

Buchholz, lächelnd. Unsere Theologen ma= chen es wahrlich um kein Haar besser, als die Bauern zu Berkewitz.

Hallo. Nun, welche Unbilligkeit, von dem Bauer, ich sage noch einmahl, von dem Bauer zu verlangen, daß er sich von dieser Seite an= ders zeigen solle? Lebt nicht gerade der Bauer noch in der grössesten Dumheit und Blind= heit? — Weis er etwas mehr, als was er von seinen Eltern und Groseltern gesehen und gehört hat? Hat er nicht von diesen sich oft er= zählen lassen müssen, daß alles so, wie es ist, seit undenklichen Jahren gewesen sei? Kann er sich auch wohl den geringsten Begrif davon ma= chen, daß es anders, und doch besser, werden könne? Und denn — ich verdenke es keinem Bauer, wenn er sich anfangs ieder Neuerung mit Ungestüm widersetzt. Was hat er denn für Erfahrungen von den Neuerungen gemacht, die man allenfalls seither bei ihnen einführte? Er hat gesehen und gefühlt, daß man nur darauf ausgehe, ihm immer schwerere Lasten aufzulegen, ihn immer tiefer in den Zustand seiner Lastthie= re herabzudrücken, und ihm immer unbarmher= ziger das Blut auszusaugen. Ist es Wunder, daß sein ganzes Herz sich empört, wenn er nun

abermahls von Neuerungen höret? O man habe
nur erst ein menschliches Gefühl; man entwöh=
ne sich nur erst von der teuflischen Denkart, daß
Gott den Bauer zum Esel erschaffen habe,
oder daß er nur dazu da sei, das Mittelglied
in der Kette der Wesen zwischen Mensch und
Thier abzugeben; man wünsche auch ihn, wie
sich, so weit es sein Stand zulässet, glücklich
zu sehen; man nehme ihm den gegründeten Ver=
dacht, in dem er seine Obern noch hat, und
überzeuge ihn davon, daß man im Ernst dar=
nach strebe, ihm Gutes zu thun — so lässet er
sich leiten, wie ieder andere Mensch. Er fühlt
wahrlich, wie wir, den Trieb nach Wohlstand
und Freude; aber sein Herz ist einmahl voll Arg=
wohn gegen die Fürsten, und noch mehr gegen
ihre Räthe; sein Geist ist nicht aufgeklärt genug,
sogleich in die Güte ihrer besten Anstalten einzu=
schauen. Man gehe allmählich mit ihm zu Werke;
man führe ihn Schritt für Schritt, und lasse
ihm Zeit, über die zurückgelegten Schritte nach=
zudenken; so thut er die übrigen willig und aus
eigenem Antrieb. O Freund Buchholz, wüsten
unsere Fürsten, wie mühselig die Tausende ihrer
Landleute ihr Leben zubringen, wie sie nach den
schwersten Arbeiten ihres Tags sich am Abend
an der elendesten Kost begnügen lassen; — wahr=
lich, das Herz müste ihnen bluten, so oft sie diese

N 5

dahergekrochen kommen sehen, um ihre oft über
die Maaße erhöheten Abgaben zu entrichten; ia
mit Ruthen müsten sie den Proiektmacher peit=
schen lassen, der einen neuen Titel ersönne, unter
welchem dem Bauer eine neue Last noch aufzule=
gen sei. Ach! die Menschheit seufzt noch in so
vielen Staaten beinahe untröstlich unter dem Joche,
welches ihr eine falsche Politik auflegt. Ihre
Seufzer steigen bis an die Thronen der Großen,
von welchen weggescheucht sie Himmelan sich er=
heben und vor dem Throne des Weltrichters nie=
derfallen. Besonders wird der erste, wichtigste,
zahlreichste Stand der Menschen, der Bauer=
stand, noch wider alles wahre Interesse der Staa=
ten belastet und niedergedrückt. Er, die Quelle
aller unserer Reichthümer, lebt gerade in der gröf=
sesten Armuth, hat am Ende wenig mehr, als
das Brod, welches er gewinnet, und arbeitet
nicht sowohl für Frau und Kinder, als für die
Amtleute und für ihre Vögte. Ein Glück für
uns, daß dieser Stand im recht eigentlichen Sinn
von Kindheit an mit Wenigem zufrieden sein lernt;
sonst müsten unsere Pflüge längst auf unsern Ae=
ckern müssig stehen und allgemeiner Getraideman=
gel die Völker drücken. Wahrlich, eines Stan=
des, der allen übrigen das erste unentbehrlichste
Produkt des Erdbodens in die Hände liefert,
der die wahre Stärke der Länder ausmacht, und

in Zeiten der Noth seine rüstigsten Söhne fürs
Vaterland stellt, sollte man mehr schonen; man
sollte ihn nicht niederdrücken, sondern emporhe-
ben, und ihm, wie den Taglöhnern, wenigstens
den Trost gewähren, daß sein Schweis für seine
Familie vergossen werde, und daß nicht in der
Masse, in welcher sein Fleis zunimmt, auch seine
Abgaben zunehmen.

Buchholz ward noch wärmer als der Greis.
Er deklamirte an der Stelle desselben über diesen Artikel lange fort, und pries das kleine Berkewitz selig. Er hatte es besonders mit den Besitzern der Rittergüther zu schaffen; und sagte,
daß es diesen am wenigsten zu verzeihen sei, daß
sie, da sie doch ihre kleinere Sache leichter übersehen könnten, nicht mehr darauf bedacht wären,
sie auf einen bessern Fuß zu bringen, und die
Handvoll Familien, welche auf ihren Dörfern lebten, zu ihrem eigenen Vortheil glücklicher zu
machen.

Verwundern Sie sich nicht darüber, fiel ihm
der Greis ein, daß diese Herren nicht hierauf bedacht sind. Sie leben mehrentheils von ihren
Güthern entfernt an den Höfen und in den Städten. Sie wissen das Glück nicht zu schätzen,
welches ihnen das Schicksal gewährt hat. Das
Landleben ist ihnen zu geräuschlos und zu öde.
Statt unabhängig leben zu können, machen sie

sich selbst zu Sklaven der Grossen, vertauschen die
Freiheit gegen ein Ordensband oder gegen einen
Titel, und verschwenden in den Diensten derselben
ihr Vermögen durch eine unnütze Pracht, welcher
sie auf dem Lande entbehren könnten. Unterdessen
sen sind ihre Güther verpachtet. Der Pächter
hat in seinem Kontrakte von A bis Z alle Abgaben, Frohndienste und Plackereien, die die Bauern zu leisten gehalten sind. Wenn er seine Pacht
bei Heller und Pfennig geben mus; so wird er
auch dem Bauer in keinem Artikel, den er von
diesem zu fodern hat, Nachlas geben. So wenig, als ihm gestundet wird, wird er dem Bauer
stunden. Diese Leute werden sich wahrlich nicht
darum bekümmern, dem Bauer aufzuhelfen.
Wenn ihre Pachtiahre um sind, ziehen sie ab.
Mehrentheils ist zwischen ihnen und den Bauern
die ärgste Feindschaft, und diese betrachten sie als
eine Geissel für sich. Und da man noch obendrein
darauf bedacht sein mus, die Pachtungen, so viel
als möglich, zu steigern, um den immer höher
steigenden Luxus zu bestreiten: so hat der Bauer
nicht zu gewarten, daß man aus Liebe für ihn,
sich des geringsten Vortheils begeben sollte, der
bei der Verpachtung mit in Anschlag gebracht werden kann. Oft leben die Besitzer der Rittergüther in Kriegesdiensten. Sind sie denn krumm
und lahm geschossen, oder quittiren sie den Milit-

Urdienst, und begeben sich auf ihre Güther; so sitzt ihnen der Soldatengeist wohl lebenslang im Kopfe, und die Bauern haben sich wenig Huld von ihnen zu versprechen. Ich hatte hier sonst so einen alten Nachbar von der Art, und sein ganzes Dorf wird noch Kindeskindern davon ein Liedchen zu singen wissen. Unter denen, welche ihre Güther selbst benutzen, sind viele, die die elendeste Erziehung genossen haben, und einige Viehmärkte abgerechnet, die sie in der Nähe umher besuchen, selten weiter, als hinter ihre Zäune gekommen sind. Diese sind die stolzesten, unbehaglichsten, rüdesten Menschen. Ihre Bauern sind in ihren Augen Hunde, und sie nehmen sich mehr gegen sie heraus, als Fürsten und Könige gegen ihre Unterthanen. Sind sie ja noch von mässigem Kaliber; so ergeben sie sich der Jagd, oder rufen Gesellschaften aus den Städten herbei, sich die Langeweile des Landes zu vertreiben. Leute von Geschmack scheinen sich auf ihren Güthern ganz zur Last zu sein. Wenn die Jagd geschlossen, der Acker bestellt ist; so lesen sie Romanen, oder spielen selbst dergleichen, dressiren beiläufig einen Hund, gucken gähnend dem Pfau in den Schweif, oder lassen einen Bär tanzen, der glücklicher Weise durch das Dorf geleitet wird. Die Armen! daß sie sich doch nicht zu beschäftigen wissen! Ich glaube, daß kein glücklichers Loos auf Erden sei, als

der Besitzer eines einträglichen schuldenfreien Rit-
terguths zu sein.   Es ist doch ein wahres Vergnügen, in iener menschlichen Independenz zu leben, welche unter allen unsern Vorzügen so hoch
obenan steht, und sich ganz ausser der Gewalt
des so unbeständigen Glücks zu erblicken.   Nur
Kopf und Herz dazu her; so rundet sich ein Zirkel von Thätigkeit um den Guthsbesitzer, in dem
er nie lästige Musse findet, und den er nach Gefallen täglich noch mehr erweitern kann. Er kann
noch immer neue Anlagen machen, auf Anbau
neuer Produkte sinnen, und dadurch den Ertrag
seines Guths von Jahr zu Jahr erhöhen. Welche
Freude für ihn, wenn er solchergestalt einen Theil
seiner iährlichen Revenüen aus dem Guthe wieder
zur Verbesserung desselben anwendet, und den
Segen an die Quelle zurückgibt, aus welcher er
ihm zuflos, und sie dadurch noch stärker fliessend
macht! Ist er Liebhaber der Natur: so kann er
sie nicht etwa blos auf Spaziergängen geniessen;
sondern er hat die schönste Gelegenheit und Musse
dazu, sie auf allen Seiten ihrer Oekonomie zu
studiren, und es fehlt ihm nicht an Vermögen,
den dazu erforderlichen Aufwand zu bestreiten. Das
Thierreich, das Pflanzenreich, das Steinreich
werden sich ihm öfnen, und ihm die Seltenhei-
ten seines Vaterlandes anbieten.   Er wird diese
zweimahl besitzen können; in seinen Büchern, und

in der Natur. Aus dieser wird er iene berichti=
gen und bereichern. Er wird allerlei ergötzende
Versuche anstellen, und solchergestalt für seinen
denkenden Geist allenthalben die sättigendste Un=
terhaltung finden. Ist er Menschenfreund: so
hat er zwar kein Reich), sondern nur ein Dorf;
aber er kann mehr thun, als die Könige. Er
kann machen, daß kein einziger Unglücklicher
um ihn her übrig bleibe. O Freund Buchholz,
mitten unter zwanzig, oder wären es auch nur ze=
hen, Familien zu leben, die uns alle freudig und
dankbar Vater nennen, am Morgen an Gott
und uns zugleich zuförderst, und am Abend an
Gott und uns zugleich zuletzt denken, und uns
sterbend noch segnen — — welche Daseins= und
Seligkeitgenüsse verschaft dis uns! Warum be=
rauben sich derselben noch die mehresten unserer
Ritter und Guthsbesitzer? Dis ists, daß sie von
Jugend auf keinen Sinn für die Freuden und Süß=
sigkeiten des Wohlthuns und der Menschlichkeit
empfangen! der Bauer ward ihnen nie anders,
als ein Mensch vorgestellt, den Gott für seinen
Erb= und Gerichtsherrn erschaffen, der keiner Nach=
sicht, keines Erbarmens bedürfe, der, wenn er
bei der schweresten Arbeit das elendeste Leben füh=
ren mus, es einmahl nicht besser wisse und nicht
viel freie Luft, die abgerechnet, welche ihm in Ho=

fedienſt unter die Naſe gehet, ſchöpfen dürfe, damit er nicht übermüthig werde.

Buchholz war der Meinung, daß, wenn die
Guthsbeſitzer erſt anderes Sinnes würden, dis
obendrein noch den Nutzen ſtiften könnte, daß die
Fürſten durchgängiger auf den Einfall kämen,
ihnen nichts nachgeben, ſondern eben ſo wohlhabende und glückliche Unterthanen haben zu wollen, als ſie.

O, erwiederte Hallo freudig, ich denke, daß
in dieſem Lande der umgekehrte Fall bald ſein wird.
Guſtaf wird es nicht ſeinen Vaſallen erſt ablernen, ſeine Landleute und Unterthanen zu ſegnen,
ſondern ſeine Vaſallen werden es von Ihm lernen.
Die herrlichſten menſchenfreundlichſten Proiekte
trägt er mit ſich umher; und die Tage ſind nahe,
in welchen er ſie insgeſammt ausführen wird. Sie
werden es erleben, daß dieſes ganze Land im ge-
ſegneteſten Flore ſich befinden wird. Denken Sie
an meine Weiſſagungen, wenn ich lange nicht
mehr bin!

Unter dieſen Worten traten ſie in die Laube
ein, und Vater Hallo fügte iezt hinzu: Nun ſitze
ich noch zufriedner hier, als ie.

———————

Der neue Bau in den Gründen ward mit
möglichſtem Eifer betrieben, und die Häuſer ragten

ten hie und da schon hoch empor. Der Greis
brachte ietzt manche Stunde, die er sonst in der
Laube verlebt hatte, auf dem Altan seines Som-
merhauses zu. Von da herunter hatte er die gerade Aussicht in das neue Dorf, und seine ganze
Seele gerieth in die freudenvolleste Bewegung, so
oft er da stand, und sich als den Schöpfer desselben betrachtete. Florentin, der dieselben Einrichtungen auf seinem Guthe traf, hatte einen Strich
Waldungen niedergehauen, welcher zwischen Berkewitz und Wallstädt lag, und die beiden neuen
Dörfer erhielten in der Folge das Ansehen, als
wenn sie nur eins ausmachten. Bei Albert meldeten sich von Zeit zu Zeit Kolonisten, welche
auch Bewohner der Gründe zu werden wünschten.
Nach seines Vaters Rathe wies er keinen derselben, welcher ein gutes Zeugnis von der Obrigkeit,
unter der er seither gestanden, aufzuweisen hatte,
ab. Er hatte noch fruchtbare Aecker genung, die
ietzt Wald waren, und urbar gemacht werden
konnten. Ihre Verlassung gegen einen mäßigen
Erbzins an neue Anbauer ward für sein Guth eine
neue wichtige Intrade. Zwischen ihm und Florentin herrschte die zärtlichste Freundschaft fort.
Sie zogen einander zu Rathe, unterstützten einander und wandelten täglich Arm in Arm auf
den Höhen und in den Gründen. Dem Greise
waren alle diese Nachrichten so ein stärkendes Lab-

Hallo 2. Th.　　　O

fal, daß er schier seines Alters vergessen haben
würde, wenn ihn seine ietzt mehr, als iemahls,
überhandnehmende Schwächlichkeit nicht daran
erinnert hätte. Hatte er sonst nur einen Schritt
täglich seinem Grabe näher gethan; so that er
ietzt deren täglich drei. Er durfte nun seinen
Stab nicht mehr aus den Händen legen; so schwin=
delhaft war er. Mehr, denn einmahl hatte ihn
sein Zufall im Morgengebet ergriffen; und, wenn
er wieder zu sich gekommen war, hatte er sich
wohl an seinem künftigen Grabe in der völligen
Lage eines Todten erblickt. Lächelnd hatte er
sich alsdann aufgerichtet und zu sich selbst gesagt:
„Noch soll die Erde deine Gebeine nicht in sich
zurück nehmen. Noch ist des Lebens Quelle in dir
nicht versiegt. Ihre Ströme brausen zwar nicht
mehr. Schon stockt sie gar. Aber in einzelnen
Tropfen rinnt sie wieder und Gott lässet sie dich
rein ausschöpfen bis auf den letzten.“

Das Bild des Greises erregte ietzt die höchste
Ehrfurcht und das höchste Mitleiden zugleich. Es
hatte keinesweges ienes Zurückschreckende, Eckelers
weckende an sich, welches sonst mit dem höchsten
..enschlichen Lebensalter verbunden zu sein pflegt.
Mit dem silberfarbigten Haar, welches in langen
natürlichen Locken herabhing, bedeckt, neigte sich
sein zitterndes Haupt der Erde zu, und schien bei
iedem Aufblick zum Himmel einiger Anstrengung

zu bedürfen. Alle Knochen im Geficht ragten hoch hervor, und auf seinen tiefeingefallenen Wangen mahlte sich schon die Bläffe des Todes aus. Ganz simpel und leicht gekleidet, schwebte er nur noch langsam daher, als überlegte er ieden seiner letzten Schritte, die er that. Die Hand, welche die Krücke nicht trug, hing lang ausgestreckt herab. Die Füffe beugten sich bei ieder Bewegung, und der ganze Körper trug sich schon vorwärts sinkend. Die Bebungen seiner Stimme waren langgedehnt. Die Flamme im Auge war erloschen, aber stille selige Seelenruhe lag in seinen Blicken, und ungezwungne Andacht, wie die Andacht eines von Gott erhörten Beters, drückte sich in allen seinen Mienen aus. — Wer ihn sah, stand still und staunte das Bild der Hinfälligkeit der menschlichen Natur an; aber niemand sahe ihn auch, ohne die stille Gröffe noch mehr anzustaunen, welche die Tugend über die menschliche Natur mitten im Hinsinken noch ausbreitet. Man überzeugte sich bei seinem Anblick, daß nichts im Stande sei, der allhinreiffenden Gewalt des Todes auszuweichen; man überzeugte sich aber auch dabei, daß Mäffigkeit in der Jugend und Arbeitsamkeit im männlichen Alter dem Körper eine Kraft gebe, mit der er dem Tode langen und unaussprechlichen Widerstand thun könne.

O 2

Fürst Gustaf setzte seine Besuche bei ihm fort; aber er fand ihn nun nicht mehr iederzeit in der Verfassung, daß er sich lange mit ihm über wichtige Gegenstände unterhalten konnte. Oft stand der Greis mitten im Gespräch mit ihm auf, pflückte Blumen, band einen Straus davon, steckte ihn an den Busen des Fürsten, beputzte sich überall mit Blumen, bestreute Eleonorens Grab mit Blumen, und redete von nichts, als von Blumen. Für die Freuden der Natur blieb sein Herz am offensten, und es war, als öfnete es sich denselbigen täglich mehr. Nur, wenn er einen langen erquickenden Schlaf genossen hatte, war er aufgelegt, auf interessante Materien sich einzulassen. An einem solchen Morgen, der auf eine der schlafvollesten, stärkendsten Nächte für ihn folgte, fand ihn der Fürst äußerstheiter, bewunderte ihn und sprach: Gott! was für ein seliger Greis bist du doch! Warum gibt es deinesgleichen so wenig? warum sterben die mehresten im mittlern Lebensalter; oder, wenn sie ia deine Jahre erreichen, warum sind sie so iammervolle, betrübniserregende Alte?

Hallo umfaßte seine Krücke mit beiden Händen, blickte dazu dem Fürsten recht ins Gesicht, und antwortete: „Sterben müssen wir alle. Zum Tode schuf uns die Natur; das ist gewis. Es ist wider alle Kenntnis unseres Baues, und ist

nur leidiger menschlicher Stolz, zu glauben, daß
unser Körper unter allen thierischen Körpern allein
iemahls einer Unsterblichkeit fähig gewesen sei.
Aber, daß so viele früh sterben, unter den schmer=
zenvollesten Krankheiten sterben, oder, wenn sie
ia Greise werden, so ein Bild des Eckels und
des Entsetzens reichen, ist nicht die Schuld der
Natur. Nach ihrem Willen soll der Tod nichts
anders, als letzte Wohlthat und Liebe sein,
welche sie uns erzeigt. Wenn wir von gesunden
Eltern geboren sind; so haben wir Ansprüche auf
ein hohes Alter, sollen lange leben, wenig Krank=
heit dulden, dem Grabe uns allmählich nähern,
und zuletzt ohne großen Kampf in dasselbe einge=
hen. In dieser Lage befindet sich gewis von Na=
tur der größte Theil der Menschen. Ihres Da=
seins könnten sie sich freuen, lange freuen, und
zuletzt so sanft vergehen, wie die Flamme, wenn
ihre Nahrung aufhört, erlischt. Aber die üble
Anwendung der Jünglingsiahre ist es, welche den
größten Theil des menschlichen Geschlechts um lan=
ges Leben, heiteres Alter und Leichtigkeit des To=
des bringt. Die meisten Menschen erschöpfen sich
selbst zu früh, und Unmäßigkeit ist es, die ienes
Heer von peinvollen, furchtbaren Krankheiten
über sie daher führt. Jeder hat doch nur gewis=
ses Maas von Kräften, welche, wohl einge=
theilt, auf das ganze Leben hinaus reichen sollen. So

O 3

oft ein Jüngling ausschweift, so oft sollte er den=
ken, daß er dadurch einen Theil iener Kräfte in
voraus weggegriffen habe, die eigentlich für sein
höheres Alter bestimmt waren. Ist es doch
allenthalben so mit uns! Wenn wir anfangs mit
irgend einem Vorrathe nicht ökonomisch genug
umgehen; so mus die natürliche Folge davon die=
se sein, daß es uns zuletzt gebreche. In der Ju=
gend, in der Jugend mus der Grund zu einem
beschwerdelosen, glücklichen Alter gelegt werden.
Ist man denn ein mässiger Jüngling gewesen;
so mus man ein thätiger, arbeitsamer, unver=
drossener Mann werden. Die wohlaufgesparten
Kräfte erhalten alsdann durch die Uebung, in
welche sie versetzt werden, ienen Grad von Stär=
ke, der den Schwachheiten und Leiden des Alters
Trotz bietet. Auch ist es die edle Verwendung
der Mannesiahre, welche den letzten Jahren des
Lebens iene Seelenruhe verschaft, ohne die der
Greis der Unglücklichsten einer ist. Am Ziele auf
ein ödes Feld, das man durchstrichen hat, am
Grabe auf ein Leben zurücksehen, das von guten
Thaten leer bleibt, oder mit Frevel gar angefüllt
ward, — Gott, welche Schmach und Quaal!
da segne ich mir den Jüngling, der in aller Frühe
dahinsank. Aber einen langen Weg zurückgelegt
haben, und am Ende an den Blumen, welche
in Menge blühen, an den gepflanzten Bäumen,

deren Früchte schon reifen, und an der gesammten
Fruchtbarkeit des Gefildes, welche unser Fleiß
schuf, die ganze Bahn recht genau unterscheiden
können, welche wir nahmen, — das ist die Se=
ligkeit, welche unter allen irdischen die letzte, und
mit dem Himmel, an den sie schon grenzt, auch
die verwandeste ist. Fürst und Vater, ich weis
zwar nicht, wie es zugeht, aber es verhält sich
doch wirklich so: es ist, als wenn das Bewust=
sein, oder vielmehr das Allgefühl einer durchs
ganze Leben behaupteten Rechtschaffenheit nicht
nur das Gemüth des Greises, der es genießt,
unaussprechlich erheiterte, sondern auch sogar
seine zitternden Hände noch stärkte und seine
wankenden Knie noch festigte.“

Hallo’s Antlitz glänzte bei den letzten Wor=
ten, als würde es von der Morgensonne bestrahlt.
Gustaf seufzte: Fürsten werden selten sehr alt.

Der Greis versetzte: Ein Fürst, gegen seine
Unterthanen gerechnet, verhält sich allerdings wie
Einer gegen Tausende. Nun lehrt die Erfahrung,
daß unter uns übrigen Menschen kaum Einer gegen
hundert gerechnet ein sehr hohes Alter erreiche.
Folglich müste ein Wunder geschehen, wenn die Für=
sten allemahl Greise werden sollten. Ferner,
suchte man noch, wie ehemahls, die Tapfersten
und Stärksten aus ganzen Nationen zu Fürsten
aus; so könnte allerdings der Fall anders sein,

O 4

Aber — o Wahrheitliebender Herr — wie manch:
mal erschöpfen unsere Prinzen sich durch frühe Wol:
lüste, oder zerstören ihre Gesundheit durch starke
Getränke, ehe sie noch ihre Thronen und Stühle
besteigen! Wenn nun dis geschieht; so sind die
Kinder, welche sie hernach erzeugen, Nachkom:
men schon entnervter Väter, und tragen die Spu:
ren der Schwächlichkeit derselben allenthalben an
sich. Wie soll es diesen nun gelingen können,
Greise zu werden? Erwägen Sie alsdann noch
die äusserstweichliche Erziehung, welche noch so
oft die Kinder der Grossen empfangen. Das ist
wahrlich nicht Vorbereitung zu einem langen Leben,
und noch weit weniger zu einem glücklichen Alter.
Dis alles haben die Fürsten für sich, wenn die
Rede davon ist, daß sie oft so früh sterben. Auch
können sie deren immer noch einige aus ihren Mit:
teln zu allen Zeiten aufstellen, welche ein hohes
Alter erreicht haben. Aber sie würden, im Gan:
zen genommen, freilich länger leben, wenn sie
sich in ihren Lebensgenüssen durchgängig mehr der
Natur näherten. Je simpler wir leben: desto
sicherere Bürgschaft stellen wir uns selbst für ein
hohes und heiteres Alter. Schon in den Städ:
ten gibt es selbst unter dem Volke nicht so viel
und so rüstige Greise als auf dem Lande: und die
Ursache davon liegt in der einfachern Lebensart,
welche man hier führt. Wie weit schwerer mus

es also nicht sein, an den Höfen alt zu werden!
Ich übergehe die wirklichen Ausschweifungen mancher Großen. Ach, möchten diese, weil ihr
Beispiel mehr Kraft auf ihr Volk hat, als die
Gesetze, glauben, daß sie nach eben den Grund-
sätzen der Moralität zu handeln verbunden sind,
nach welchen sie wollen, daß ihre Unterthanen
handeln sollen! Möchten diese denken, daß das
Laster, vom Fürsten ausgeübt, sich eben so selbst
straft, als das Laster, vom Bürger und Bauer
vollbracht! Möchten diese, die niemand zur Ver-
antwortung ziehen darf, als Gott, eben darum,
weil niemand von ihnen Rechenschaft über die
Beherrschung ihrer Leidenschaften fodert, selbige
desto öfter von sich selbst fodern! Möchten die Höfe
allzumahl erst die Schulen der Weisheit und Tugend, der Mäßigkeit und Keuschheit für die Nationen werden, deren Augen auf sie gerichtet
sind! — das Unglück, welches für die Völker
aus dem kurzen Leben ihrer Großen entspringt, ist
beträchtlich. Die verschiedene Denkart vieler in
kurzer Zeit auf einander folgenden Fürsten lässet
den Karakter des Volks zu keiner Festigkeit kommen. Die Mannigfaltigkeit in den Grundsätzen,
nach welchen sie regieren, lässet die Wohlfahrt des
Landes schweben, bald sinken, bald steigen. An-
gefangene gute Anstalten werden oft durch ihren
Tod unterbrochen, und die gemeinnützigsten Ent-

O 5

würfe bleiben, so bald sie nicht mehr sind, mehr
rentheils unausgeführt. Das Heil einer ganzen
Nation ist nicht sogleich in einigen Jahren vollen=
det und festgegründet.. Nur der Fürst, welcher
eine Reihe von Jahren hindurch regiert, kann
etwas Vollkommenes in seiner Art leisten, und
das lange Leben eines guten Regenten stehet unter
den Wohlthaten, welche die Fürsehung den Völ=
kern ertheilt, ganz obenan. Indessen, hat frei=
lich iede Regel ihre Ausnahme; und so kann auch
das kurze Leben eines Fürsten oft wahrer Segen
für sein Land werden. Wenn ein unedeldenken=
der, grausamer Herr, ein Volk beherrscht; so
mag dasselbe den Tag seines Todes in der vaters=
ländischen Geschichte als einen Tag des Heils
anschreiben und mit goldenen Buchstaben bezeich=
nen. Wohl diesem Lande! Ein guter Fürst sitzt
ietzt am Ruder desselben, und Gott verheißt ihm
noch viele Jahre. O edelster Vater so vieler Tau=
sende — die Natur hat Ihnen Stärke und Dau=
erhaftigkeit verliehen. Sie können einer der äl=
testen Greise, und unter allen Greisen im Lan=
de der glücklichste, werden; denn, wer kann so
viel Gutes thun, als ein Fürst? Wer kann am
Abend des Lebens auf so viel gethanes Gutes
zurückblicken, als er? Bewahren Sie Ihre Ge=
sundheit! Ihr Volk flehet Sie darum; denn Sie
haben noch so viel grosse und wohlthätige Ent=

würfe im Busen. Es ist demselben äuserst daran
gelegen, daß Sie diese ausführen. Ihr Prinz,
gesund, wie sein Vater, genieße einen noch lan;
gen Unterricht von Ihnen in der göttlichsten aller
Wissenschaften, ganze Nationen zu beglücken, und
gehe alsdann die glorreiche, menschenfreundliche
Bahn fort, auf die ihn Gustaf leitet. Wenn
dann dieses Land schon zwei aufeinander folgende
Regenten zählen kann, die gleichgut denken und
beide Greise werden; so ist die Glückseligkeit des;
selben wenigstens auf ein halbes Jahrhundert gesi;
chert. Lieber, frommer Fürst, — Hallo sinkt,
Hallo ist in kurzem nicht mehr, wie Sie sehen;
aber — diese seine Bitte an Sie daure fort,
daure fort — —

O Bidermann, antwortete Gustaf und lag
an des Greises Brust, bei deines Hauptes Sil;
berhaar — bei meines Todes-Stunde — bei des
Vaterlands Heile und bei Gott, der Fürsten
Richter — ich will meine Tage nicht verkürzen.
Gott mache ieden derselben, auch den letzten, zum
Segen für mein Volk! — —

Hallo lächelte, und fing wieder an Blumen
zu pflücken.

Um diese Zeit geschahen verschiedene Kinder;
morde im Lande. Hallo war derjenige gewesen

welcher das Schickſal unglücklicher Mütter, die
die grauſame Denkart des Jahrhunderts gegen
ihresgleichen, und die Furcht, von ihren Fami=
lien und von einer ganzen Welt eines einzigen
Fehltritts wegen verſtoſſen zu werden, Mörderin=
nen ihrer eigenen Kinder zu werden nöthigte, in
ſo fern erleichtert hatte, daß man ſie nicht mehr
zur Lebensſtrafe zog. Jetzt, da einige derglei=
chen Morde hinter einander geſchahen, fing man
an zu glauben, daß die gemilderten Geſetze daran
Schuld ſein könnten. Fürſt Guſtaf hatte dazu
zwar kein Ohr; allein er fand es für nöthig, auf
zweckmäſſige Mittel zu ſinnen, welche dieſer Art
von Unmenſchlichkeit Einhalt thäten. Hallo ſollte
am Grabe noch darüber ſein Gutachten erſtatten.
An verſchiedenen Morgen kam der Fürſt deshalb
vergeblich zu ihm. Endlich traf er ihn bei Gei=
ſteskraft, und der geſetzte Alte lies ſich über die=
ſen für alle Staaten ſo intereſſanten Gegenſtand
folgendermaſſen aus:

„Schande und Elend, welche ſolche unglück=
liche Mütter vermöge der Denkart unſeres Zeit=
alters noch mit Recht fürchten, ſind durchgängig
die Urſachen, welche ſie zum Kindermorde verlei=
ten. Dieſe müſſen weggeräumt werden; ſo wird
man von ſolchem Laſter nicht mehr hören. — Un=
möglich kann es ein Verbrechen ſein, Mutter zu
werden. Und doch iſts gerade dieſer Umſtand,

welcher bei Personen dieser Art das Wesen der
Entehrung ausmachen soll. Man hört oft von
dem lüderlichsten Leben eines Frauenzimmers, und
begegnet demselben doch mit äuserlicher Achtung.
Etwa darum, weil es die noch weit gottlosere
Kunst versteht, die Entstehung der Kinder zu ver-
hindern, oder sie als Embrionen über die Seite
zu schaffen? Sollte man diese nicht eines vielleicht
zehnfachen Kindermordes wegen zur Verantwor-
tung ziehen? Auf der andern Seite hört man von
der Niederkunft eines Mädchens, über das man
nie etwas Arges zu denken Ursache hatte, und versagt ihr auf der Stelle die Ehrerbietung für ihre
übrigen guten Eigenschaften, ia wohl gar das
Mitleiden, welches doch ieder Leidende verdient.
Welche unmenschliche, sinnlose Denkart! Ist darum ein Frauenzimmer lasterhaft, weil es Mutter wird? Verdammt ein einziger Fehltritt,
wenn es ia Fehltritt sein soll? Kann der mensch-
lichste unter allen Fehltritten verdammen? O
Fürst und Herr, wenn die Niederkunft eines
Mädchens ia ein Beweis dafür ist, daß selbiges
gefehlt habe; so ist sie auch der sicherste Beweis
dafür, daß es noch keine wahre Lasterhafte sei.
Diese pflegen nicht niederzukommen. Raserei
wäre es, zu sagen, daß nur die Ehe, Mutter zu
werden berechtige. Nein, die Liebe berechtigt
dazu. Welch Mädchen gab sich einem Jüngling

22

Preis, ohne von ihm heilige Zusagen der Ehe erhalten zu haben? Iſt ſie darum Sünderin, weil
der Jüngling ſie hernach täuſcht und die Zuſage
leugnet? Wie viel gute weibliche Seelen opfern
ſich ſo bei Redlichkeit des Herzens und bei unbe-
fleckter Tugend dem ſchmeichelhaften, ungetreuen
Verführer auf! Wie viele werden darum unglücklich, weil man in ihrem Lande die Heirathen ſo
erſchwert! Wie viele leiden durch Unbeſonnenheit
ihrer Eltern, die in ihre Verbindungen mit dem
Jüngling nicht willigen wollen, den ſie doch, wie
ihre Seele, lieben! Jedes Weib leidet iämmerlich,
ſo oft es Mutter wird; aber nichts ſind dieſe Leiden, gegen die Leiden eines Mädchens in ſolchem
Falle. Wenn das Weib Mutter wird; ſo ver-
giſſet es bald der ausgeſtandenen Schmerzen, und
erquickt ſich nun am holden Anblick ſeines neugebohrnen Kindes. Das unglückliche Mädchen hin-
gegen fängt alsdenn erſt recht an zu leiden, wenn
die Schmerzen der Natur für ſelbiges aufhören,
das, was iene tröſtet und zufrieden ſtellt, iſt es,
welches dieſe auf das unnnatürlichſte in Verzweiflung ſtürzt; — das arme, in ihrem Schooße
iammernde Geſchöpf, welches von nun an die Urſache ſein wird, daß ſie eine ganze Welt verachtet,
und das ihr das Herz zerreiſſen wird, ſo oft einſt
von ſeinen Lippen der Mutternahme für ſie ertönt.
O des ſchrecklichen Zuſtandes! die Mutter verſucht,

es zu lieben. Sie will es an ihre Brust legen;
aber — es ist der Zeuge ihres Fehltritts, —
eines Fehltritts, für den sie noch keine Verzeihung
hoffen darf, als bei Gott; — sie wirft es von
sich. Sollten diese Leiden, welche sie ausstehet,
nicht iede Seele auf der Stelle mit ihr aussöhnen,
welche noch hart und unbarmherzig gegen Uns
glückliche dieser Art denken kann? Ist es nicht
wider die Menschlichkeit, Personen noch mit besondern willführlichen Strafen belegen zu wollen,
die schon durch sich selbst gestraft genug sind, und
schon empfindlichere Leiden erduldet haben, als
man ihnen auflegen kann? O die Religion sei es,
welche ihnen die erste Vergebung ertheile! die
Kirche gehe der Welt mit Beispielen der Menschlichkeit vor! Schaffen Sie, huldreicher Fürst,
von nun an alle die Arten von Kirchenbuße ab, welchen unglückliche Mädchen seither in Ihrem Lande
unterworfen waren. Die Beschimpfung vor einer
ganzen Gemeine ist warlich nicht der Weg, auf
dem man die Besserung eines Menschen erreicht.
Man ertödtet durch selbige in der Seele eines
Fehlenden vielmehr noch die übriggebliebenen
Empfindungen der Schaam, und bestärkt iedes
harte Gemüth dadurch in dem Wahne, daß seine
Härte gegen ienen recht und löblich und Gotte an-
genehm sei. Heben sie alle die Geld- und Gefängnißstrafen auf, in die bisher noch unglückliche

Mädchen verfielen. Es ist ein unzurechtfertigen=
der Einfall überhaupt, ein Laster mit Gelde zu
strafen. Offenbar wird dadurch der Werth der
Tugend und Ehrbarkeit zu sehr herabgesetzt, und
den Reichen steht es solchergestalt frei, iedes La=
ster zu begehen, sobald sie es bezahlen dürfen.
Kommen vollends die Geldstrafen in die Kasse des
Fürsten; so empfängt die Sache einen noch häsli=
chern Anstrich. Es ist als bereicherte sich der
Regent durch die Sünden seines Volks, und
man kann alsdenn den verdammlichen Satz be=
haupten, daß derienige Fürst das grösseste Einkom=
men habe, der die lasterhaftesten Unterthanen hat.
Diese setzen ihn durch ihre Ruchlosigkeiten gleich=
sam in Nahrung. Die Gefängnißstrafen sind
mehrentheils für die Armen, welche iene Geld=
strafen nicht erlegen können. Wenn nun eine
unglückliche Weibsperson, deren Niederkunft her=
annahet, oder bereits geschehen ist, Monathe
lang eingesperrt wird und für andere arbeiten mus,
wovon soll sie hernach sich und ihr Kind ernäh=
ren? Ist es nicht, als wenn man solchergestalt
den Kindermord vorsetzlich befördern wollte? Ma=
chen Sie ein Gesetz, daß niemand eine solche
unglückliche Person mehr mit dem Hurennahmen
belegen dürfe. Eine Hure ist nur dieienige, welche
mit mehrern Mannspersonen einen fortgesetzten
unzüchtigen Umgang pflegt. Nimmermehr kann

ein

ein Mädchen diesen Nahmen verdienen, welches
durch. redliche Liebe zu einem einzigen Jüngling,
der es täuschte, unglücklich ward. Alle öffentli=
chen Vorwürfe müssen aufhören; und, wer der=
gleichen macht, den lassen Sie um Geld strafen,
und dis Geld falle der Person zu, welche durch
selbige geschmähet ward. Dis wird den sicher=
sten Einhalt alle den ungerechten Schmähungen
thun, mit welchen man die sinkende Tugend eines
Mädchens noch tiefer niederdruckt; denn, wenn
Worte Geld kosten, lässet man sie gern ungespro=
chen; und wenn die Schmäher sehen, daß dis
Geld an die Geschmäheten falle, und daß sie die=
sen solchergestalt, statt ihnen zu schaden, vielmehr
nützen; so begeben sie sich aus Verdrus über ihre
mislingende Absicht ihrer Ungerechtigkeit selbst.
Keiner Familie, und wenn sie auch vom höchsten
Range wäre, sei es mehr erlaubt, eine solche Un=
glückliche aus ihrer Mitte zu stossen, oder ihr auch
nur verächtlich zu begegnen. Sie finde Gehör,
wenn sie darüber bei den Richtern klagt, und die
schleunigste Hülfe. Die Obrigkeit iedes Orts gebe
sich in solchem Falle alle ersinnliche Mühe, ihre
Eltern und Verwandte zu den Gefühlen der
Menschlichkeit zurückzubringen; und, wenn dieses
nicht Platz greifen will; so seien die Eltern gehal=
ten, ihre unglückliche Tochter nach Beschaffenheit
ihrer Vermögensumstände auf der Stelle aus=

Halle 2. Th.   P

zusteuern, damit sie, wenn sie die Gattin ihres
Verführers nicht werden kann, in ein anderes
Land sich begeben möge, wo man ihren Fehltritt
nicht weis, und wo sie durch äuserliche Achtung,
die sie von Fremden empfängt, in der Tugend
wieder gestärkt werde. Die geringste grausame
Behandlung, welche so eine Mitleidenswürdige
von ihren Verwandten erhält, mache diese straf-
fällig. Nirgend sei einer solchen Person der Zutritt zu Gesellschaften und die Theilnehmung an
unschuldigen Vergnügungen verwehrt. Ihr Kind
werde auf allen Seiten den übrigen Kindern im
Staate gleichgeachtet. Alles harte, menschen-
feindliche, welches noch in den Gesetzen und
Volkseinrichtungen gegen solche Kinder statt findet,
werde von nun an ausgestrichen und abgeschaft.
Es ist die höchste Barbarei, wenn so ein unschuldi-
ges Geschöpf seines unglücklichen Schicksals wegen
irgend eine Mishandlung leiden soll. Der Staat
nehme sich dieser Kinder an, wenn sich niemand
ihrer annimmt. Er betrachte sie als Menschen,
die im höchsten Affekt der Liebe erzeugt wurden,
die die erste Kraft ihrer Eltern waren, und die
daher, wenn sie eine edle Bildung erhalten, Leute
von Kopf und wahrem Talent werden, und dadurch
die Unkosten reichlich ersetzen werden, welche man
auf ihre Erziehung verwendete. Nicht diese Kinder, diese armen unschuldigen Geschöpfe — nicht

ihre unglücklichen Mütter, denen die Natur und
das Herkommen schon Leiden genug aufgelegt hat
— die frechen, treulosen Schänder der letztern
sind strafbar. Diese, welche zum stärkern,
rüstigern Geschlechte gehören, das dem schwächern
nicht Elend und Verderben, sondern Beistand
und Rettung zu leisten bestimmt ist, werden von
nun an der Gegenstand der Gesetze. Gutmachen
sollen sie wieder das gestiftete Böse. Und wie
können sie dis anders, als durch Vollziehung der
Ehe mit der unglücklich gemachten Person? Und
wäre Ihr erster Minister der Schänder, und
seine Geschändete eine Magd; so sei er verpflichtet, dieselbe zu heyrathen. Die Unglückliche
werde Frau genannt, und trage den Nahmen
ihres Verführers. Er selbst hat ihr die Rechte
dazu abgetreten; nur sie kann auf dieselben Verzicht thun. Ja gesetzt, daß die übelsten Folgen
von einer solchen Ehe zu befürchten wären; so
lassen Sie heute dieselbe vollziehen, und scheiden
sie morgen wieder. Der Schänder sei in diesem
Fall verpflichtet, die Hälfte seines Vermögens der
Unglücklichgemachten zu reichen. Sie führe seinen Nahmen und Karakter dessen ungeachtet fort,
und habe die Freiheit, anderweits sich zu verhey-
rathen. Glauben Sie, bester Fürst, daß dis
den sichersten Einhalt ienen Verführungen thun
werde, welche sich unser Geschlecht gegen das

andere erlaubt. Die Gesetze hatten den unrich-
tigern Gesichtspunkt bei der Sache gefaßt. Sie
sind offenbar zu strenge gegen das schwächere Geschlecht, und zu milde gegen das stärkere. Mir
schaudert die Haut, wenn ich an unsere Einrichtungen dieserhalb denke. Der Verführer, der
der eigentliche Urheber der unerlaubten That ist,
vollbringt sie, ohne an den Folgen derselben weiter Theil zu nehmen. Die arme Verführte
empfindet diese allein, und soll noch obendrein
dafür willkührliche Büssungen dulden. Setzen
Sie ferner eine Prämie darauf, wer ein schwan-
geres Mädchen zum Geständnis ihrer Schwan-
gerschaft bringen kann; errichten Sie Kinderhäu-
ser, und setzen Sie vereidete Weiber an, die ohne
Geräusch herbeigerufen werden können, solche
unglückliche Personen zu entbinden, und die Kinder derselben, falls sie solcher entledigt sein wollen,
mit Beobachtung eines ewigen Stillschweigens
über den Vorgang, in diese Häuser bringen. Ver-
leihen Sie Töchtern, deren Eltern aus Eigensinn,
Habsucht oder Stolz in ihre Heyrathen nicht willigen wollen, öffentlichen Schutz gegen selbige, und
erleichtern Sie auf alle mögliche Weise frühe Heyrathen in Ihrem Lande. Ach Fürst und Vater,
dis letztere ist, glaub' ich, der Hauptpunkt bei
der ganzen Sache. Nur die Grossen der Erde
sind im Stande, ihn zu berichtigen; aber Sie kön-

nen es auch in der That. Ich habe oft für
unglückliche Mädchen zu Ihnen, und nicht ohne
Wirkung, gefleht. Der Argwohn und die Bosheit wissen solche Fürbitten oft zu verdrehen; aber
kommen sie aus dem Munde eines Greises, so finden
dergleichen Verdrehungen nicht mehr Statt. Hören
Sie noch meine letzte Fürbitte, und nehmen Sie solche unglückliche Mädchen auf allen Seiten in Schutz.
Sie sind unglücklich geworden durch den sanftesten
und menschlichsten unter allen Trieben. In einer
günstigern Lage, in der sie früh genung am Altare
die Hand eines Jünglings in die ihrige legen konnten, hätten sie nie ausgeschweift, und wären vielleicht die besten Mütter geworden. Wer hinderte
sie hieran? Eltern — Armuth — Mangel an
Nahrung und Erwerb, der unsere jungen Männer abhält, Familien zu bauen — und Schicksal.
Sollen denn jene arme Geschöpfe, die die Natur
wohlbedächtig empfindungsvoller schuf, diese Ursachen auf sich nehmen, und für sie büssen? Warlich, es ist ja die beschwerlichste Bestimmung,
Mutter zu werden. Es ist die segensvollste
für den Staat zugleich. Wir müssen die Mütter höher schätzen; so werden sie auch ihre
mühseligen Pflichten mit wahrer Rechtschaffenheit erfüllen . . .

Gustaf war bei der langen Vorstellung des
Greises sehr ernsthaft gewesen. Als derselbe

schlos, fing er an zu lächeln. „Du sprichst für die Mädchen so warm und so herzlich, wie nur ein zwanzigjähriger Jüngling für sie reden könnte."

Hallo. · Für die Menschheit sprach ich, und zwar für ihren schwächern Theil. So ein Gegenstand macht den eiskaltesten Alten warm. Ich gehe mit der Klage ins Grab, daß unsere Gesetze allenthalben noch das wahre Beste der Menschheit übersehen. Der Geist des Christenthums waltet noch nicht genug in ihnen, der die Sünder selig — das heist — besser machen soll. Henken, köpfen, rädern, verbrennen, staubbessengeben, Landesverweisen, Kirchenbuße auflegen — — damit sind wir bald bei der Hand — — aber bessern, bessern, bessern den Fehlenden — daran denken wir wenig. Das macht, dis ist mühsamer. Der Kopf liegt freilich schneller vor den Füssen, als das Herz dessen, dem der Kopf zugehört, umgebildet wird. Aber dis bewirken, heist Gott ähnlich handeln; nicht ienes . .

Fürst Gustaf fuhr zusammen. „Werde nicht hitzig, Vater Hallo. Mich kennst du. Dein Rath in einer so wichtigen Sache ist mir heilig. Sei versichert, daß ich ihn befolge."

Dafür segne Sie noch iedes unglückliche Mädchen nach Jahrhunderten — rief Hallo seinem Fürsten nach.

Der Fürst überzeugte den Greis bald davon, daß er über den strengen Ton desselben bey der letzten Unterredung nicht empfindlich gewesen sei. Morgens darauf war er schon wieder bei ihm unter der Laube und umarmte ihn auf das zärtlichste. Eigentlich brachte ihn Unglück, welches sich in der Nachbarschaft ereignet hatte, dismal hieher. Nach einem der schwülesten Tage waren schwere Gewitter aufgezogen, und hatten auf einem Dorfe hinter Berkewitz einige Bauerhäuser in Aschenhaufen verwandelt. Gustaf, der in der Nacht aus seinem Fenster das aufgehende Feuer wahrgenommen, war einer der ersten gewesen, welcher aus der Residenz nach selbigem hingeeilt. Er war die ganze Nacht über beim Brande geblieben, hatte selbst Veranstaltungen treffen helfen, und wollte nun, da er am Morgen, als alles gelöscht war, sich zurück verfügte, seinem alten Freunde nicht vorüber reuten, ohne ihn zu besuchen. Er fürchtete, daß das nächtliche Schrecken auf die Gesundheit desselben üble Einflüsse gehabt haben könnte.

„Ich bedaure dich, Vater Hallo; du hast in der vergangenen Nacht eine heftige Alteration gehabt."

Hallo. Gar keine. Ich habe geschlafen. Der Gärtner hat die ganze Nacht über an meinem Bette gesessen; und da er gesehen, daß ich

P 4

so erquickend geruhet, hat er mich nicht stören
wollen. Weil es ohne Schaden für mich abge-
gangen, so ists auch eben so gut, daß er mich
schlafen lassen. Den armen Leuten, welche
dort abgebrannt sind, hätte ich alter stumpfer
Mann doch nicht hülfreiche Hand leisten können.
Ich will ihnen eine wesentlichere Unterstützung
lieber leisten, als die, sie aus meinem Fenster
blos abbrennen gesehen zu haben. Das bin ich
schuldig zu thun; sie haben für mich und die
Meinigen gelitten. Kam die Reihe nicht an sie:
so kam sie wohl an uns. Tausenden ist diese
Nacht nützlich gewesen; denn wir hatten weit
und breit in dieser Gegend lange auf einen durch-
dringenden Regen gehofft. Jenen allein hat sie
geschadet. Dieser Gedanke müste ja wohl das
Härteste Herz erweichen. Albert ist beim Feuer
gewesen mit allen seinen Leuten, und von Ber-
tewitz habe ich eben erst die umständliche Nachricht davon erhalten.

Der Fürst freute sich, daß Hallo das Wetter verschlafen, und konnte ihm die Fürchterlich-
keit desselben nicht genung beschreiben. „Es war,
sprach er, als wenn Himmel und Erde unterge-
hen sollten. Die Wolken schienen auf den Bü-
schen zu hangen, und das Feuer fiel nicht in einzelnen Blitzen herab, sondern ganze Ströme desselben gossen sich, wie unaufhörlich herunter. Ich

war wegen der ganzen Gegend umher in Sorgen. In dem alten Eichenwalde dort habe ich es wenigstens zehnmal einschlagen sehen, und auf der Grenze hat es an verschiedenen Orten gebrannt. Da habe ich denn, als ich zurückgeritten, einen guten Gedanken gefaßt, der, wie ich hoffe, deinen Beifall finden wird. Es soll ein besonders Gebet verfertigt werden, welches jährlich die gewöhnliche Gewitterzeit hindurch von den Kanzeln abgelesen und worinnen der Höchste angerufen werde, daß er schwere und gefährliche Donnerwetter von meinem Lande in Gnaden abwenden wolle."

Hallo schüttelte dreimal sein graues Haupt. „Zuförderst eine Frage, mein Fürst. Wie steht es um die Feuerkasse, welche Sie errichten lassen wollten?"

Gustaf. Sie ist im Werke. Es finden sich nur noch immer einige Ortschaften, welche sich davon ausschliessen wollen.

Hallo. Nun, so wird dieses Unglück vielleicht dazu dienen, daß sie hinzutreten. — Edler Fürst, ich verkenne Ihr gutes Herz bei dem Vorhaben nicht, welches Sie mir eben eröfneten; aber die Wendung die es dabei nimmt .... Vergeben Sie mir; ich hoffe, Sie werden, wenn Sie meine Gedanken gehört haben, anderer Meinung werden. Es ist unmöglich, daß

P 5

nach einer so drückenden Schwüle, welche wir
zuweilen zur Sommerszeit, und auch wohl später, wie in diesen Tagen, haben, nicht sehr
schwere Gewitter aufziehen sollten. Und wir
wären ja alle Kinder des Todes, wenn dis in
der Natur nicht so geordnet wäre, und die Luft
sich nicht durch allgewaltige Feuerausleerungen
abkühlte. So, wie sie gestern war, konnte sie
für uns nicht mehr achtundvierzig Stunden das
Element sein, in dem wir bestehen sollen. Gibt
uns denn aber die Religion auch wohl den geringsten Wink dazu, daß wir glauben sollten, daß unser Gebet vermögend sei, einem daherziehenden
Gewitter eine andere Direktion zu geben? Dürfen wir auch wohl Wunder von Gott erbitten?
Und nun betrachten Sie die Sache von Seiten
der Menschenliebe. Wenn es nun einmal unmöglich ist, daß nicht schwere Gewitter zu Zeiten
sich zusammenziehen sollten, und wir beten, daß
Gott sie darum von uns abwenden wolle, weil
wir befürchten, daß sie in unserm Lande Schaden thun möchten: beten wir wohl damit um
etwas anders, als daß sie Gott zu unsern Nachbaren führen und daselbst Schaden thun lassen
wolle? Irgendwohin müssen sie doch ziehen. Ist
das aber auch wohl ein **christliches** Gebet? So
konnte nur der **Jude** in **Palästina** beten, der
vom Gewitter falsche Begriffe hatte, sich Wür-

geengel und hauende Schwerdter dabei dachte,
rings um sich her heidnische Völker sahe und sich
berechtigt hielt, diesen alles mögliche Unglück zu
gönnen. Gesetzt aber, daß Gott — ich fühle
aufsteigende Röthe bei diesen Worten — gesetzt,
daß Gott unser Gebet erhörte, und das aufzie-
hende Wetter von uns abwendete: so nehmen Sie
doch nun den Fall an, daß unsere Nachbaren, und
dieser ihre Nachbaren eben so eifrig, wie wir, um
Abwendung des Gewitters beten ; wohin soll
es denn nun ziehen? Wo soll es bleiben? Ach
bester Fürst, nehmen Sie doch dis alles in Er-
wägung. Mein ganzes Herz schlägt für die Religion: aber eben darum bin ich so sehr gegen iede
unrichtige Anwendung derselben, und möchte am
wenigsten Zeuge davon sein, daß dergleichen unter Ihrer Regierung förmlich eingeführt würde.
Offenbar gehet dadurch das wahre Beruhigende
und Aufklärende, welches sie eigentlich stiften
sollte, verlohren. So ein einziges Kirchengebet
wider Donnerwolken verwirrte noch vollends alle
Begriffe des gemeinen Mannes von Gott, von
seiner Gerechtigkeit und von alltäglichen Natur-
begebenheiten. Der Theil der Nation, welcher
durchsiehet, empört sich dagegen, und saugt Ekel
gegen den gesammten Gottesdienst ein. Ich bin
ein Greis, und will den letzten Tropfen meines
Lebens warlich nicht in Leichtsinn tauchen ; aber

ich gestehe es frei, daß ich nicht mehr weis, was
ich glauben soll, wenn Gott des Kirchengebets
wegen auch nur eine einzige Wolke anders
ziehen lässet, als — sie der Wind treibt. Das
Volk klebt ohnehin noch an übertriebenen und unrichtigen Erklärungen der Strafen und Gerichte
Gottes, und macht alles dazu, was auch eine
noch so natürliche Bewandnis hat. Man mus
es lieber davon zurückbringen, als darinnen stärken. Was soll es vom Gewitter denken, wenn
es zum Wegbeten desselben aufgefordert wird? Es
fährt so schon dabei zusammen, erblaßt, schreit
und singt, wenn es den ersten nahen Donner
hört, und macht solche Grimassen, daß man nicht
glauben sollte, daß es Christen wären. Ein Kirchengebet um Abwendung der Gewitter würde
selbige geradezu für Strafen Gottes erklären. Und
das sind sie doch nicht. Vielmehr gehören sie zu
den wohlthätigsten Einrichtungen der Natur, und
Gott segnet uns vielleicht nirgends reichlicher,
als im schütterndsten Donner. Dis ist die
Seite der Sache, welche man dem Volke
öfnen mus. Das schrecklichste Gewitter stiftet
allemal tausendmaltausendmal mehr Nutzen, als
es Schaden anrichtet. Diesen stiftet es nur zu-
fällig; ienen aber zu schaffen ist seine natürliche
Bestimmung. Neues Leben, neue Kraft dringt
von Stundan wieder in die ganze Pflanzen- und

Thierwelt ein, wenn es die Luft reinigt und er=
frischt. Die aufs tiefste erschlafften Saiten der
ganzen Natur, erhalten nun wieder Spannung.
Gott ist wahrer Schöpfer aufs neue durch Ge=
witter. Sie können gewis glauben, bester Fürst,
daß das furchtbare Wetter in vergangener Nacht
das Leben, oder wenigstens die Gesundheit eines
grossen Theils Ihres Volks gerettet habe. Und
der äuserst fruchtbare Regen, welcher dabei fiel,
hat Ihr Land wenigstens auf zwanzig, dreissig
Meilen im Umfange erquickt. Wie lechzten
unsere Felder! wie welkten unsere Wiesen! Kein
Pflug hätte in die Erde gekonnt; wäre er nicht
gefallen. Das Vieh hätte in unsern Ställen
schon Heu fressen müssen ohne ihn. Und wir
sollten um Abwendung der Gewitter beten? Wie
bekämen wir denn in den heissen Tagen des Jah=
res Regen ohne sie? — Daß sie hier und da auch
Schaden thun, ist dis Wunder? Wo ist denn
eine Wohlthat Gottes, die nicht einzelne Ver=
luste mit sich führte? Wenn wird ie dem Ganzen
geholfen, ohne daß Theile dabei leiden? Warum
soll die Natur gerade beim Gewitter einzig und
allein wider diese ihre Regel handeln? Da sind
nun in der Nacht einige Häuser abgebrannt. Ich
will sie hoch rechnen; zweitausend Thaler mag
der Schade, der dadurch geschehen ist, ausmachen.
Wie hoch, Fürst und Herr, schlagen Sie die

wiederhergestellte Fruchtbarkeit der Felder von
zwanzig, dreiſſig Meilen an? Wie hoch die Geſundheit, das Leben vieler Tauſende, die nun wieder ſicher vor Fleckſieber und Peſt ſind? Und der
Strahl, welcher iene Häuſer anzündete, fiel ia
nicht darum hinein, daß er einige Bauerfamilien unglücklich machen ſollte, ſondern weil er
gerade dahin geleitet ward.   Dieſe Leitung
geſchah nach den Geſetzen der Natur.   War in
dem Hauſe, wohin er fiel, nichts, das ihn an-
zog: ſo nahm er die Richtung nicht; und ſtand
ſtatt des Hauſes eine alte Eiche da, welche ho-
mogene Materie in ſich hatte: ſo fuhr er in die
Eiche ein.   Nein, edler Fürſt, laſſen Sie nicht
in Ihrem Lande wider Gewitter beten. Ihr Volk
betete ſonſt wider ſeinen eignen Nutzen.   Die
Gewitterreichſten Jahre ſind die fruchtbarſten.
Vermehren Sie nicht die Furcht des gemeinen
Mannes vor Gewittern, ſondern benehmen Sie
ihm dieſelbe lieber ganz.   Und dis iſt in Ihrer
Macht. Fürſten können es dahin bringen, daß
ihre Völker eine der gröſſeſten Wohlthaten
Gottes nicht mehr ſchaudernd in Empfang
nehmen.   Fürſten können Gottes Güte bei ſolchen Ereigniſſen völlig rechtfertigen, und auch
machen, daß auch ſogar die einzelnen Theile, welche bei allgemeinen Segnungen leiden, nicht
mehr leiden.   Welch herrliches Geſchäft für ſie!

Ich segne im Ganzen, ruft der Schöpfer bei
iedem Gewitter ihnen gleichsam zu ; euch liegt
es ob, die dabei leidenden Theile zu entschädi=
gen. — Nun ist es Zeit, nun sind noch alle
Herzen warm, daß die Feuerkasse aufgerichtet
werde. Lassen Sie das Gebet wider die Gewit=
ter fahren, und lassen Sie an dessen Statt über
diesen Vorfall am nächsten Sonntage eine Pre=
digt durchs ganze Land, so weit es geschehen kann,
halten. Der Inhalt derselben sei etwa folgender.

„Alle Angst der Menschen bei aufziehenden
Gewittern entsteht daher, daß sie um ihr Leben,
oder um ihr Vermögen dadurch zu kommen fürch=
ten. Wer ums Leben dabei kommt, braucht
kein Vermögen mehr ; er weis nicht, wie ihm
geschicht, und stirbt den sanftesten Tod. Und
sterben mus am Ende ieder. Der Tod kann
uns in ieder Stunde auf mancherlei Weise tref=
fen, und die Todesart durch Gewitter ist die
seltenste. Aber nicht erschlagen werden, und
doch um Habe und Gut kommen, und binnen
wenig Augenblicken aus dem besten Wohlstande
in die äuserste Armuth sich versetzt sehen — dis
ists, was ieden treffen kann, was äuserstbitter
ist und wofür ieder bei nahen Gewittern zittert.
Hier mus der Fürst des Landes zutreten. Er
mus die Häuser und das Eigenthum der Abge=
brannten als die Ableiter betrachten, welche den

zündenden Wetterstrahl von seinen Schlössern,
Landhäusern und Vorwerken, und von dem
gesammten Eigenthum der Einwohner seines
Landes abhielten. Er mus sie für die unschuldigen Opfer ansehen, mit welchen die Wohlfahrt
vieler Tausende erkauft worden ist. Als das verheerende Gewitter mit allen seinen drohenden
Schrecken daherzog, stand ein grosser Theil des
Landes in Gefahr. Kein Pallast, keine Hütte
war vor Verderben sicher. Je reicher iemand
war: desto mehr konnte er verliehren. Noch
wuste niemand, wen das Unglück treffen werde.
Jeder aber fürchtete es. Wenn iemand zu derselben Zeit umhergegangen wäre, welcher für eine
geringe Summe das Eigenthum der Bürger und
Bauern in dieser Gegend hätte sichern wollen:
würde nicht ieder derselben mit dem bereitwilligsten Herzen seinen Beitrag dazu geleistet haben?
Wenn in denselbigen Augenblicken die nun Abgebrannten gekommen wären, und zur Rettung
aller ihrer Mitbewohner dieser Gegend ihre Wohnungen und ihr Vermögen Preis gegeben hätten: würde man ihnen den Werth desselben nicht
sogleich gern baar bezahlt haben? Würde nicht
ieder äuserst zufrieden damit gewesen sein, daß
er mit so einer kleinen Summe, als sein Beitrag
dazu ausgemacht, sich aus der Gefahr, alles zu
verliehren, hätte ziehen können? Wohlan, so
sind

sind diese arme Abgebrannte auch nun als diese
nigen anzusehen, welche die Bewohner ihrer Ge=
gend weit und breit umher gerettet haben. Was
ist billiger, als daß wir uns in den Schaden,
welchen sie gelitten haben, theilen, und ihnen den=
selben ersetzen? Die Angst und das Schrecken,
welches sie dabei ausgestanden haben, sind wir
nicht im Stande ihnen zu ersetzen. Wer von
uns würde für die kleine Summe, welche er
nun zu ihrer Schadloshaltung beizutragen hat,
wohl ie solche Angst ausstehen wollen, als sie
ausgestanden haben?

So, bester Fürst, wird die Gewitterfurcht
am gewissesten weggetilgt werden. So wird es
endlich zur Ehre der Vernunft und des Christen=
thums dahin kommen, daß man eine der grösten
Wohlthaten Gottes nicht mehr für Strafgericht
ansehe. Gelassen wird ieder die Gewitter daher=
ziehen sehen. Der Abbrennende wird ruhig aus
seinem Hause wandern, und Muth genung ha=
ben, zur Löschung der Flammen selbst Hand mit
anzulegen. Seine Mitbürger werden im Feuer
wacker arbeiten; denn ieweniger abbrennt: desto
weniger haben sie zu ersetzen. — Nun noch
einmahl, bester Fürst, ist es nöthig, ist es raths=
sam, zu öffentlichen Kirchengebeten wider die Ge=
witter unsere Zuflucht zu nehmen? — Wahrlich
dis sind nicht die rechten Ableiter, welche wir

anlegen sollen. Es gibt natürlichere, auf die man sich in unsern Tagen versteht. Sorgen Sie für geschickte Männer, welche dergleichen um einen wohlfeilen Preis verfertigen: so werden sie die Gewitter noch unschädlicher und Ihren Nahmen bei der ganzen Nation unsterblich machen.

Fürst Gustaf besann sich. Der Greis hatte so fühlbar wahr und deutlich gesprochen, daß er den Eindrücken davon mit seinem gefaßten Vorsatze weichen mußte. Es war nun von keiner Verfertigung eines Gewittergebets die Rede mehr.

Gustaf. Unter den beiden Einfällen, ein Gebet wider die Gewitter zu verordnen, und bei dir auf meiner Rückkehr anzusprechen, war der letzte der beste. Es ist mir sehr lieb, daß ich ihn eher ausgeführt als jenen. Ich hatte die Sache nicht so von allen Seiten betrachtet. Die Predigt aber soll gehalten werden. Die Feuerkasse soll nun schlechterdings in Ordnung, und ich will meinen Unterthanen nochmahls mit meinem Beispiele vorgehen und den Schaden der vergangenen Nacht allein tragen. Wie müßte ich thun, wenn der zündende Strahl auf eins meiner Vorwerker gefallen, oder wenn einige Eichen in den Wäldern, die ietzt noch gut Bauholz für die Niedergebrannten haben, zersplittert worden wären.

Hallo. Aber lassen Sie mich darunter nicht leiden. Erlauben Sie mir, daß ich den

armen Leuten wenigſtens ihr verbranntes Vieh
erſetzen dürfe.

Der Fürſt. Weil du es biſt: ſo mag es
ſein. Sonſt ſoll ſchlechterdings dismal niemand
einigen Beitrag dazu leiſten. Auch ſollen die
Abgebrannten nicht umhergehen und für ſich kol-
ligiren dürfen.

Hallo. Wo dis geſchehen darf: da iſt überhaupt das Policeiweſen noch in einer traurigen
Verfaſſung. —

Die Obſterndte geſchah ietzt auf dem Berge,
und die Weinleſe ſtand bevor. Dieſe Tage hatten viel Angenehmes und Feierliches für den
Greis. Er glaubte nicht nur, nie wieder der
Einſammlung dieſer Schätze, mit welchen die
Natur dieſe Höhen bereicherte, beizuwohnen, und
nie wieder eine reifende Frucht zu brechen; ſondern die Handlung ſelbſt, womit ſich ietzt der
Gärtner und ſeine Leute beſchäftigten, und an
der auch er täglich Theil nahm, war ihm zugleich ein Bild ſeines gegenwärtigen Zuſtandes,
in welchem er die eingeerndteten Früchte eines
tugendhaft- und weiſegeführten Lebens und ſeiner
ein halbes Jahrhundert hindurch bewieſenen Amts-
treue genos. Oft ſtand er bei einem Baume,
unter welchem die geſchüttelten Früchte Hand-

Q 2

hoch lagen, und der schon einen Theil seiner Blät-
ter fallen lies, still und tiefgerührt, und sprach
zu sich selbst: das bist du — Hallo! Je tiefer
man in den Herbst kam; desto mehr Aehnlichkeit
fand er allenthalben in der Natur mit sich. Der
Blumen wurden täglich weniger, alles falbete
sich um ihn her und welkte; iede Kraft im Pflan-
zenreiche erstarb. Im allgemeinen Tode der Natur glaubte er nun um so zuversichtlicher auch den
seinigen zu finden. Unter Tausendmahltausend
Gräbern wankte er umher und blickte unaufhörlich über sie hinweg nach demienigen hin, welches
ihn decken sollte. Seine Kinder machten in Ansehung des herannahenden Winters allerlei Entwürfe für ihn; aber er pflegte ihnen wohl lächelnd darauf zu antworten: „Was sorget ihr
doch meinetwegen auf den Winter? Seid unbekümmert; ich werde ihn hier recht ruhig und sanft
hinbringen." Gewisser als ic, erwartete er
nun mit iedem Tag sein Ende. Man kann
nicht sagen, daß er Ueberdrus des Lebens äußer-
te. Noch immer hielt er sich an die Natur, und
fiel irgend ein rauher Herbsttag ein; so sorgten
seine Kinder dafür, daß sie ihm durch ihren Umgang die Freuden ersetzten, welche ihm die Natur an selbigen versagte. Doch sprach er einst
zum Gärtner: „Das, was wir Menschen am
spätesten schätzen lernen, ist — der Tod. Sollte

fichs der Jüngling wohl träumen laſſen, daß auch dieſer Wohlthat für ihn werden werde? Und warlich, Freund, glaube mir, er iſts. O welch ein gütige Einrichtung der Natur iſt es, daß ſich die Luſt zu leben in eben der Maſſe beim Greiſe verliehrt, in welcher ſich die Kraft zu leben in ihm verliehrt. So wird ihm die letzte Tugend, welche er ausüben ſoll, die Tugend, willig und gern zu ſcheiden, durch die Natur ſelbſt leicht gemacht. Meine irdiſche Hütte wankt auf allen Seiten. Ich wünſche ſchon, daß ſie noch vor Winter einfiele. Jedoch, wie der Ewige will! Unſtreitig wirſt du mich einmahl, ehe du es vermutheſt, irgendwo todt finden. Macht alsdenn kein gros Geräuſch, ſondern leget mich ſtill auf die Raſebank unter der Laube, und meldets hernach meinen Kindern.“

Ein Wonnetag — der ſeligſten einer, welche er ie gehabt, trat für den Greis ein. Albert und Florentin kamen mit der heiterſten Miene zu ihm in die Laube, und meldeten ihm, daß ſie Väter werden würden. Hallo vergas aller Schwachheiten ſeines hohen Alters, ward munter an Geiſt, wie der Jüngling, lies ſeine Töchter kommen und richtete ihnen ein kleines Bergfeſt aus. Es war einer der mildeſten Spättage des Herbſts. Man ſpeiſete auf dem Altan und ergötzte ſich am Anblick des neuen Dorfs, deſſen

Q 3

Ziegeldächer schon hervorragten. Hallo legte die
Hände der edlen Weiber, welche Vorgenüsse der
künftigen Mutterfreuden schon in ihren Augen
zeigten, in die seinigen, und hub an: „Eleono=
re ist nicht mehr, und euer Vater gedenkt nun
auch mit ieder Stunde ihr nach die Reise in
das Land der Todten anzutreten. Hätte sie
diesen Tag erblickt! Was für eine unaussprech=
liche Glückseligkeit würde er ihr gewährt haben!
Ach! wie preise ich den Vater der Menschen das
für, daß er mich die frohe Nachricht noch hören
lassen, welche mir heute eure Männer in die
Laube brachten! Den Tod in allen Adern und
Nerven schon fühlend, flammt ein Greis, wie
das sterbende Licht, noch einmahl empor, wenn
er Enkel auch nur von ferne erblickt. Zwar
werde ich, ihr Lieben, den Tag eurer Nieder=
kunft nicht erleben; aber ich sah ihn doch noch
im Geiste schon und ward dadurch zu meinem
Tode recht kräftig gestärkt. Gott wird ihn euch
erleichtern; hoffet auf ihn; ich bete für euch.
Mit allen meinen Segnungen überschütte ich die
holden Kinder schon, welche ihr noch unter eu=
ren Herzen traget. Die Natur gewähre ihnen
die menschliche Vollkommenheit und erfreue euch
durch ihren ersten Anblick mit Freuden des Him=
mels! Wenn die Leiden vorüber sind, durch die
ihr euch zur mütterlichen Herrlichkeit erheben

müſſet; wenn ihr ihrer darüber, daß der Menſch
zur Welt gebohren iſt, froh vergeſſet; wenn ihr
eure Kinder euren Männern reichet, und aus ih‍
ren Augen Freudenthränen flieſſen, und von ihren
Lippen Dank für die Seligkeit ſtammlet, welche
ihr ihnen bereitet habt; ſo ſei es, als ſtände
ich hinter ihnen und legte die Neugebohrnen aus
ihren Armen in die meinigen, und drückte ſie an
meine Bruſt. Und wenn ihr nach Jahren bei‍
ſammen ſeid, und die ſtillen Wonnen des häus‍
lichen Lebens unter euch theilet; ſo denket, als
wäre ich mitten unter euch, und hätte an ieder
Seite eins eurer Kinder, und erwiederte ihnen
die ſanften Liebkoſungen, welche ich von ihnen
empfinge. Denket euch da das freudige Lächeln
des Greiſes, welches mit dem Lächeln der Kin‍
der ſo viel Aehnlichkeit hat, und alle die Ausdrü‍
cke des innigſten Seelenfriedens, den ich durch
euch genöſſe. Leitet am Gängelbande ſchon oft
die Kleinen zu meinem und zu Eleonorens Grabe.
Laſſet ſie, wenn ſie, wie edle Pflanzen, unter
euren Händen erwachſen, ihren Lieblingsſpielplatz
daſelbſt haben, und ſorget dafür, daß ſie in ieder
Jahreszeit, die Blumen gibt, auch Blumen
daſelbſt finden, von denen ihr ihnen ſagen ſollet,
daß ihre Groseltern ſie ihnen ſchenken. — Neue
Freuden nun für euch, ihr Lieben; aber auch
neue Pflichten. Ach, welch ein heiliger Beruf,

ben ihr nun erhaltet, — der Beruf der Müt=
ter! Gott würdigt euch seiner; so erfüllet ihn
auch treu und ganz. Tausend Gefahren ist der
Mensch schon ausgesetzt, so lange er noch im
Verborgenen bereitet wird. Vermehret diese
Gefahren der Natur wenigstens denen nicht, die
ihr ans Licht bringen sollet. Seid vorsichtig in
allen euren Handlungen, so lange sie noch unter
eurem Herzen liegen, und denket immer, daß ietzt
ein doppeltes Leben, eine doppelte Gesundheit bei
ieder derselben gewonnen oder verlohren werden
könne. Ueberlasset euch ietzt weniger, als ie,
irgend einer aufbrausenden Leidenschaft, und übet
ietzt die verschönernden Tugenden eures Geschlechts,
Sanftmuth, Güte und Milde gegen alle Men=
schen vorzüglich aus. Stille Ruhe, selige Zu=
friedenheit, himmlische Heiterkeit begleiten euch
ietzt, und geben schon frühzeitig den Ton an, wel=
cher einst in den Seelen eurer Kinder der herr=
schende sei. Ihr werdet immer die stärksten Ein=
flüsse auf sie behaupten; aber nie so unaussprech=
lichstarke, als so lange ihr noch die ganze kleine
Welt ausmachet, in der sie leben. Nie, nie könnet
ihr wieder so viel an ihnen thun, als in dieser kur=
zen Zeit. Hat euch denn Gott begnadigt; liegt
winselnd das kleine Geschöpf — euer Ich zum
zweitenmahle — in eurem Schooße; so sättiget
es an euerm eigenen Busen, und gewähret ihm und

euch das Glück, seine erste Ernährerin im Lichte der Welt zu sein. Die Natur, welche nichts vergeblich thut, gab euch dazu die ausbildende Muttermilch. Wie sollet ihr, die ihr derselben so getreu seid, dieser ihrer Anstalt entgegen handeln? Euch verführe nicht das Beispiel der grossen Welt zur unnatürlichsten Untreue gegen eure Kinder, wo die Mütter aus Mode, Eitelkeit und Bequemlichkeit ihre Neugebohrnen an gemiethete Weiberbrüste werfen, aus welchen ihnen oft Milch der Wollust und des Todes, und iederzeit fremde Milch eingeflösset wird. Schauet auf die Landsleute, unter denen ihr lebet. Unter ihnen ist die Natur auch auf dieser Seite noch unverdorben, daß keine Frau, die Mutter wird, sich schämt, fernerhin ganz Mutter ihres Kindes zu sein. Wenn die Mutter ihr eignes Kind säugt; so vertritt von beiden einer gegen den andern die Stelle des vollkommensten Arztes. Nur in ausserordentlichen Fällen, wenn das Leben der Mütter durch eigene Säugung in Gefahr gerathen würde, oder die Natur sie untüchtig dazu machte, darf ein Weib ihres Kindes so weit vergessen, daß sie ihm ihre Brust entzieht. Ihr seid ein Paar gesunde Mütter; so werdet der Natur für diese Wohlthat, welche nicht allen zu Theile wird, durch redliche Anwendung derselben dankbar. Lasset es sein, daß diese eigene Ernährung eurer Kinder

mit mancherlei Unbequemlichkeiten, Beschwerden
und Nachtwachen verbunden sei; tausendfältig
ersetzte euch selbige die Natur durch die reinesten
menschlichen Wollüste, welche sie zum Ueberfluß
noch, damit es Müttern beinahe unmöglich wer=
den sollte, treulos gegen ihre Kinder zu werden,
in sie gemischt hat.   Wenn ihr anfangs auch nur
ihr klägliches Winseln an euren Brüsten stillet;
wenn ihr weiter keinen Lohn dafür habet, als
den, daß sie auf eurem Schooße in ienen sanften
Schlummer sinken, deffen sie so sehr bedürfen: ist
dis nicht schon Segen für eure Treue, sobald ihr
wahres Muttergefühl heget? Und wenn denn
nach einiger Zeit die erste Menschheit sich in ihnen
schwach entwickelt, und sie euch für iede empfan=
gene Sättigung hold anlächeln, bald sich heben,
als wollten sie euch küssen, bald sich spielend vor
euch an euch selbst verbergen und überall euch Be=
weise von der höchstmöglichsten Behaglichkeit ihres
Zustandes geben: o wie würdet ihr alsdann die
Amme beneiden, welcher ihr diese Wonnen abge=
treten hättet! Mütter, die ihre Kinder von
fremden Weibern säugen lassen, verschenken die
zärtlichste Liebe, welche ihre Kleinen gegen sie
selbst einsaugen sollten, an diese. Wahrlich, eure
Kinder werden euch zuviel Schmerzen kosten, als
daß ihr euch des Vorzugs begeben solltet, von
ihnen auch aufs höchste geliebt zu werden. Sei

ßet denn noch diese Ruhe hinzu, welche ihr als
Mütter nur alsdann wahrhaftig genießen könnet,
wenn ihr wisset, daß eure unschuldigen Kinder
gehörig gesättigt, gewartet und verpflegt werden.
In keinem Falle könnet ihr dis Bewußtsein so
zuverläßig haben, als wenn ihr sie selbst säuget.
Diese Vorstellungen müssen euch bewegen können,
die erste mütterliche Pflicht an ihnen redlich zu ers
füllen. — Sorget hernach, wenn ihr sie ents
wöhnt habt, auch ferner für ihre Erziehung. Den
Müttern liegt die erste Erziehung der Kinder ob.
Die nächsten im Zirkel derselben müssen die Müts
ter sein: und diese können im Tempel Gotte nicht
mehr gefallen, als unter ihren Kindern, wenn
sie ganz als Mutter unter ihnen sind. So viel,
als möglich, habet sie immer vor euren Augen.
Wählet vernünftige, gesetzte und rechtschaffene Wärs
terinnen, Trägerinnen und Leiterinnen für sie.
Trauet diesen aber nie zu, daß sie das Mutters
herz für sie haben werden, welches nur in euch
für sie schlägt. Die Natur macht weit weniger
unglückliche Kinder, als die Nachläßigkeit derer,
welche sie warten sollen. Verzärtelt eure Kinder
nicht; ihr schadet ihnen sonst durch übelangewens
detes Gutmeinen. Verhärtet sie aber auch nicht
durch übertriebene Strenge. Erziehet sie ganz
nach der Natur, und weise Liebe leite euch dabei.
Ahmet, so viel die Jahrszeit zuläßet, Gotte nach,

 der die Ersten unserer Gattung in einem Garten zu erziehen für gut befand. Versetzet sie unter Blumen und Bäume, und lasset sie daselbst Liebe für die ganze Schöpfung einsaugen. Ihr Körper empfange im Freien Stärke und Dauerhaftigkeit; ihr Blut den gesundesten Umlauf; ihr Geist unzerstörbare Anlagen zur Heiterkeit in allen Lagen des Lebens; und ihr Herz natürliche Güte. Ihr werdet ihnen den Widerwillen gegen Geräusch und Eitelkeit alsdann nicht erst beibringen dürfen. An Einfalt und Stille gewöhnt, welche sie durchgehends im Schooße der Natur antreffen, werden sie nur an diesen Geschmack finden, und hierinnen die stärkste Stütze für ihre Tugend antreffen. Nie werden sie das selige Landleben mit dem Leben der Städter vertauschen; nie auf den Einfall kommen, die Freiheit und Unabhängigkeit auf ihren Güthern der Sklaverei an den Höfen aufzuopfern. Ihre Eltern lieben sich. Das sehen sie. So werden sie dadurch unwissend schon lernen, sich gleichfalls zu lieben. Stärket sie in dieser Liebe gegen einander, und lehret sie, sich als Geschwister zu betrachten; damit die Glückseligkeit eurer Familien und der Flor eurer Güther dadurch auf lange Zeiten gesichert werde. Sorgfältig verwahret sie vor allen Vorurtheilen, deren erste Mittheilerinnen und Fortpflanzerinnen gemeiniglich die Mütter sind. Bei Güte des

Herzens lehret sie allewege auf den Vater der
Menschen hoffen, und an seine Fürsehung glauben, damit Furcht eine Leidenschaft bleibe, die
nie in ihrem Herzen Wurzel schlage. Gewöhnet
sie zu einem geschäftigen Leben; damit sie sich
durch den Besitz einträglicher Güther nie zum
Müßiggange berechtigt glauben, oder die Leere,
welche sie sonst, wenn sie erwachsen sind, im
Landleben finden möchten, durch Thorheiten ausfüllen. Ihr habet gute häusliche und wirth-
schaftliche Kenntnisse; eure Männer besitzen auch
andere nützliche und edle Wissenschaften. Arbeitet ihr mit diesen gemeinschaftlich an der Erziehung
eurer Kinder; so werdet ihr sie zu herrlichen
Menschen bilden können. Ach! wartet und pfle-
get diese schönsten Pflanzen eurer Gärten! Werdet belohnet dafür durch die reizenden Anblicke
ihres Wachsthums und ihres Vollkommenwer-
dens, und geniesset im Alter, wenn ihr sie Früchte
tragen sehet, die stärkende Zufriedenheit mit euch
selbst deshalb, wie sie der baldsterbende Hallo noch
heute geniesset!"

Die beiden treflichen iungen Weiber schmolzen in die zärtlichsten Gefühle bei diesen so herzlich
gutgemeinten und tief aus dem menschlichen Leben
geschöpften Ermahnungen ihres Vaters hin. Sie
drückten ihm die Hände, benetzten sie mit ihren
Thränen, versprachen seiner Lehren nie zu verges-

fen, und wollten die Hofnung in ihm rege
machen, daß er wohl selbst noch Zeuge davon
werden könnte, wie sie dieselben treulich ausüb=
ten. „Nein, nein, erwiederte der Greis mit
stillem Ernst, das werde ich nicht. Ich habe
noch einen Schritt zum Grabe, und wer weis, ob
ich ihn nicht morgen thue. Ich sage euch, daß
ich in der seligsten Bereitschaft dazu stehe. Ich
werde, eure Kinder nicht sehen. Für mich ist es
schon mehr, als ich fodern konnte, daß ich noch
von ihrer Erscheinung hörte. Ihr aber werdet
eure Enkel sehen können; denn ihr sehet Kinder
früher als ich sie sah. Laßt uns nun von andern
Dingen sprechen, und seid nicht beklommenen
Herzens, wenn ihr von meinem Tode höret.
Ich bin alt genung geworden. Es wäre uns
billig, wenn ich nun nicht gern abginge, und ihr
klagen wolltet, daß ich noch nicht hätte abge=
hen sollen.

Der Greis selbst reichte nun allerlei Mate=
rien zu den heitersten Gesprächen dar, und unter
selbigen ward der ganze Ueberrest des Tages auf
das angenehmste hingebracht. Abends wand er
sich so heiter aus den Armen seiner Kinder, als
wenn er noch so viele Jahre mit ihnen zu verle=
ben hätte.

Fürst Gustaf sah, wie nahe der Tag bevor
stehe, an welchem ihm sein alter Freund entrissen
werden würde, und unterließ nicht, jeden noch
übrigen Morgen desselben zu benutzen, der für die
Natur und für Hallo's Geist Heiterkeit hatte. Er
überreichte dem Greise einen Plan, den ein gewis=
ser Rath über Handel und Verkehr im Lande ent=
worfen, und der mancherlei Sperrungen dessel=
ben und erhöhete Auflagen auf die Einfuhr ver=
schiedner ausländischer Produkte enthielt. Hallo
sollte sein Gutachten darüber ertheilen. Er las,
und sprach:

„Wenn ich ein Fürst wäre; so würde der
Lohn, welchen ich jedem solcher Plan= und Plus=
macher reichte, meine Ungnade sein. Ich würde
nicht einmal die einzelnen Theile seines Entwurfs
untersuchen; sondern, sobald ich sähe, daß der
Inhalt desselben Sperrung und Druck meiner
Unterthanen sei, wäre solcher durch sich selbst ver=
worfen. Handel und Verkehr, Fürst und Herr,
müssen frei sein. Gesperrter Handel ist förm=
licher Widerspruch. Fürsten müssen den Unter=
thanen die Nahrung nicht erschweren, sondern
erleichtern. Uebermäßige Auflagen reizen nur den
Geist der List und des Betrugs im Volke. In
derselben Maße, in welcher die Strenge der
Aufsicht darüber zunimmt, sinnt der Unterthan
auch mehr auf Mittel dieselbe zu hintergehen.

Und wenn er dadurch Unrecht thut; so hat er
für sich, daß sein Fürst durch die übermäßige
Erhöhung der Auflagen das erste Unrecht
gethan habe. Wenn der Unterthan das aus=
ländische Produkt eben so gut und so wohlfeil im
Lande haben könnte; so würde er kein Thor sein,
es Fremden abzukaufen. Verlangt man aber gar
von ihm, daß er von nun an dasselbe ganz ent=
behren können und ohne selbiges leben lernen solle;
so weis ich wenigstens nicht, wo die Quelle der
Gerechtigkeit und Billigkeit dieser Foderung liegen
solle. Was kann in aller Welt einen Fürsten
berechtigen, zum Unterthan zu sprechen: Du sollst
fernerhin dis oder jenes nicht mehr essen, trin=
ken, tragen, genießen? Seine Uebergewalt et=
wa? Trauriges Recht, Recht wider die Mensch=
lichkeit, das ihm diese gibt! Schändet ihn dis
Recht nicht; so kann er dem Unterthan noch zehn=
tausend Genüsse mehr verbieten, ihm am Ende
wenig mehr Freiheit, als die — zu sterben,
übrig lassen, ohne auch dadurch geschändet zu wer=
den. Wehe dem Lande, wo der Regent seine
Gerechtsame aus dieser trüben Quelle schöpft! Ist
der Unterthan vollends bei diesem oder jenem Le=
bensgenus erzogen und alt geworden, und soll er
nun anfangen, demselben zu entsagen: welch eine
Zumuthung für ihn! Ist er es nicht, der ihn sich
erwerben, erkaufen mus? Versagt ihm selbigen
nun

nun die Natur nicht; setzt ihn sein Fleis in den
Stand, sich ihn ferner zu verschaffen: wie kann
sein Fürst ihm solches wehren? Sollte dieser in
dem Augenblick, wenn er es thun will, nicht
sich selbst zurufen: Du hast so viel tausendmahltausend Lebensgenüsse mehr, als dein armer Uns
terthan; — versage, verwehre, verbittere ihm
auch den geringsten der Wenigen nicht, die er
so schon nur hat? — Und wenn ein Fürst durch
grosse Erhöhung der Auflagen auf auswärtige Pros
dukte es wirklich dahin bringt, daß den Fremden
die Lust vergeht, dergleichen fernerhin einzufüh-
ren: wo lassen wir denn unsere eigenen Produkte,
welche diese sonst von uns wieder mit zurücknah-
men? Sie nahmen solche, um nicht leer wieder
zurück zu fahren. Sie werden aber warlich nicht
leer zu uns kommen, und sich nur mit unsern
Produkten belasten. So werden sich unsere
eigene Waaren im Lande aufhäufen, und es wird
den Arbeitern an Märkten fehlen, wo sie solche
absetzen. Wollen sie diese Märkte selbst in benachbarten Provinzen suchen; so werden diese ihnen
den Absatz eben so erschweren, wie wir ihnen den
Absatz ihrer Waaren in unserm Lande. Am Ende
leidet also der arbeitsamste Theil der Nation am
meisten dabei. Er mus auswandern oder im Vaterlande verhungern. Daß doch unsere Fürsten
einmahl sich davon überzeugen lassen wollten, daß

nichts mehr dem Flore ihrer Staaten und dem
Reichthum ihrer Kammern schade, als Sperrungen im Handel und Gewerbe! Da, wo ieder
handeln kann, womit er will, wieder hin und
her handeln kann, wie er will, gehet einerlei
Geld im kurzen durch tausend Hände, lässet aus
ieder Hand, durch die es geht, etwas von seinem innern Gehalt an den Fürsten abfallen, vermehrt sich dessen ungeachtet zusehends, und wirft
um so mehr an den Fürsten von sich ab, ie mehr
es sich vermehrt. Es ist eine ganz falsche Kame-
ralistik, sich durch einige Procente mehr, die man
auf der Stelle zuweilen hebt, blenden lassen,
und dagegen ganz grosse Summen, die durch
freien Handel nach und nach einkommen würden,
aus den Händen zu werfen. Es kommt mir
gerade so vor, als wenn man die Pachtungen der
Domainen dermassen übersteigert, daß niemand
mehr dabei aushalten kann. Man lässet den
rechtschaffenen Pächter, der seit langen Jahren
seine Pächte richtig abtrug, fahren, und nimmt
einen andern auf, der weit mehr verspricht. Im
ersten und zweiten Jahre trägt er ab; im dritten
Jahre bleibt er den ganzen Pacht schuldig. Um
einige Hunderte auf der Stelle zu gewinnen,
verlohr man Tausende nach und nach. Die
Domaine ist in Verfall gerathen, und man mus
sie nun lange um einen noch geringern Preis ver-

pachten, als ehemahls. Sie legen z. E. gnädigster Herr, einen starken Impost auf dis oder ienes
ausländische Produkt. Wenn die Fremden nun
deſſen ungeachtet daſſelbe ferner so reichlich zuführ-
ten und die Einwohner es ferner so begierig kauf-
ten; so gewönne Ihre Accise allerdings sehr dabei.
Aber der Kauf deſſelben nimmt ab, und mit ihm
die Zufuhr. Mit der Zufuhr des fremden Pro-
dukts der Abſatz irgend eines innländiſchen. Mit
dem Abſatz des letzten auch die Verarbeitung deſſelben. Statt, daß sonst Tauſende damit beſchäf-
tigt waren, die einander in die Hand arbeiteten,
das dafür einkommende Geld unter sich cirkuliren
ließen und ieder davon für seine Konſumtion an
die Accise zahlte, beſchäftigen sich alsdann nur
Hunderte damit. Hunderte bezahlen für Konſumtion deſſelben nur an die Accise. Fürsten werden
ia nicht dadurch reich, daß in ihrem Lande viel Geld
blos da iſt, sondern dadurch, daß es cirkulirt. Nehmen Sie an, daß zehen Ihrer Unterthanen zuſammen in einer Woche hunderttauſend Thaler verdienen, und nehmen Sie an, daß hunderttauſend
derſelben ieder wöchentlich einen Thaler verdienen.
Bei welchem Falle gewinnet Ihre Kammer und
Ihre Accise mehr? Im letztern bekommen Sie
durch die Konſumtion von iedem Thaler Ihren
Theil; im erſten vom hundertſten vielleicht nicht.
— Wenn vollends Fürsten, die Nachbarn

sind, sich mit Sperrung des Handels befassen, so
ist der Ruin ihrer Unterthanen, und mit selbigen
ihr eigner, um so viel schneller bewirkt. Be-
nachbarte Völker können einander schlechterdings
nicht entbehren; denn die Natur weis von dem
Worte Vaterland nichts, und hat auch die Grän-
zen der Fürstenthümer und der Königreiche nicht
gezogen. Sie weis nur von einem Vaterlande;
und dis ist der ganze Erdboden, auf welchem alle
Menschen unter sich Mitbürger sind. Sie hat
also ihre Gaben, Segnungen und Produkte nicht
nach einem so genauen und pünktlichen Maßstabe
ausgetheilt, daß iedes Fürstenthum gerade das hat,
was es braucht, und noch weniger, daß es von selbigem nicht mehr und nicht weniger hat, als es braucht.
Vielmehr hat sie weislich es so veranstaltet, daß
ein Land an dem einen Produkte Ueberflus und
am andern Mangel hat. So sollen die Länder
gegen einander tauschen, und so soll nicht nur
unter den sämtlichen Familien eines Landes, sondern unter allen Ländern des Erdbodens Verbindung sein. Dis ist die Seite, von welcher
man vorzüglich die Sache vorstellen sollte, wenn
von Sperrungen die Rede ist; und ich habe mich
oft darüber gewundert, daß unsere Moralisten
und Philosophen selbige Fürsten nicht eindringen-
der zu öfnen pflegen. Es ist nur eine Familie,
nur eine Haushaltung auf dem Erdboden. Alle

Menschen sind Verwandte, Verbundene, Brü=
der durch die Natur. Gott hat den Reichthum
seiner irrdischen Gaben unter sie alle ausgetheilt,
und sie sollen durch gemeinschaftliches Zureichen
derselben, durch Geben und Nehmen einander
glücklich machen. Kein Volk soll sich von andern
trennen. Die möglichste Verbindung soll unter
ihnen herrschen, und den grossen Zweck des Schö=
pfers, allgemeine Glückseligkeit auf dem Erdboden,
befördern helfen. Sobald Fürsten, Könige und
Obrigkeiten entstanden, musten sich diese auch als
dieienigen betrachten, denen es besonders Pflicht
ist, diese Einrichtung der Natur aufrecht zu erhal=
ten, diesen grossen Endzweck des Schöpfers errei=
chen zu helfen. Kann ein Fürst es mit seiner
Bestimmung, mit seinem Beruf wohl vereinigen,
Anstalten der Natur zu zerstören, Endzwecke
Gottes, die die weisesten und wohlthätigsten sind,
zu vereiteln? Ich sage es noch einmahl, es ist
nur ein Ganzes; die Natur weis von keinem
besondern Ganzen im Ganzen; sie weis nur
von Theilen, und diese sollen ein Ganzes aus=
machen. Was thun nun aber Fürsten, wenn
sie Handel und Gewerbe unter den Völkern sper=
ren? Sie trennen Glied des Körpers vom Gliede,
trennen Theil des Ganzen vom Theile. Sie
heben die Bande der Natur, welche Gott geknüpft
hat, auf, machen Brüder gegen einander fremd,

R 3

und flößen den Nationen Haß, Eifersucht, Unbehülflichkeit und Grausamkeit gegen einander ein. Aber ich beklage sie; sie sind es nicht selbst, die auf so unnatürliche Grundsätze gerathen; die, welche sie umgeben, flößen ihnen selbige ein. Die Plusmacher, die Projektirer, die Ungeheuer, welche sich so gern mit dem Blute ihrer Mitbürger mästen, und unter dem Scheine des Gewinnes für die Großen, denen sie ihre Plane überreichen, ihren eignen nur suchen, — diese sind die Pest der Länder. Mit Ruthen gepeitscht, gebrandmarkt, verwiesen nicht aus einzelnen Provinzen, sondern aus ganzen Welttheilen sollten sie werden. Fürst und Vater, Sie denken zu edel. Gönnen Sie Ihren armen Unterthanen Brod und Freude. Gott setzte Sie an die Spitze derselben, um sie zu segnen und zu beglücken. Sie repräsentiren ihn; repräsentiren Sie ihn ganz. Es ist ein trauriges Loos, Regent eines Volks zu sein, das sich auf allen Seiten gedrängt, eingesperrt, vom Gewerbe abgeschlossen, und als einen Haufen von Sklaven erblickt. Selig aber ist der Fürst, in dessen Lande freier Handel Leben und Jubel unter alle seine Unterthanen bringt; wo sich alles regt und bestrebt, alles arbeitet und ringt, und im Schweiße seines Angesichts, der ihm reichliches Brod bringt, für den Einzigen betet, auf dessen

Herzensgüte dieser sein so glücklicher Zustand erbauet ward!

Fürst Gustaf zerris das Papier sammt dem Plane, und fügte edelmüthig hinzu: der erste . . ., welcher die Achtung für mich so weit wieder aus den Augen setzt, und mich so tief wieder schänden will, daß ich mich durch Druck und Pressung meines Volks bereichern möge, kommt nach — — auf — — in — — an — —

Gustaf war sehr ernsthafter Laune wieder nach der Residenz gekommen, als sein erster Kammerdiener durch ein gar lustiges Intermezzo ihn wieder in einen heiteren Ton stimmte. Dieser hatte die Livree ausgezogen, ging auf das staatslichste gekleidet, und überreichte seinem Herrn ein unterthänigstes Memorial, worinn er von nun an um den Hofrathskarakter bat, weil er vor einer Stunde die Nachricht bekommen, daß er eine Quaterne in einem auswärtigen Lotto gewonnen habe. Der Fürst muste lachen und versprach promte Resolution. Nach einer Stunde erhielt der Kammerdiener sein Memorial zurück, und Gustaf hatte mit eigner Hand dabei geschrieben: „Daß es euch nun verdrießt, weiter mein Kammerdiener zu sein, kann ich euch nicht weh-

R 4

ren. Vielleicht seid ihr Narr genung, euch nun selbst einen solchen bald zu halten. Ihr werdet euch aber erinnern, daß ihr, als ihr ins Lotto einlegtet, nur Amben, Ternen, Quaternen, aber nicht — den Hofrath besetztet. Ihr werdet also billig denken, und nicht mehr gewinnen wollen, als ihr besetzt habt. Eine Quaterne kann ieder Lakei gewinnen; zum Hofrath mache ich aber nur den, der etwas rechts gelernt hat. Uebrigens wünsche ich euch viel Glück zur Quaterne, und daß ihr gut damit haushalten möget."

Gustaf.

Der Gewinn der Quaterne des Kammerdieners machte auf die Residenzstädter den gewöhnlichen Eindruck. Die Lottosucht hatte sich zwar seither unter ihnen schon behauptet, aber nun nahm sie plötzlich überhand. Jeder wollte nun auch eine Quaterne gewinnen und glaubte eben so klug dazu zu sein, als der Kammerdiener. Die Kollekteurs hatten von Morgen an bis in die Nacht nichts als Zahlen zu schreiben, und binnen acht Tagen war mehr baar Geld dadurch schon wieder aus dem Lande gegangen, als durch die Quaterne erst noch hereinkommen sollte. Gustaf erhielt hiervon Nachricht und eilte zum Hallo. Nachdem er diesem lächelnd den Vorgang mit dem Kammerdiener erzählt, setzte er hinzu:

Inzwischen hat mich denn doch die Geschichte zu sehr ernsthaften Reflexionen veranlaßt. Das ist nun zwar einmahl etwas Ansehnliches, welches durch den Gewinn des Kammerdieners in mein Land kommt; allein, willst du wohl glauben, lieber Greis, daß seit dem Tage, da dieser Gewinn bekannt ward, blos aus meiner Residenz schon mehr an baarem Gelde ins Lotto wieder fort ist, als derselbe austrägt? Ich habe mir die Einsatzlisten seit acht Tagen von den Kollekteuren reichen lassen und die Sache also befunden. Und das ist blos in einer Stadt! Wie hoch mag sich die Summe belaufen, welche seitdem aus dem ganzen Lande auswärts gegangen ist?

Hallo. Und dis nicht allein, edler Fürst; sondern nun sollten Sie auch die Einsatzlisten von den vorigen Jahren dazu halten. Die Lottosucht ist in der Residenz immer gros gewesen und glich warlich der Pest, die im Finstern schleicht. Ich habe selbst unter Ihren ersten Räthen einige gekannt, die einem einzigen Kollekteur zuweilen zwei - dreihundert Thaler schuldig waren, weil sie ihr Glück forciren wollten. Wäre es möglich, daß man von den Kollekteuren eine grundehrliche Berechnung von allem Einsatz, der, seitdem ienes heillose Lotto aufkam, aus diesem Lande abgeschickt worden, und von allem Gewinn, der seit der Zeit in dieses Land zurückgekommen ist, erhalten könnte; so würde

R 5

fichs ergeben, daß sich dieser gegen jenen etwa wie eins gegen hundert verhielte. Und selbst nun dieser geschehene Gewinn des Kammerdieners, der vielleicht noch das einzige Gute ist, das das auswärtige Lotto für dieses Land abgeworfen hat — wozu nutzt er? Der Mensch hatte als Kammerdiener zu leben, und bedurfte des Gewinns nicht; ja er wird nun wohl gar noch obendrauf durch ihn ein Narr; unter denen aber, die seither verspielt und viel verspielt haben, waren vielleicht Tausende, die dessen, was sie leichtfinniger Weise verspielten, für sich und ihre Familien recht sehr bedurften ...

Gustaf. Darum habe ich fest beschlossen, diesen ungeheuern nutzlosen Exportationen des baaren Geldes aus meinem Lande ein Ende zu machen. Und diese Absicht glaube ich auf allen Seiten nicht besser erreichen zu können, als wenn ich in meinem Lande selbst ein solches Lotto anlegen lasse, und hernach das Einsetzen in auswärtige bei schwerer Strafe verbiete. So bleibt das Geld nicht nur im Lande, sondern meine Unterthanen können auch nicht darüber klagen, daß ich ihnen ihre Freiheit nehme. Wer spielen will, kann dann doch spielen und es wird ihm einerlei sein, ob das Lotto auswärts oder im Lande ist. Mithin gebe ich dadurch doch einer verderblichen Leidenschaft meines Volks, die nun einmahl da ist, und der

ich nachsehen mus, eine edlere Richtung. Auch
soll der reine Gewinn, welchen das Lotto macht,
iederzeit zu gemeinnützigen Anstalten verwendet
werden. Solchergestalt verwandle ich das Böse,
das ich nun einmahl dulden mus, gar in
Gutes.

Hallo, der alle seine Seelenkräfte recht mit
Gewalt zu sammlen scheint. Das wäre alles gar
gut und herrlich, mein Fürst; wenn die Sucht,
ins Zahlenlotto zu setzen, nur nicht von allen Seiten betrachtet für den Staat eine der schädlichsten
und verabscheuungswürdigsten Leidenschaften des
Volks wäre. Bei Leidenschaften von solcher
Beschaffenheit thut ein Fürst schlechterdings noch
nicht genug damit, wenn er ihnen nur eine
edlere Richtung gibt, oder das Böse, das sie
auf allen Seiten stiften, höchstens auf einer
oder der andern Seite in Gutes verwandelt.
Solche Leidenschaften mus ein Fürst in den Ge-
müthern seines Volks mit der Wurzel ausrotten. Fürst und Vater, Sie wollen etwas
in der Sache thun; ich rathe Ihnen, thun Sie
lieber alles. Richten Sie weder in Ihrem eigenen Lande ein Zahlenlotto auf, noch erlauben
Sie Ihren Unterthanen ferner das Einsetzen in
auswärtige Lottos.

Gustaf, gutmeinend. Ei Vater Hallo, so
nähme ich ia meinen Unterthanen die Freiheit!

Und dawider wareſt du ja ſonſt ſelbſt, daß ein
Fürſt ſein Volk beſchränke.

Hallo. O Fürſt und Herr, die Freiheiten
des Volks ſind von groſſer Verſchiedenheit. Dem
Volke eine ganz unſchuldige Freiheit nehmen,
iſt — deſpotiſche Tirannei. Ihm eine Freiheit nehmen, von der nur hie und da ein einzelner Mann Misbrauch machte, iſt — Ungerechtigkeit gegen die Tauſende, die ſie nicht
misbrauchten. Aber dem Volke eine Freiheit
nehmen, die ihm überall verderblich und
durchaus nur Misbrauch iſt, iſt — wahre
Wohlthat und väterliche Fürſorge für daſſelbe.
Von dieſer Beſchaffenheit iſt die Freiheit, im Zahlenlotto zu ſpielen. Ich will Ihnen meine Beweiſe hierüber mittheilen.

Fürſt Guſtaf ſetzte ſich jetzt recht in die Lage
des aufmerkſamſten Zuhörers, und der Greis fuhr
nach einiger Erholung fort.

Ich bin überhaupt gegen alle Lotterien. Sie
vermehren den Schwindelgeiſt einer Nation. Ein
Volk hat alsdann nur einen guten Karakter,
wenn Arbeitſamkeit und gute Haushaltung
von ſelbigem als die einzigen Wege betrachtet werden, auf welchen der geſellſchaftliche
Menſch ſein Glück machen ſoll. Die beſte
Lotterie iſt die, welche jener Weiſe aufrichtete, der
da ſprach: Arbeite und bete! dieſe erhält ſich

bis auf den heutigen Tag fort, hat mit allen an=
dern Lotterien nicht nur gar keine Aehnlichkeit,
sondern behauptet auch den erstaunenden Vorzug
vor ihnen, daß — sie gar keine Niete, sondern lauter Treffer hat. Jeder, der nur in
sie einlegen will, gewinnt. Glücklich ist ein Fürst,
der den Trieb in diese Lotterie zu setzen, zum
Nationalgeist seines Volkes macht! Er, und
nur Er, wird ein wohlhabendes Volk beherr=
schen . . . . Alle andere Mittel, wodurch die
Leute reich und glücklich zu werden gedenken, sind
leere Gaukeleien. Und sobald sie sich diesen erst
ergeben, hören sie auf die einzigvernünftige Art
der Gewinnsucht zu betreiben, werden träge und
verdrossen zur Abwartung ihrer Berufsgeschäfte,
bauen Schlösser in die Luft, warten auf Zeichen
und Wunder, hoffen auf ausserordentliche, nie
verheissene Unterstützungen Gottes, getrösten sich
immer eines grossen Gewinns, der ihnen endlich
doch einmahl in der Lotterie zufallen soll, und
kommen darüber an den Bettelstab. Es geht
ihnen, wie den Goldmachern und Schatzgräbern.
Warlich, Fürst und Herr, es gehört unter die
ersten und weisesten Staatsmaximen, daß man
das Volk immer nur auf dem natürlichen Wege
zum Wohlstande zu erhalten suche, und ihm je=
den Abweg versperre, auf den es zu seinem un=
ersetzlichen Schaden einen Seitensprung thun
könnte. — —

Laſſen Sie uns nun auf die Zahlenlotterien kommen. — Sie haben in Ihrem Lande die Hazardſpiele verboten. Wie würden Sie ge= gen Ihre eigenen Grundſätze handeln, wenn Sie nun ſelbſt ein Zahlenlotto errichten laſſen wollten? Alle mir bekannte Hazardſpiele der Welt ſind nichts gegen dis. Einige Patrioten Deutſchlands haben in mühſamen Berechnungen, dis ſie hier= über angeſtellt, dis auf eine ſo einleuchtende Art bewieſen, daß ich geradezu behaupte, daß ieder, der ſie geleſen und verſtanden hat, und nachher noch ins Zahlenlotto einſetzt, zu der Zeit, wenn er einſetzt, einen Anfall von Manie haben müſſe. — Und nun noch mehr. Die Sucht, in andern Lotterien zu ſpielen, wird immer nur ein Verderben der höhern und mittlern Stände der Geſellſchaft bleiben, weil man da das Geld Tha= lerweiſe in ſie einſetzen mus, und die Renova= tion der Looſe in den vielen Klaſſen abſchreckt. Aber in der Zahlenlotterie kann man für ein Paar Groſchen mitſpielen und findet ſeine Neubegierde, ob man gewonnen oder verlohren habe, nach ei= nigen Wochen gleich geſtillt. Daher ſind dieſe denn nun auch wirklich eine Peſt aller Stände, ſelbſt der niedrigſten, geworden. Es ſpielt nicht nur der wohlhabende Bürger mit, ſondern auch der Bürger, der nicht mehr Brod genung für ſeine Familie hat. Es ſpielen mit der Taglöh=

ner, der Lakei und die Dienſtmagd. Ja ſogar
unter den Bauern auf dem Lande greift die Lot=
toſucht ſchon um ſich. Für was für einen nie=
derträchtigen Vater hält man den Handwerker
oder Taglöhner ſchon, der ſeine zahlreichen Kin=
der nicht einmahl mehr ernähren kann und auf
den Kegelſchub gehet, und da die letzten Groſchen
verſpielt? Iſt der aber nicht noch zehenmahl
ſchlimmer, der ſeinen Kindern das Brod aus
dem Munde nimmt und es im Zahlenlotto gera=
dezu zum Fenſter hinauswirft? Und nun erwä=
gen Sie das Mitſpielen der Dienſtbothen. Iſt
es möglich zu glauben, daß dieſe Leute den Ein=
ſatz ins Lotto von ihrem ſauer verdienten Lohne
nehmen werden? Nein, ſie werden vielmehr iede
Gelegenheit benutzen, bei Einkauf und Verkauf,
bei iedem Auftrage, der mit baarem Gelde ver=
bunden iſt, und bei nicht gehöriger Verſchlieſſung
der Schränke im Hauſe, der Vorrathskammern
und Keller daſelbſt, ihre Herrſchaft zu beſtehlen
und zu betrügen, um den Einſatz zuſammenzu=
bringen. Gewis, ſo iſts, beſter Fürſt. Als
ich noch in der Reſidenz war, klagte man ſchon
darüber, daß es ſo wenig getreue Dienſtbothen
mehr gebe. Ich finde eine groſſe Urſache davon
in der Sucht dieſer Leute ins Zahlenlotto zu
ſetzen; und wenn dieſe noch weiter um ſich greift,
ſo wird endlich niemand mehr im Stande ſein,

einen ehrlichen Lakei oder eine redliche Magd
um sich zu haben. Kommt man vollends auf
den Bauernstand, so wird die Sache die ernst=
hafteste von der Welt. Dieser Stand darf gar
nicht aus dem Gleise der Natur weichen; sonst
ists auch um seine Moralität und um seinen noch
übrigen Wohlstand gethan, den er einzig und allein
noch seiner Entfernung vom Luxus zu danken
hat. Und den Bauer sollte man doch ganz vor=
züglich in dieser Entfernung ewig zu erhalten
suchen. Er hat so wenig genung; hält er vol=
lends nicht weise damit Haus, was soll aus ihm
werden? Er hat die stärksten Abgaben zu entrich=
ten, woher soll er diese hernach bestreiten? Auch
schadet ein luxuriöser Bauer seiner Nachkommen=
schaft mehr, als ein dito Bürger und Taglöh=
ner. Bei ienem haften die Schulden, welche
er macht, auf dem Guthe, und Kinder und
Kindeskinder haben sich hernach damit zu quälen;
statt daß des lüderlichen Bürgers Sohn, wenn
er ein Handwerk gelernt hat, in die Welt geht
und dadurch sein Fortkommen findet, und das
Tagelöhnerkind, dessen Vater weder Haus noch
Hof hinterlies, sich viel darum bekümmern darf,
ob die Schulden desselben bezahlt sind oder nicht.
Gedenken Sie dessen nun hier noch einmahl,
bester Fürst, was ich vorhin sagte, daß das Zah=
lenlotto das ärgste unter allen Hazardspielen sei;

ist

ist es nicht schrecklich, daß es nun gerade auch
dasienige ist, welches die untersten Stände der
Gesellschaft mitspielen? Warlich, hier schäumt
und tobt in mir Alten noch einmal ieder Bluts;
tropfe, der noch fliessend ist!

(Indem er den Fürsten recht ängstlich bei
der Hand nimmt). Und Sie, weiser, guter
Fürst, wollten dis Verderben öffentlich begün-
stigen, und ein solch Lotto in Ihrem eigenen
Lande errichten? Sie wollten zum Tagelöhner
sagen: ich verstatte es dir, daß du deinen armen
Kindern das Brod aus dem Munde nimmst
und zum Kollekteur trägst? Und zum Dienstbo-
then: ich verstatte es dir, daß du deine Herrschaft betrügst? Und zum Bauer: ich verstatte
es dir, daß du ein Verschwender wirst?

(Indem er den Fürsten an sein Herz druckt).
Nein, Fürst, Vater, nein — bei diesem Herzen, das noch einmahl recht gewaltig klopft, be-
zeichnen Sie die glänzendsten Tage Ihrer Regierung nicht mit einer Handlung, über die die
Nachwelt einst Sie zur Rechenschaft fordere, und
ieder edle Patriot ietzt schon den Kopf schüttele!

Gustaf, bider und umkehrend. Ich kann
dich nicht widerlegen, vernünftiger Greis. So
mag denn das Proiekt mit dem zu errichtenden
Lotto im Lande unausgeführt bleiben. Aber
wenn ich nun auch das Einsetzen in auswärtige

verbieten will — sag, was wird aus den armen
Kollekteuren, die nun einmahl davon leben? Ich
kenne selbst in meiner Residenz deren vier, welche
einzig und allein davon sich und starke Familien
ernähren.

Hallo. O bester Fürst, dem **Wohl des
Ganzen müssen oft wohl Theile aufgeopfert
werden, aber nicht umgekehrt.** Es wäre ja
schrecklich, wenn dem sinnlosesten Luxus vieler Tausende blos darum nicht sollte gesteuret werden,
weil zehen oder zwanzig Familien ihr Brod davon haben, das sie auf unschädlichere Weise hätten suchen können. — Doch bedarf es in diesem
Fall auch nicht einmahl der Aufopferung einiger
Theile für das Wohl des Ganzen. Die Kollekteurs sind gute Rechnungsverständige. So stellen
**Sie selbige bei den neuen Manufakturen an,
die Sie für das bessere Armenwesen errichten.**

Gustaf, der aus Hallo's Armen springt. O
herrlich, lieber Vater Hallo, herrlich! die Sache
ist schon in raschem Gange und es schien uns überdis an solchen Leuten dabei fehlen zu wollen.

Hallo. Nun! sehen Sie wohl? Es ist bei
Erreichung guter Endzwecke jedem auch nothwendigen Uebel dabei abzuhelfen, sobald ein Fürst
nur will. — Und nun fällt mir erst noch etwas recht wichtiges über die Sache ein.

Gustaf, neugierigst. Und was?

Hallo, sehr nachdrücklich. Wehn Sie auf
der einen Seite eine Armenverforgungsanftalt
und auf der andern ein Lotto di Genua er-
richteten: käme es nicht so heraus, als wenn
Sie durch dieses dafür sorgen wollten, daß
es iener nie an Elenden gebrechen möchte,
welche in sie aufzunehmen wären?

Guftaf, der dem Greise durch Küffe die Lippen zudrückt. Nun schweig, Vater Hallo; ich
bitte dich, schweig.

———

Zu den wohlthätigen Veranftaltungen, welche Albert und Florentin noch zu Hallo's Lebzeiten auf sein Anrathen für ihre Dörfer trafen,
gehörte noch, daß sie für die Niederlaffung eines
geschickten Arztes und einer vernünftigen Wehmutter in selbigen Sorge trugen. Jener wohnte
zu Berkewitz und diese zu Wallftädt. Beiden ward ein gutes Salar ausgesetzt, wozu die
edelmüthigen Guthsbesitzer aus ihren eignen Mitteln die eine Hälfte, und die Bauern die andere, beitrugen. Der Beitrag der letztern fand
beiweitem nicht die Schwierigkeiten, welche man
erwartet hatte. Das Ansehen, worinnen Albert und Florentin bei ihren Bauern standen,
und das Präiudiz der Wohlthätigkeit aller ihrer
Anftalten, welches sie nun einmahl für sich hat-

ten, bahnte der Ausführung dieses treflichen Pro-
jeckts den Weg; und ihre Prediger, die sowohl
öffentlich zu verschiedenen mahlen zu ihren Gemeinen über den Werth der Gesundheit und über
die Vermehrung derselben redeten, als auch den
Zutritt zu allen Familien ihrer Pfarrkinder weise
zu diesem Behuf zu benutzen wusten, halfen es
ins Werk setzen. Dem Hausvater kostete nun
der Besuch des Arztes ausser dem, was er ihm
jährlich an Früchten, die er selbst gewann, reichte, nichts weiter, als daß er ihm die Arzneimit-
tel um einen mäßigen Preis bezahlte; und, wenn
jener zusammenrechnete, was er sonst den Quack-
salbern, Marktschreiern, Scharfrichtern und sogenannten weisen Frauen iahrausiahrein zugewen-
det hatte: ' so kam er iezt noch wohlfeiler weg,
als sonst. Der Wehmutter ward für ihre Bemühungen weiter keine besondere Zahlung von
ihm geleistet, sondern die Pathen des Kindes
beschenkten selbige, statt daß es sonst Sitte gewesen, das Kind zu beschenken, nach Willkühr.
In den Augen der Bauern war nun das Leben
und die Gesundheit, welche ihren Kindern durch
diese Anstalten mehr gesichert waren, von hö-
herm Werthe, als das so genannte Pathengeld.
Ein Beweis, daß man aus dem Bauer alles
machen kann, **wenn er nur einen gutthätigen
Herrn und einen vernünftigen Prediger hat.**

Dem Arzte sowohl als der Wehmutter war übri=
gens freigelaffen, noch benachbarten Leidenden;
zu denen sie gerufen wurden, ohne Hintenan=
setzung der Leidenden ihrer Dörfer nützlich zu
werden.

Das Schickfal wollte, daß beide Gemeinen
den Nutzen dieser neuen Einrichtungen schnell er=
fahren sollten.   In der Mitte des Herbstes
graffirten in der dasigen Gegend die bösartigsten
Fieber, welche auf dem Lande grosse Verwüstun=
gen anrichteten, und hie und da den dritten Theil
der Einwohner eines Dorfs darniederrissen. Flie=
genartig fielen die Menschen hin, und mehren=
theils war die Möglichkeit ihrer Genesung auf
einen einzigen Tag eingeschränkt, auf den, wenn
die Hülfe an ihm versäumt ward, der Tod un=
ausbleiblich zu erfolgen pflegte.   Viele starben
dahin, ehe ihre Familien noch einen Arzt her=
beigerufen hatten. - Bei noch mehrern kamen
die Aerzte zu spät.   Zu Wallstädt und Berke=
witz aber starben nur wenige.   Die Bauern
daselbst, da sie wusten, daß ihr Arzt ihnen Bei=
stand ohne weitere Kosten leisten müsse, eilten
zu rechter Zeit zu ihm, und ihre Kranke wurden
durch sehr einfache Mittel glücklich gerettet. Der
Vorfall machte kein geringes Aufsehen.   Dem
edlen Fürsten Gustaf wurden die Todtenlisten
von drei Tagen aus seinem ganzen Lande einge=

reicht. Auch das kleinſte Dorf hatte in ſelbigem
ſeine Leichen gehabt. Nur Berkewitz und Wall:
ſtädt nicht. Man erklärte ihm dis nur höch:
ſtens für etwas ſonderbares; ohne ihm die eigent:
liche Urſache davon anzuzeigen. Guſtaf kam
zum Hallo. Hallo entdeckte ihm das ſehr Natür:
liche dieſer Sonderbarkeit und ſetzte hinzu:

„Der arme Landmann iſt auch auf dieſer
Seite ſeiner Lage nach ſehr übel dran. Es iſt
ein Glück, daß ihn ſeine Mäſſigkeit und Arbeit:
ſamkeit vor ienem Heere von Krankheiten ſichern,
von denen man in den Städten höret; ſonſt
läge vielleicht der gröſte Theil unſerer Aecker ſchon
wüſte. Aber wenn denn Seuchen dieſer Art,
wie die gegenwärtige iſt, allgemein wüten: ſo
ſieht er ſich, die Unterſtützungen ausgenommen,
welche ihm die Natur noch reicht, faſt ganz
verlaſſen. Wer den Bauer kennet, der wird
wiſſen, wie viel dazu gehöre, ehe er ſich einige
Meilen weit auf den Weg macht, um mit ei:
nem Arzte über den Zuſtand eines kranken Haus:
genoſſen zu reden. Es kommen hierzu vielerlei
mitwirkende Urſachen zuſammen. Der Bauer
wird hart, achtet auch kleine körperliche Leiden
nicht, und ſucht nicht eher Erleichterung derſel:
ben, bis ſie ihm unerträglich werden. In die:
ſem Falle nimmt er denn ſeine Zuflucht zu Haus:
mitteln, welche er ohne alle Wahl, ſo wie ſie

ihm von seinesgleichen angerathen werden, an=
wendet und verschluckt. Mehrentheils sind diese
von einer solchen Beschaffenheit, daß sie ihm
weder schaden noch nutzen. Zuweilen helfen sie
ihm : denn bei Leuten, welche von Jugendauf
selten oder gar nicht Arzneien nahmen, thun oft
geringe Mittel eine ausserordentliche Wirkung.
Oefter schaden sie ihm, weil er das Maas nicht
trift, in dem er sie nehmen sollte, oder weil ihm
solche angerathen werden, die gerade wider sei=
nen Zustand sind. Wider Aerzte und Wundärzte
wird ihm von Kindheit an eine heftige Abnei=
gung beigebracht. Unter ihren Händen sich be=
finden, ist bei ihnen eine sprüchwörtliche Redens=
art, wenn sie den Zustand eines Menschen be=
schreiben wollen, den sie für verlohren geben.
Einen Prediger rufen lassen, und einen Arzt
holen, sind in ihren Augen Vorzeichen des To=
des. Auch hören sie wohl von andern, wie
theuer die Hülfe der Aerzte sei, und werden
dadurch noch mehr in ihrer Abneigung gestärkt.
Bei den mehresten unter ihnen, ia durchgängig
unter dem Landvolke ist auch noch der tolle Wahn,
daß der Gebrauch der Arzeneimittel dem Kran=
ken unnütz sei. Sie pflegen dis mit den Wor=
ten auszudrücken: Was sterben soll, stirbt doch,
und was leben soll, kommt nicht um. Ent=
schließen sie sich ia dazu, Hülfe bei andern zu

S 4

suchen: so suchen sie solche lieber bei Leuten, wel=
che ihnen viel vorgaukeln, oder die sich die Mine
geben, als kurirten sie durch übernatürliche Mit=
tel.   Der Bauer, der überall mit dem Anbau
des gesunden Menschenverstandes zurück ist, will
auch lieber durch halbe Wunder kurirt sein. Ver=
schreibungen der Krankheit, simpathetische Kuren
stehen bei ihm in großem Werthe.   Er steht
beim Marktdoktor in halber Entzückung, kauft
aus Liebe zum Harlekin, welcher hinter selbigem
steht, ein Packet Pulver oder eine Schachtel Pil=
len, und braucht diese hernach, es stoße ihm zu,
was da wolle, damit er seine Paar Groschen
nicht umsonst ausgegeben habe.   Zum Scharf=
richter geht er lieber, als zum Arzt.   Und geht
er endlich ia zu diesem; so liefert er, weil er
den Patienten nicht mit zur Stadt hucken kann,
die unverständlichste, unvollkommenste Relation
von den Umständen desselben.   Der Arzt, wel=
cher den Kranken nicht sieht, und die einzelnen
Buchstaben aus dem verworrenen Alphabet des
Referenten mit Mühe so zusammensetzt, daß am
Ende ein Wort daraus werde, gibt ihm einige
Arzeneimittel, nach deren Gebrauch derselbe wie=
derkommen und neuen Bericht davon abstatten
soll.   Die Medikamente thun die verlangte Wir=
kung nicht; denn der Bauer will mit einem mahle
wieder gesund sein.   Der Referent bleibt aus

Verdruß auſſen; der Kranke ſtirbt aus Mangel menſchlicher Hülfe. — So, beſter Fürſt, ſterben beſonders zu Zeiten anſteckender Krankheiten eine groſſe Menge Menſchen auf dem Lande hin, denen wenigſtens zur Hälfte hätte geholfen werden können, wenn ein kluger Arzt zu rechter Zeit herbeigerufen worden wäre. Es iſt unbeſchreiblich, wie viele aus den niedrigern Ständen blos aus Vernachläßigung früher ihr Grab finden, und der Staat hat keine ärgere Todtſchläger, als — die Pfuſcher in der Heilkunde. Ein Unglücklicher, der im Augenblick des Zorns, den er bei beſänftigtem Muthe hernach tauſendmahl verflucht, mordet, wird wohl geköpft und gerädert; aber auf öffentlicher Gaſſe gehen frank und frei dieſe privilegirten Würger einher, und man ſieht ihren oft wiederholten Mördereien gelaſſen zu, und krümmt ihnen kein Haar. Kaufleute, die ausgehandelt haben, Pächter, die von den Güthern geiagt ſind, Köche, die nicht mehr kochen können, Schuſter, bei denen niemand mehr arbeiten läſſet, alte Weiber, die nicht mehr ſpinnen wollen, ernähren ſich damit, daß ſie entweder Schule halten oder den Doktor ſpielen. — Fürſt und Vater, das Leben Ihrer Kinder ſei Ihnen heilig! Es iſt in den Händen der Fürſten, auch von dieſer Seite die wahren Väter ihres Volks zu ſein. Verſtatten Sie von nun an den herumreiſenden Markt

schreien nicht mehr, daß sie die Märkte in den
Städten besuchen und die Grenzen Ihres Landes
betreten dürfen. Befehlen Sie bei ewiger Ge-
fängnißstrafe, daß sich Niemand, er sei, wer er
wolle, mehr mit Kuren der Menschen beschäftigen
dürfe, welcher nicht ausdrücklich die Erlaubniß
von Ihnen dazu erhalten hat. Karrenstrafe stehe
darauf, wenn sich iemand untersteht, auch unentgeldlich simpathetische und andere abergläubische
Kurarten in Ihrem Lande auszuüben! Weisen
Sie ieden in sein Fach zurück, und verstatten
Sie nicht, daß sich iemand mit etwas befasse, das
er nicht versteht. Jeden fremden Scharfrichter,
iedes fremde alte Weib, die sich unterstehen, auf
Verlangen über die Grenzen zu kommen, und im
Lande zu kuriren, lassen Sie, wenn sie darauf
ergriffen werden, mit Ruthen peitschen und durch
den Büttel zum Lande wieder hinaustreiben; und
den, welcher sie gerufen hat, ziehen Sie zu will-
führlicher Strafe. Lassen Sie die iungen Aerzte,
welche sich in Ihren Staaten niederlassen wollen,
auf das schärfste prüfen. Weisen Sie selbige auf
die Universitäten zurück, wenn sie nicht gehörig
bestehen, und verstatten Sie ihnen, wenn sie
zehnmahl wiederkommen und nicht mehr gelernt
haben, die Praxis nicht. Jeder Arzt, der gewiß-
senlos handelt, der den Kranken seinem Eigen-
sinne aufopfert, der überwiesen wird, daß er aus

Gewinnsucht, die Krankheit verlängert, und der an einem Armen eine verzweifelte Probe macht, werde zu strenger Rechenschaft gefodert, und nach Befinden durch Untersagung weiterer Praxis bestraft. Lassen Sie öftere und unvermuthete Revision aller Apotheken Ihres Landes anstellen, und setzen Sie dem übertriebenen Wucher und der Verfälschung mancher Apotheker Schranken. Sorgen Sie in ieder Stadt für eine hinlängliche Anzahl geschickter Aerzte nach Proportion der Einwohner, und erzeigen Sie Ihren Bauern auch die grosse Wohlthat, daß Sie besondere Land: ärzte ansetzen. Je, nachdem die Dörfer nahe bei einander oder zerstreut liegen, können sechs bis zehen Dörfer einen Arzt haben, der in dem mit: telsten derselben beständig wohnet. Es werde ihnen etwas gewisses ausgesetzt, wozu Sie ein Drittheil, die Landedelleute eins, und die Bauern eins steuern. Wo es an Landedelleuten fehlt, da können die Kirchen zuschiessen; denn ich finde dar: innen keinen Widerspruch, daß die Gemeinen aus selbigen ihren Leibsorger ebenso, als ihren Seel: sorger sollen bezahlen können. Kein Bauer sei verbunden, ausser seinem iährlichen Kontingent an den Arzt, demselben für bei ihm verrichtete Ku: ren etwas zu zahlen. Alles, was er überdis zu thun schuldig ist, bestehe darinn, daß er ihn, falls derselbe nicht in seinem Dorfe wohnt, holen lasse

und ihm die Arzenei vergüte. Der Bauer wird
solchergestalt sein Geld jährlich nicht umsonst zah=
len wollen, und sich daran gewöhnen, in wichtigen
Gesundheitsvorfällen seiner Familie sich der Hülfe
zu bedienen. Jeder Prediger müsse, sobald er zu ei=
nem Kranken gerufen wird, es zu seiner ersten Frage
machen, ob auch der Arzt schon gerufen sei. Er
ist dis um so mehr zu thun schuldig, weil das
Landvolk noch den abergläubischen Misbrauch vom
Nachtmahle macht, daß es statt einer Panacee
gegen alle Krankheiten sich selbiges reichen lässet.
Hatte man ihn eher, als den Arzt, gerufen; so
soll er darauf bestehen, daß dieser sogleich herbei=
geholt werde. Tags darauf soll er den Kranken
wieder besuchen, abermahls nach dem Arzte fra=
gen, und wenn dieser noch nicht gerufen worden,
oder noch nicht da gewesen, es sogleich der Obrig=
keit anzeigen ; denn der Kranke kann nicht aus
dem Bette steigen und den Arzt selbst holen. Er
leidet oftmals unter der Hartherzigkeit und Unbe=
hülflichkeit seiner Hausgenossen, oder wohl gar
unter ihrem Verlangen nach seinem Tode. Der
Prediger und der Schulmeister müssen dabei mit=
wirken. Beide müssen, den Kindern sowohl als
den Erwachsenen, die heilige Pflicht oft einschär=
fen und erklären, welche ieder Mensch auf sich
hat, in Krankheiten für seine eigene Genesung und
für die Genesung der Seinigen zu sorgen. Sie müs=

sen ihnen das mörderische Vorurtheil benehmen, daß, was leben soll, leben bleibe, und was ster= ben soll, sterbe, und ihnen sagen, daß Gott herr= liche, heilende und stärkende Kräfte in die Natur gelegt, daß wider iedes Uebel auch Mittel da sind, und daß man alsdann nur ruhig sterben und ruhig begraben könne, wenn man diese gehörig angewendet habe. Sie müssen sie bei ieder Gele= genheit von dem Aberglauben an Wunderkuren und übernatürliche Heilarten abziehen, und ihnen die Reinlichkeit, die Lüftung ihrer Wohnungen, welche auf dem Lande so sehr vernachläßigt wird, und die große Pflicht der Krankenpflege empfeh= len. Ja, dem Kranken, der den Arzt nicht brauchen will, mus der Prediger befugt sein, die öffentliche Fürbitte für ihn von der Kanzel zu ver= sagen. — So an Hülfesuchen an Krankheiten immer mehr sich gewöhnend, und dabei an den rechten Mann sich wendend, wird auch der Land= mann die Wohlthaten, welche Gott und die Na= tur der Menschheit ohne Unterschied in ihren kör= perlichen Leiden verliehen haben, genießen, und die weise und menschenfreundliche Fürsorge seines Fürsten segnen, der ihm zu selbiger behülflich ward. Sein Leben wird wieder mehr Werth bekommen, als das Leben eines Thieres, welches man, weil es sich lahm und kraftlos gearbeitet, aus Unbarmherzigkeit umkommen lässet. Es

wird nicht nur vor Ermordungen auf der Land=
straſſe, und vor gewaltthätigen Einbrüchen in ſein
Haus ſicher ſein; ſondern er wird auch den weit
häufigern Todtſchlägen im Verborgenen, und den
Betrügereien und Geldſchnedereien entgehen,
welche ietzt noch die Unwiſſenheit, Gewinnſucht
und Bosheit der Afterärzte und Quackſalber an ihm
ausüben. Guter Vater, Ihre Kinder auf dem
Lande ſind die zahlreichſten und arbeitſamſten. So
müſſen ſolche von Ihnen nicht mehr verlaſſen ſein!
Auch ſei ihr Leben nicht mehr in den Händen der
Pfuſcher, welche damit ſchalten mögen, wie ſie
wollen! Ich flehe in dieſem Augenblick nichts für
einzelne Menſchen, ſondern für viele Tau=
ſende . . .

Ich eile, verſetzte der Fürſt, ſogleich nach
Hauſe, um meine Leibärzte und alle Aerzte in
der Reſidenz zuſammen kommen zu laſſen, und
mit ihnen über die zweckmäßigſten Mittel zu deli=
beriren, durch welche ich deine herrlichen und
menſchenfreundlichen Vorſchläge ins Werk ſetzen
möge. Meine armen Unterthanen auf dem
Lande, meine fleißigſten und genügſamſten Kinder
ſollen nicht mehr ohne Hülfe ſein. Ihr Leben
und ihre Geſundheit ſollen nicht mehr iedem Pfu=
ſcher Preis gegeben werden, der nur Dummdrei=
ſtigkeit genung hat, ſich die Miene des wiſſenſchaft=
lichen Mannes zu geben.

„Noch wenig Worte, rief Hallo dem eilfer=
tigen Fürsten nach, und hielt ihn ehrerbietig damit
zurück. Und geschickte Wehmütter auf dem Lande
hin und her !!! — Warlich, ich kenne wenig
nützlichere Personen für den Staat, als diese.
So oft ich eine Wehmutter erblicke, welche eine
lange Reihe von Jahren hindurch ihr Amt mit
Geschicklichkeit und Gewissenhaftigkeit verwaltet
hat: so betrachte ich sie als einen Menschen, dem
wenigstens funfzig andere ihr Leben zu danken
haben, die ohne ihn nur würden gebohren worden
sein, um begraben zu werden. Es ist schier unter
der Menschheit, wie wenig bis ietzt auf dieser
Seite für das arme Landvolk gesorgt worden ist.
Erwägen Sie einmahl, bester Fürst, daß noch
mehrentheils das Leben aller Mütter und Kinder
eines und mehrerer Dörfer in den Händen eines
alten unwissenden und unerfahrnen Weibes ist, das
sich in schweren Geburtsfällen weder zu rathen
noch zu helfen weis. Blutet Ihnen das Herz
nicht? Fürwahr, käme den gebährenden Bäuerin=
nen nicht oft die Stärke ihrer Leibeskonstitutionen
zu statten; so würden die unseligen Folgen der
noch immer auf dieser Seite so sehr vernachläßig=
ten Fürsorge für sie unübersehbar sein. Manche
rechtschaffene Mutter stirbt dessen ungeachtet den=
noch in Kindesnöthen, blos darum, weil sie nicht
Hülfe haben kann. Viel neugebohrne Kinder

werden für todtgebohren erklärt, weil niemand
zugegen ist, der sich auf Leben und Tod versteht.
Erbarmen Sie sich Ihrer armen Unterthanen, die
noch gebohren werden sollen.   Sein Sie wohl=
thätig für Ihren Unterthan, als Embrio schon.
Versüssen Sie den seufzenden Müttern, das Anden=
ken an die herannahende Stunde ihrer Niederkunft
dadurch, daß sie wissen, daß sie in selbiger nicht
ohne Beistand sind."

Fürst Gustaf schlug sich vor die Brust.
Bei Gott! die Sache soll anders werden.   Va=
ter Hallo, du sollsts hören, du sollsts sehen. —
— Doch noch eins.   Besinne dich doch darauf,
wie ich es anfange, daß ich auch mein Militair
mehr kultivire.   Noch sind die Tage mild, daß
ich dich unter dieser Laube antreffe.   Morgen will
ich bei guter Zeit wieder hier an deiner Seite sitzen,
und deinen Rath darüber hören.

———————

Der folgende Morgen war der herrlichste im
ganzen Herbst,   und zugleich der Beschlus der
Schönheiten des Jahres.   Vater Hallo hatte die
Nacht unruhig hingebracht,   und war um sich zu
erquicken, früher, als sonst noch, in den offenen
Schoos der Natur herabgeschlichen.   Der Gärt=
ner sah ihn im Freien der aufgehenden Sonne
entgegenbeten; auch bemerkte selbiger, daß der

Greis

Greis öfter, als gewöhnlich, aus der Laube her=
austrete; woraus er den Schlus machte, daß
sich Hallo nach dem Fürsten umsähe.

Fürst Gustaf kam um eine Stunde später,
als gestern. Eine heilige Stille herrschte um die
Laube her. Gustaf erblickte den Greis schon von
ferne, wie er, vorwärts gesenkt, mit gefaltenen
Händen an seinem Grabe lag. Er schlich hinter
einen Baum, um ihn in seinem Gebete nicht zu
stören. Hallo blieb unverrückt in seiner Lage. Dem
Fürsten ward enger ums Herz. Er trat hervor,
und machte einiges Geräusch. Hallo regte sich
nicht. Der Fürst rief erst leise, denn laut, denn
noch lauter: Vater Hallo! Vater Hallo! der
Greis hörte nicht. Nun sprang der Fürst herzu und
versuchte ihn aufzurichten. Hallo war todt. Ver=
muthlich hatte er in der Nacht schon zu verschiede=
nen mahlen mit dem Tode gekämpft, und war
wohlbedächtig so früh in die Laube herabgeschli=
chen, und hatte, als er den letztern herannahenden
Kampf gespürt, sich in die Lage an seinem Grabe
geworfen, in welcher man ihn ietzt erblickte. Fürst
Gustaf, als er ihn im Aufheben schon steif und
kalt fühlte, lies ihn erschrocken wieder niederfal=
len und sank betäubt zugleich neben ihm hin. Der
Gärtner war eben mit seinen Leuten auf der
andern Seite des Berges mit Baumversetzen
beschäftigt. Lange lag der dankbare Fürst mit

auf die Leiche seines treuen Dieners gesenktem
Häupte. Ein Strom von Thränen drang end=
lich aus seinen Augen hervor, und machte der
im Innersten seines Herzens verschlossenen Weh=
muth Luft. Er richtete sich auf, blieb knieend,
und faltete seine Hände bald gen Himmel,
bald umschlang er mit selbigen den verbliche=
nen Greis.

„O du mein treuster Diener und mein bester
Freund — mein Rathgeber und mein Lehrer —
bist du nun dahin? Muste doch dieser Sommer
der letzte sein, wie du immer sprachst? Wollte es
der Fürsehung nicht gefallen, dir wenigstens noch
einen zu schenken?“

„Ach! du würdest ihn gehabt haben, und
vielleicht noch mehrere; aber du hast im Dienste
des Vaterlandes zu viel Kräfte aufgeopfert. Für
mich und mein Volk hast du viel schlaflose Nächte
gehabt, und hast durch zu starke Anstrengungen
deines Geistes gelitten!“

„Zu spät — ia Hallo — zu spät habe ich
dich belohnt. Zehen Jahre eher; so hättest du
doch einen Theil deines Lebens genossen.“

„Doch, du Edler wolltest nicht früher be=
lohnt sein.“

„Aber ich hätte dir den Lohn aufdringen
sollen.“

„Nun denn, verzeih, verzeih mir! zu schwach
war ich so, dir eine Vergeltung zu reichen, welche
deinen Verdienſten völlig genung gethan hätte. In
höhern Welten wird die Gottheit deine ſeltene
Tugend mit Seligkeiten krönen, welche dir Gnüge
leiſten."

„Unerſetzlich viel habe ich durch dich verlohren."

„Unausſprechlich viel habe ich dir zu danken. Wie? hätte ich noch mehr von dir haben
wollen?"

„Wareſt du es nicht, der mich die Weisheit,
mein Volk zu regieren, lehrte? Wareſt du es
nicht, der mein Herz zu Empfindungen der
Menſchlichkeit ſtimmte? Wareſt du es nicht, der
mich in die Herzen aller meiner Diener ſchauen
lies? der die Wahrheit mir iederzeit mit beſchei-
denem Ernſt vorhielt? der mein iugendliches Feuer mäßigte, und mich vor manchem Fehltritt
ſicherte?"

„Durch dich, ia durch dich bin ich der Vater meines Volks geworden. Alle die Liebe und
Achtung, welche ich von ſo vielen Tauſenden
genieſſe, gebührte dir, nicht mir."

„O ſo werde dir denn auch von mir die Ruhe
gegönnet, welche dir dein Schöpfer gönnt!
Schlafe, modere, ſtaube im Frieden Gottes hier
an Eleonorens Seite, du redlicher Gatte und

T 2

Vater, du treuer, unermüdeter Diener meines Hauses, du Menschenfreund, Weiser und Patriot! —"

"Nur aus meinen Augen wirst du entrückt. Auf meinen Lippen soll immerfort dein Nahme, und in meiner Seele dein Bild schweben."

"Ich will dabei sein, wenn du begraben wirst. Dein Fürst soll der Nächste hinter deinem Sarge sein. Seine Thränen sollen die ersten sein, welche in deine Gruft fliessen. Ich will dafür sorgen, daß dich niemand hier störe; daß deinen Grabeshügel weder Mensch noch Thier umstürze. Ich will meinen Sohn hieher führen, und ihm diese Laube ehrwürdig machen. Hier an deiner Ruhestätte will ich ihm die Grundsätze beibringen, die du mich gelehret hast. Jahrhunderte hindurch soll dieser Ort unter dem Nahmen — Hallo's Laube und Grab — bekannt sein . ."

"Du hast der Welt aufs neue gezeigt, daß es treue Diener gebe. Ich will ihr aufs neue zeigen, daß es auch dankbare Fürsten gebe."

"O Hallo, Hallo, iemehr es dieser gibt, destoweniger wird es an ienen fehlen. Aber man lässet Menschen sich wohl zu Tode arbeiten, und vergisset ihrer, so bald sie begraben sind."

"Nein, so bin ich nicht. Bei Gott! ich bin nicht so."

Wie du da liegst! wie so ausgestreckt — wie so warten
auf eingescharret zu werden.

„Wäre ich doch nur eine Stunde früher heute hieher gekommen!"

„Doch, ich hätte wohl nur die Ruhe deines Todes gestört? Gott hat ihn dir gewis recht sanft und leicht gemacht. Dein Wille ist erfüllt worden: du bist auf deinem Grabe gestorben."

„Ich war der Erste, | der dich todt umarmte. Ich will es auch sein, der dich zuerst als Auf=erstandener dereinst wieder an seinen Busen drückt."

„Hallo, Hallo, du hast nicht deinesgleichen! Wie du da liegst! wie so ausgestreckt — wie so wartend, auf eingescharrt zu werden!"

„Du mein Geliebter — mein Vertrautester! Ich soll dich sehen, wie du mit Erde beworfen wirst? — Ich?"

„Ja, ich will es. Ich will die erste Hand Erde auf dich werfen. Ruhe! Ruhe! dein und mein Gott mit dir!"

Der Fürst war bei diesen immer unterbro=chenen Ausrufungen in vollen Affekt gerathen. Er lief nun bald in der Laube hin und her, bald fiel er wieder auf die Leiche hin. Er schrie zuletzt so laut, daß man ihn weit hören konnte. Der Gärt=ner eilte mit seinen Leuten herbei. Sie standen eine Weile vor der Laube, ohne daß er sie erblickte, und unterstanden sich nicht näher zu kommen. Euer Herr ist todt, rief der Fürst endlich, als er

T 3

sie erblickte. Hier ist er gestorben. Da liegt er. Hier hab ich ihn gefunden, wie er da liegt. Euer Herr — mein Freund und mein Lieber. Schicket schnell nach Verkewitz und lasset seine Kinder kommen.“

Der Gärtner war ein stiller, ernsthafter Mann. Er blickte starr auf die Leiche hin und verwischte seine Thränen. „Ja, ja, sprach er, das hat er wohl gewußt. Er hat mir oft gesagt, daß wir ihn einmahl todt finden würden. Ein recht lieber, frommer Mann war er. Ich habe ihn oft beten gehört. Der Schlus seines Gebets war allemahl für seinen Fürsten.“

Gustaf wollte seine zunehmende Wehmuth verbergen, und konnte nicht. Er ergrif den Gärtner bei der Hand und sprach: Nicht wahr, wir haben ihn beide geliebt?

Der Gärtner machte Anstalt, den Leichnam mit seinen Leuten auf die Rasenbank zu legen.

Gustaf. Was wollet ihr thun?

Der Gärtner. Das hat er mir so bestellt. Und, wenn dis geschehen, soll ich seine Kinder rufen. Ach, er muß seinen Tod gefühlt haben; denn es war keine Ruhe heute bei ihm, und er ging wohl zehnmahl hin, zu sehen, ob Sie noch nicht kämen.

Der Fürst wendete sich um, und blickte kämpfend gen Himmel. Er konnte von dem

Todten noch nicht weichen, und empfing eben Zeit, seinem stillen Schmerz noch in voller Maße nachzuhangen. Der Gärtner eilte nach Berkewitz, und seine Leute entfernten sich ehrerbietig. Fürst Gustaf setzte sich auf die Rasenbank neben den Leichnam.

„Wie? so hast du dich in deinen letzten Augenblicken noch mit mir beschäftigt? So hast du dich sterbend noch nach mir gesehnt? O du Getreuer bis in den Tod! Du Ausbund aller Freunde und aller Menschen! Und ich kam nicht? Ich ließ die Sonne erst aufgehen, und eilte nicht schon in der Morgenröthe? So hätte ich deine Wünsche erfüllt; und du hättest mich noch einmahl gesprochen, und hättest dein Herz gegen mich ergossen. Wer weiß, was du mir alles noch zu sagen hattest, und was du so gern mir noch sagen wolltest? Und das ist nun verlohren für mich, und du nimmst es mit ins Grab ...".

In diesem Augenblick erblickte der Fürst einen zusammengerollten Bogen Papier, welchen der Greis in seinen Busen gesteckt hatte. Das Herz schlug ihm. Er zog ihn hervor, und fand ihn beinahe ganz beschrieben. Halb mit Dinte, halb mit Bleistift. Das Erstere hatte der Greis vermuthlich in der Nacht aufgesetzt, und es betraf

T 4

die Materie, über die der Fürst mit ihm zu spre=
chen verabredet hatte. Das Letztere mochte er
kurz vor seinem Tode in der Laube noch geschrie=
ben haben, als er immer ab= und zugegangen
war, um zu sehen, ob sein Fürst noch nicht komme.
Man sah es der Hand an, daß sie immer schwä=
cher geworden war; die letzten Zeilen hatte er
nur noch gekritzelt, und die Buchstaben waren in
selbigen alle noch einmahl so gros.

Mit Dinte war folgendes geschrieben: Den
Soldatenstand noch mehr zu kultiviren müste
man, im Fall daß es daran noch fehlte, bei
den Chefs und Officieren anfangen. Keiner von
diesen Herren müste weiter seine Ehre darinnen
suchen, daß er bei ieder Gelegenheit himmel=
schocktausendsapperment schriee. Keiner von
ihnen müste ferner im übermässigen Trinken und
Spielen allen seinen Unterofficieren und Gemei=
nen mit seinem Beispiele vorgehen, auch nicht
die Fourier= und Feldwebelweiber iemahls unge=
straft zur Untreue verleiten dürfen. Der Offi=
cier müste kein blosser Dorfiunker sein, der in
der Welt Gottes nichts gelernt hat, und nur aus
Nothg ezwungen, weil er seines Vaters Gut nicht
erben kann, sintemahl er nicht sein ältester Sohn
ist, sich beim Militär engagirt. Er müste durchgän=
gig Grundsätze von Recht und Billigkeit, von Ehr=
barkeit und Tugend, von Menschen= und Vater=

landsliebe mit zum Regiment bringen, nützliche
Kenntniſſe beſitzen, und nicht unrühmliche Toll:
kühnheit, ſondern männlichen und kaltblütigen
Muth bezeigen. Kadettenakademien ſind das
ſicherſte Mittel, dergleichen Officiere zu erhalten.
Wenn wir mit den Officieren überall ſo weit
ſind, wird es leicht ſein, die Gemeinen zu beſ:
ſern. Kein Deſerteur von andern Mächten muß
aufgenommen werden. Wenn er hernach aufs
neue ein Schurke wird; ſo hat er dis für ſich,
daß man, als man ihn aufnahm, gewuſt hatte,
daß er bereits ein Schurke ſei. Warum nahm
man einen Schurken auf? Wie konnte man auf
den Einfall kommen, zu glauben, daß er den
zweiten Eid halten werde, da er den erſten ge:
brochen? Billigte man nicht durch ſeine Aufnah:
me ſeine begangene Deſertion? Gab man ihm
nicht dadurch zu erkennen, daß den Soldaten
die Untreue nicht ſchände? Welche Tugend kann
auch in aller Welt von einem Meineidigen er:
wartet werden? — Man muß dem Soldaten
die Kapitulation halten, welche man mit ihm
eingegangen hat. Wenn die Jahre ſeines Dien:
ſtes, zu welchen er ſich verbindlich gemacht, vor:
über ſind; ſo hat er ſeine Pflicht erfüllt und muß
wieder ein freier Menſch ſein. Soll denn nur
der Musketier ein ehrlicher Mann ſein, oder ſoll
es ſein Hauptmann nicht noch weit mehr ſein?

T 5

Es ist vor Gott und Menschen recht, wenn ieder
Soldat, der nach abgelaufener Kapitulation sei=
nen Abschied nicht erhalten kann, ihn sich selbst
gibt und davon läuft. Wenn er auf den Fall,
daß man ihn auf der Flucht ergriffen, hernach
Gassen laufen mus: so beweiset dis weiter nichts,
als — daß er bei einem Barbar sich enga=
girt habe. Man muß dem gemeinen Manne
das Heyrathen erlauben und erleichtern. Durch
eine eigne Frau wird er vom herumschweifen=
den, wilden und unzüchtigen Leben abgewöhnet.
Er ist mehr zu Hause, und enthält sich des
Schwelgens und Spielens. Er wird Vater, und
der Anblick seiner Kinder regt und stärkt wieder
seine menschlichen Empfindungen. Der Geist der
Arbeitsamkeit wird in ihm dadurch mehr ange=
facht. Er wird besserer Wirth, und lernt sein
Vaterland mehr lieben, weil er, wenn er es einst
vertheidigen soll, Weib und Kinder mitverthei=
digt. — Ferner mus man dem Soldaten die
Grille benehmen, daß er mehr als Bürger und
Bauer sei. Er mus keinen beleidigen dürfen.
Wenn von Recht und Gerechtigkeit die Rede
ist, mus ihm darum kein Vorzug zu Theile wer=
den, weil er eine Muskete trägt. Bürger und
Bauern ernähren ihn. Er mus sie werthschätzen
lernen. Sie sind nicht seinetwegen, sondern er
ist ihrentwegen da. — So viel, als möglich,

müssen keine Fremde ins vaterländische Militär aufgenommen werden. Es ist nicht wahr, daß diese, wenn es iemahls zu Felde geht, das Vaterland vertheidigen. Sie haben keine Liebe zum Lande, von dem sie nichts, als den gegenwärtigen Sold, ziehen. — Der Soldatenstand mus nicht mehr derienige sein, zu welchem ie der schlechte Kerl, ieder Betrüger, ieder Taugenichts, ieder Verbrecher, um der Strafe zu entgehen, seine Zuflucht nehmen kann. Welcher Schandthaten, Grausamkeiten und Unmenschlichkeiten müssen hernach, wenn es einmahl in Feindes Land geht, Leute solcher Art nicht fähig sein! Wie müssen sie, wenn lange genung schon an der Kultur ihrer Kammeraden gearbeitet ist, als der Sauerteig zu betrachten sein, der das ganze Bataillon wieder versäuert! — Keinem Soldaten mus es erlaubt sein, irgend ein Landesgesetz kecker zu übertreten, als der übrige Unterthan. Er mus keine Freiheiten haben, die der Bürger und der Bauer nicht hat. — Die besten Prediger müssen die Militärprediger sein. Sie müssen zum Soldaten immer als zum Soldaten reden, und ihm auch die Pflichten des Bürgers im Staate einschärfen. — Für die Soldatenkinder mus ein guter Unterricht geschaft werden; damit sie nicht wild aufwachsen und der Auswurf der Nation werden.

Hier hatte der Greis abgebrochen und denn
wieder fortgefahren:

Im mittlern Afrika soll der Soldatenstand,
so wie er noch ist, eines der grössesten Hindernisse
der Volksveredlung sein. Man glaubt daselbst
einmahl, daß ihm mehr erlaubt sein müsse, als
den übrigen Ständen, weil diese nur mit ihrem
Leben, iener aber mit seinem Tode dem Vater:
lande dienen mus; und, weil er dis weis, so
nimmt er sich noch mehr heraus. Es ist ein
Unglück für die Menschheit, welches unaussprech:
lich ist, daß in benanntem Lande allenthalben
fast zahllose stehende Armeen gehalten werden.
Der Geist der Wildheit, welcher die Quelle aller
Laster ist, mus sich unter selbigen, weil sie das:
sigen Landes ein wahrer Zusammenflus von allen
möglichen Menschen sind, und weil die Leute
mehrentheils noch roh und ungebildet unter sie
gebracht werden, unausrottbar erhalten. Selbst
ihre Bestimmung, welche keine andere daselbst
noch ist, als einst auf Befehl Gewaltthätigkei:
ten auszuüben, trägt hierzu offenbar bei. Und
da in Friedenszeiten die Armeen im Lande über:
all vertheilt sind; so mus dieser Geist die ganze
Nation anstecken. Jedes ungerathene Kind,
wenn es allen Bitten und Ermahnungen seiner
Eltern Trotz geboten hat, weis, wohin es am
Ende seine Zuflucht nehmen kann. Der Müs:

siggänger, der Schwelger werden in ihrer Träg=
heit und Lüderlichkeit gestärkt, weil sie wissen,
daß sie zuletzt noch Soldaten werden können,
welche der arbeitsamere Theil der Nation füt=
tern muß, und denen es, sobald sie die Uniform
angezogen haben, nicht vorgeworfen werden darf,
daß sie schlecht gewirthschaftet haben. Jungen,
welche Handwerker lernen, und ihren Meistern
nicht gut thun wollen, nehmen den Bogen in
die Hand, schnallen den Dolch um, verlernen
unter den Waffen vollends wieder ihre Profeſ=
ſion, und müſſen hernach, wenn sie einmahl
wieder abgedankt werden, sich aufs Stehlen
und Straßenrauben legen. Bauernsöhne, die
eine Zeitlang mitgelaufen sind, werden des stillen
häuslichen Lebens und der Arbeitsamkeit unge=
wohnt, bringen das wilde, brausende Wesen
hernach mit zu Hause, und werden die lüderlich=
sten Wirthe. Die Gefühle von Zucht, Ehr=
barkeit und Scham gehen in ihnen oft ganz ver=
lohren, weil man dort einmahl diesem Stande
mehr nachsieht, und die Ausschweifungen eines
Menschen in selbigem durch den Gedanken be=
mäntelt — er ist ein Soldat. Wie ist es mög=
lich, daß man unter diesen Umständen in erwähn=
tem Lande große Fortschritte in der Veredlung
der Menschheit im Ganzen erwarten könne?
Kommt es daselbst gar zum Kriege: so wird

das Militär recht ausdrücklich dazu aufgefordert, alle Empfindungen der Menschlichkeit auszuziehen. Man härtet es gegen fremdes Elend ab, macht es mitleidlos, unbarmherzig, graüsam. Es wird kommandirt zur Ungerechtigkeit, zum Raube und zur höchsten Unmenschlichkeit. Kann etwas schaudervolleres gedacht werden, als daß ein Mensch den andern, ohne die geringste Beleidigung von ihm empfangen zu haben, anfallen, mörderisch behandeln, krumm und lahm schlagen und in Stücke zerlegen mus? Und doch ist dis der Fall in ieder Schlacht, in iedem Scharmützel im mittlern Afrika. Tausende gegen Tausende, die einander wohl nie gesehen haben, werden da hingestellt, daß sie sich niedermetzeln, zerkrüppeln müssen. Zu Hause wird wohl iede Ohrfeige bestraft, ieder Mörder als Abschaum der Menschlichkeit betrachtet und ausgeworfen; zu Hause setzt man Prämien darauf, Ertrunkene zu retten; und im Felde kommandirt man zum Todtschlagen, zum Stürzen in Feuer und Wasser, zur Mordbrennerei und zur Plünderung. Der afrikanische Soldat hat im Felde Mangel an Lebensmitteln; so fouragirt er, betrachtet iedes fremde Eigenthum, das er findet, als das seinige, treibt die Heerden unschuldiger Menschen weg, nimmt mit Gewalt, was ihm nicht gutwillig zugeworfen wird, und windet dem Vater das letzte

Brod aus der Hand, welches derselbe eben unter
seine Kinder vertheilen wollte. Wie soll der afri=
kanische Krieger, wenn nun wieder Friede wird,
plötzlich dieses Sistem von Ungerechtigkeit, Raub
und Grausamkeit, an das er sich einmahl gewöhnt
hat, fahren lassen? Warlich, ieder Krieg setzt
in iener Weltgegend die Menschheit in ihrer
Kultur wieder um ein halbes Jahrhundert zu=
rück! Einer ihrer Weisen soll einstmahls ausge=
rufen haben: „Bedarf auch die Vertheidigung
des Vaterlandes so zahlloser stehender Armeen?
Unsere Voreltern vertheidigten es auch, und
vertheidigten es recht wacker. Jeder rüstige
Mann grif alsdann zu Bogen und Pfeil, wand
sich aus den Armen seiner Familie, ging aus
seinem Hause und Hofe, überlies den Ackerbau
und die Wirthschaft seinem Weibe, und stritt eben
darum so tapfer, weil er für sein Eigenthum
mitstritt. Starb er im Felde: so starb er für
sein Haus und Hof; für sein Weib und Kind.
Kam er mit Wunden zurück: so betrachtete sei=
ne Familie dieselben als die Zeichen der Freiheit,
welche er erfochten, als die Beweise der Liebe,
welche er für sie gegeben; und nun war er wie=
der unter ihnen, und bauete wieder sein Feld,
und arbeitete für die Seinigen wieder nach, wie
vor. Da desertirte auch kein Soldat; denn,
wenn er seinen Feldherrn verlies, so verlies er

zugleich sein Haus, seinen Acker, sein Weib und
Kind. Die Treue gegen seine Familie und gegen
sein Eigenthum machte ihn treu gegen das Va=
terland. Aber, o ihr Afrikaner, wie ist ietzt die
Sache beschaffen? Der Soldat hat oft nichts,
als wie er steht und geht. Er hat im Water=
lande nichts zu verliehren, und soll doch für
dasselbe streiten! Allenthalben, wohin er kommt,
ist er zu Hause, und hat nirgends mehr, als
seinen Sold. So läuft er von einer Armee zur
andern; und, wenn er zur zehnten kommt, so
heists doch wieder, daß er fürs Vaterland
streite. Für Freiheit, Haus und Hof, für
Weib und Kind sich zu wehren — dazu ist ie=
der Mann noch immer von Natur bereit; aber
für blossen Sold sich todtschlagen zu lassen, und
um für sonst nichts weiter — — sagt doch,
wollet ihr denn nimmermehr den Menschen ken=
nen lernen?"

Wieder abgebrochen.

Eben dieser Weise sprach zur andern Zeit:
„O ihr Erhabenen von Afrika, welch Unglück
stiften eure Kriege! Unterhieltet ihr — ihr we=
nigen, von denen Leben und Tod ganzer Na=
tionen abhängt, friedfertige Gesinnungen gegen
einander: so dürftet ihr euch nicht in so schreck=
liche Bereitschaft gegen einander setzen, und Hun=
derttausende stets unter den Waffen halten. So
ent=

entzöget ihr nicht dem Vaterlande so unzählige
Hände, welche alle zum Segen desselben beitra=
gen und arbeiten könnten; da sie itzt müssig
sind, und man wünschen mus, daß sie ewig
müssig blieben: Denn, wenn sie anfangen, zu ar=
beiten; so arbeiten sie nur auf Verderben und
Tod. Eure Fehden halten die Kultur der
Menschheit unter unserm Himmelsstriche auf. Und
doch ist euer höchster Beruf, den euch das We=
sen der Wesen gab, dieselbe zu befördern. Eu=
ren Händen vertraueten die Völker ihre Glück=
seligkeit an. Ach . . . ."

    Hier ging das Geschriebene mit Blei=
stift an.

    Hallo hat die ganze Nacht gekämpft; und
wird bald wieder kämpfen. Vielleicht ists das
letzte, was er zu leiden hat. — Höre, Vater
Gustaf, höre den Sterbenden noch. Liebe dein
Volk, wie deine Kinder. Höre ihre Klagen.
Las ihnen Recht wiederfahren und belaste sie
nie. Ahme der Gottheit nach, und sei mild,
wohlthätig, erbarmend, wie sie.

    Abgebrochen.

    Sei nicht nur der Mächtigste in deinem
Lande; sei auch der Beste darinn! Dis ist Für=
stenehre, nicht jenes. Jenes ward dir angeboh=
ren, dis erwarbst du dir selbst. Dein Volk ist
ein gutmüthiges Volk. Nie wird es aufsätzig

gegen dich werden können. Aber laß dich nicht
blos gefürchtet werden; werde ewig geliebt von
selbigem, wie ietzt. Du bist ein Fürst; aber es
gehet dir doch wie allen Menschen. Wenn du
todt bist, fürchtet dich niemand mehr; aber lieben — lieben wird dich Vater, Sohn und
Enkel noch, wenn du es verdient hast. Den
guten Fürsten segnet der Nachkomme noch, dem
Bösen flucht er. Dein Grab sei ein Altar, vor
dem nichts, als Segen, niederfalle!

   Wieder abgebrochen.

   Du kommst nicht? — Ich muß dahin, und
sehe dich nicht wieder. So nimm dieses Papier! Wenn du es nicht selbst findest, wird
Albrecht es dir reichen. Ich befehle es ihm.
Fürst — ich bin nun bald ganz frei, los und
ledig von der Erde — ich darf dir nichts ver-
heelen. Ich gehe vor den Weltrichter. Du
bist zuweilen hitzig — mässige dich. Ich weis,
nach einigen Stunden ist dir leid, was du in der
Hitze thatest. Denke immer — Fürsten fehlen auch; aber eben darum, — weil ihre Fehler von grössern Folgen sind, müssen sie lang-
samer fehlen. Vollziehe kein Urtheil, keinen
wichtigen Vorsatz an demselben Tage, an
welchem du sie fassest! Was hilft dir alle späte
Reue, wenn du hernach nicht mehr vergüten
kannst? Halte dir es nicht für Schande, wenn

du einmahl gefehlt haſt, durch deine abgeänder-
ten Handlungen und durch Gegenanſtalten deinem Volke zu ſagen — ich habe gefehlt. Dieſe
Eigenſchaft, wenn ſie ein Fürſt hat, iſt ſeinem Volke allein ſchon Bürge für Wohlfahrt und Ruhe. Traue keinem, der dir
ſchmeichelt. Mache es denen, die um dich
ſind, zur Pflicht, dir die beſcheidene Wahrheit
zu ſagen. Wilhelmi iſt Biedermann und Weiſer.
Las ihn das ganz dir ſein, was ich dir war.
Einen recht helledenkenden und ehrlichen Mann
mus jeder Fürſt zur Seite haben, der ihm
alles ſagen darf.

Nochmahls abgebrochen.

Ja, ja, es iſt der letzte Kampf. Der Tod
iſt da; ich will ihn umarmen. Lebe wohl, mein
Fürſt! Sterbend ſchlägt mein Herz noch für dich.
Gott ſegne dich! Gott ſegne dich! .. Ach,
du haſt lange noch nicht genung gethan. Thue,
wirke noch immer mehr! Fürſten — — —
— — — — — — — — — — viel
thun — — — — — — — — — —
— — — — — — — — — — — —
— — — — — — — mehr thun — —
— — — — — — — Rechenſchaft vor
Gott — — — — — — — — — —
Ach! Guſtaf, mache dir die deinige leicht ...

Sieh, dort oben wartet auf gute Fürsten noch
der Seligkeiten Schönste!"

Schon die vorigen Zeilen waren nicht mehr
ganz zu lesen gewesen. Doch glaubte Fürst Gus
staf ihren Sinn zu treffen. Aber nun folgten
noch einige, aus denen er kein Wort mehr zu=
sammensetzen konnte. Er rollte den Bogen wie=
der zusammen, und steckte ihn an seine Brust.
„An deinem Busen hat er gelegen, nun soll er
an dem meinigen liegen. Er ist dein Vermächt=
nis für mich. Sorge nichts, Verklärter, sorge
nichts! Ich will alles erfüllen, und nur für
mein Volk leben, und ganz der Vater desselben
sein; damit ich einst, wenn wir uns wieder sehen,
dir, ohne zu erröthen, unter Augen treten könne."

Der Fürst blieb neben dem Todten sitzend,
bis seine Kinder kamen. Der Greis hatte eine
recht friedliche, selige Mine, und es war, als
wäre er lächelnd aus Welt in Welt übergegan=
gen. Gustaf konnte sich nicht satt an ihm sehen.
Er fand an ihm die Mine des edelsten Bewußt=
seins, der stillsten, allgenugthuendsten Zufries
denheit mit einem ganzen geführten Leben, und
der von Gott belohnten Tugend.

Albert mit seiner Frau waren die Ersten,
welche ihren todten Vater umarmten. Stille
Wehmuth machte sie stumm.

Guſtaf unter Thränen. Ich übergebe Ih
nen hier die Leiche Ihres Vaters, meines beſten
Freundes. Ich fand ihn ſchon todt, und habe
ihn nicht verlaſſen wollen, bis Sie kämen.
Wenn die innigſten Rührungen eines Fürſten über
den Tod eines Mannes dieſem einigen Werth bei
legen können; ſo ſehen Sie mich — mich in aller
meiner Zerſchlagenheit, und ſein Sie ſtolz darauf,
ſo einen Vater gehabt zu haben.

Albert konnte nichts antworten, als — er
liebte Sie.

Florentin und ſeine Gattin kamen noch, ehe
der Fürſt wegritt. Albertine fiel über ihren Va
ter her und erhub ein lautes Geſchrei.

Florentin, der ihr in die Arme fällt. Weiſt
du nicht, was er uns befohl, daß wir nicht über
ſeinen Tod klagen ſollten? Laß uns ſeinen Wil
len thun! Gott hat ihn begnadigt. Ihm iſt
wohl.

Der Fürſt ſchlich im Stillen davon und
wiſchte ſich unaufhörlich die Augen. Er ſah die
Laube recht bedeutend darauf an, als wenn er
ſagen wollte — nun ſpreche ich hier mit Hallo
nicht wieder.

———————

Unter Hallo's Kindern herrſchte eine recht
ſtille Traurigkeit. Jeder bemühete ſich, daß

U 3

letzte Geboth des Greises zu erfüllen und nicht
über seinen Tod zu klagen; aber iedem sah man
es an, wie viel Kampf ihn die Zurückhaltung seiner Klagen kostete.

Albert. Wir sahen seinen Tod vor Augen.
Wir glaubten es, daß es einmahl so schnell mit
ihm kommen würde. Ihn verlangte in der That
zu sterben. Er wünschte sichs so zu sterben. Gott
hat auch seinen letzten Wunsch erhört. — Wisset ihr noch, wie er betend neben unserer verbli-
chenen Mutter unter uns auf seinen Knien lag?
Ach, er hat uns dadurch lehren wollen, neben
seinem Leichnam einst ebenso zu thun. Laßt auch
uns sein Grab mit Gebet einweihen!

Die edlen Kinder knieten vor dem Allmäch-
tigen nieder. Albert betete laut:

„Du hast seiner Seufzer letzten gestillt, und
ihm gethan, wie er von dir flehete, Vater unsers Lebens! Aufgelöset ist er nun, und alle
Leiden dieser Welt haben für ihn Vergang genommen. Du erzeigtest ihm unaussprechliche
Gnade. Sein langes Leben war voll deiner
Wohlthaten und Segnungen. Auch sein Tod
hatte deren noch. Sanft ist er in iene Welt
hinübergeschlichen, und sein letzter Kampf hat
nicht lange gewähret. Wir preisen dich, daß
du uns so einen guten Vater gabst. Lohne ihn,
du Belohner der Frömmigkeit und des Glaubens

an dich, lohne ihn nun mit jenen Seligkeiten, nach denen sein Herz schon schmachtete, und über die er in seinen letzten Tagen schon die ganze Welt vergas. Laß den Geist seiner Tugend auf uns seinen Kindern ruhen, und seinem frommen Beispiele uns bis ans Ende nachfolgen. Hier bei unsrer Eltern Gräbern schwören wir dir ewige Rechtschaffenheit und ewige Liebe gegen einander. Segne uns dabei, wie du ihn gesegnet hast. Ergeben an dich wollen wir einst unsere Laufbahn, wie er die seinige, schliessen, und ihn in jener Welt mit kindlicher Treue wieder umarmen. Da sei es ihm denn Freude noch, unser Vater geworden zu sein!"

Stille, wechselseitige Umarmungen krönten dis einmüthige Gebet; als auch der würdige Prediger in die Laube trat, und dem Todten die Hand drückte. Männlich gesetzt über den Anblick, welchen er hier vorfand, wie über jeden andern natürlichen Vorgang, erzählte er seinen jungen Freunden nur die Bemerkungen, welche er in den letzten Tagen über die recht eigentliche Sehnsucht des Greises nach seinem Ende gemacht; und setzte hinzu: "Nach diesen Wahrnehmungen, und vermöge meiner aufrichtigen Zuneigung zu ihm freue ich mich, daß Gott sein edles Verlangen gestillt hat. Wir haben ihn geliebt; er uns. Unsere Wiedervereinigung mit ihm wird einst auf

allen Seiten reine, himmlische Freude für uns
haben. Meine Besorgnis war immer, daß seine
Anfälle vom Schlage ihn nicht so schnell töd=
ten, sondern ihn vielleicht noch in einen Zustand
versetzen könnten, der ihm und uns vielen Jam=
mer gemacht hätte. Aber er mus es besser ge=
wußt haben, als ich. Mir ist wahrscheinlich,
daß er den Tag seines Todes geahndet; denn er
bat mich gestern recht ausdrücklich, daß ich heute
ja, und früher, als gewöhnlich, zu ihm kom=
men möchte. Nun also gut denn! Lassen Sie
uns einander ermuntern, und ihm sein Grab
in stiller Zufriedenheit besorgen. Er hat mehr
Gnade von Gott genossen, als tausend andere
Greise.‟

Noch kam auch Niklas an seiner Krücke daher
geschlichen, und bezeigte sein ehrliches Herz gegen
den Todten durch die naifesten Ausdrücke. „Bist
du mir doch vorangegangen, guter Herr, schrie er.
Und ich dachte, du solltest mir folgen. Und bist
hier so allein gestorben; — und so ruhig. Nun
mag auch dein alter Niklas nicht mehr leben, da
du todt bist. Lieber, gnädiger Herregott, komm
doch und nimm nun auch mich auf. Es ist doch
gar nichts mehr, wenn man erst so alt ist. O
könnte ich mich doch in sein Grab mit legen!‟
Dabei faßte der gutherzige Landmann eine Hand
Hallo's nach der andern, und drückte sie an sein

Herz, und strich ihm die Backen, und küste ihn
recht herzlich. „Er hat sich nicht gescheuet, mir
im Leben manchen Heiz zu geben, schluchzte er
dazu; ich will mich auch nicht scheuen, dir im
Tode noch einen zu geben." Niklas bat sichs
darauf zum Vorzug vor allen andern Bauern aus,
daß es ihm erlaubt sein möchte, von seinem lieben
seligen Herrn nicht eher wieder zu wanken, bis er
begraben wäre, und seine Leiche zu bewahren.

Man brachte den Todten in ein anderes Zimmer des schönen Berghauses. Von seinen Kindern blieb immer einer um den andern bei ihm.
Auch wich und wankte Niklas von der Leiche
nicht.

Der edle Greis war jederzeit ein Feind alles
unnützen Aufwandes, und aller zwecklosen, eitlen
Pracht gewesen, und hatte seinen Kindern den
gemessensten Befehl darüber ertheilt, auch im
Tode mit ihm dergleichen nicht zu machen. Dem
Prediger hatte er noch ganz zuletzt darüber den Auftrag gegeben, dafür zu sorgen, daß er auf die sim-
pelste Weise, ohne alles Geräusch und ohne alle
andere Begleitung, als die seiner Kinder, begraben würde. Sogar die gewöhnliche Trauer hatte
er seinen Kindern untersagt. Diese nannte er
noch in den letzten Tagen eine Erfindung der Heu-
chelei, und sagte, daß nur solche Menschen sie
anlegen müßten, die im Verdacht wären daß sie

U 5

den Verstorbenen nicht wahrhaftig gelebt, und
daher die Welt zu täuschen suchen müsten, als ginge
ihnen sein Tod doch recht herzlich nahe.

Am vierten Tage nach seinem Tode versamm=
leten sich seine Kinder in ihren gewöhnlichen Klei=
dungen auf dem Berge, und der Prediger gesellte
sich zu ihnen. Albertine und Florentine sammle=
ten den Rest von allen Blumen des Jahres, und
bestreuten und bekränzten mit selbigen die heilige
Laube. Eben, da mit der Leiche aufgebrochen
werden sollte, kam ganz unerwartet Gustaf, der
dankbare Fürst. „Vergönnen Sie mir, redete
er Hallo's Kinder an, daß ich hinter dem Sarge
Ihres Vaters mitgehe und mich in Ihren Reihen
mische. Ich nannte ihn aus der Fülle meines
Herzens im Leben Vater! es ist dis also Pflicht
für mich, wie für Sie.“ Albert, sehr gerührt
von dem Edelmuthe seines Fürsten, und von der
unvergänglichen Achtung desselben gegen seinen Va=
ter, empfing diesen Beweis davon mit der pflicht=
mäßigsten Ehrerbietung.

Niklas stand in demüthiger Entfernung, und
fiel durch die wehmüthigen Geberden, welche er
machte, dem Fürsten ins Auge. —

Gustaf. Was ist euch, Vater? Wir müs=
sen ihn ja doch nun fortbringen. Laßts im=
mer gut sein. Die Reihe kommt auch bald
an euch.

Niklas. Ach, in Gottes Nahmen lieber heute als morgen. Aber ich darf ja dem lieben seligen Herrn nun wohl nicht hinter der Leiche folgen, und wollte es doch so gerne thun.

Gustaf. Wie? wer wehrt es euch? Ich doch wohl nicht? Kommt, alter, wackerer Mann; ihr sollet ihm so gut folgen, als ich. Euer ganzer Anblick zeigt mir, daß ihr es verdienet.

Damit nahm ihn der Fürst bei der Hand. Niklas sträubte sich so ehrerbietungsvoll, als wenn er sich zu einer recht eifrigen Gegenwehr gefaßt machte. Die beiden Töchter führten den Fürsten hinter dem Sarge her. Ich nehme es an, sagte Gustaf; denn ich bin der erste Leidtragende, — ich verlohr am meisten durch seinen Tod. In der Mitte der Söhne ging der Prediger. Niklas machte wie verstohlen den Schlus.

Der Fürst. Wer sind die Leute da?

Hallo's Kinder hatten einen eben so unerwarteten Anblick, als der Fürst.

Albert, unter innigster Rührung. Ach, es sind die Bauern von Berkewitz.

Diese hatten sich mitten auf dem Wege nach der Laube auf beiden Seiten in Reihen gestellt, und wagten es nicht, näher zu kommen, da sie gehört, daß der Fürst zugegen sei.

Der Fürst zu seinen Führerinnen. Es ist doch warlich viel werth, ein Rechtschaffener und ein Menschenfreund zu sein. Im Tode wird man noch dafür geliebt. Diese Handlung bringt mir durchs Herz. Aber ich glaube, daß ich den guten Leuten hinderlich geworden sei: sie haben unserm Vater Hallo gewis das Gefolge machen wollen. (zu den Bauern) Laßt euch nicht stören, ihr gutmeinenden Leute, und schließt mit an. Wir gehen einen Weg, der Herzöge und Bauern gleich macht.

Die Bauern neigten sich dankbar und schlossen in stiller Ordnung hinter Niklas Paarweise und nach ihrem Alter an, als wenn sie zeigen wollten, wie sie nach der Ordnung der Natur immer einer nach dem andern ihrem Wohlthäter folgen würden. Der Abend hatte Mondlicht, war ruhig, aber Herbstkühl und schauerlich. Neben Eleonoren ward der fromme Greis eingesenkt, und sein dankbarer Fürst warf die erste Erde auf ihn.

Gustaf zum Prediger. Sie dürfen ihm keine Lobrede halten. Sein Name und sein Leben sind ihm Lobrede genung.

Buchholz. Und Ihre Gegenwart in diesen Augenblicken macht vollends alle Lobreden auf ihn überflüßig.

Ruhe im Frieden nun! Meine Liebe dir und deinen Kindern!

Als Albert seinen Dank dem Fürsten bezeigen wollte, war selbiger bereits weg.

Die Bauern standen, wie untröstbare Kinder bei dem Grabe ihres Vaters, und weinten überlaut. Alberts gute Seele gerieth in volle Bewegung. Er faßte im stärksten Affekt die beiden ältesten Greise unter ihnen bei den Händen, und sprach: „Weinet nicht mehr! Wir gehen alle dahin, wo er schon ist. Ich will euch und euren Kindern sein, was er euch war, so lange ich lebe." Die herzlichsten Händedrücke wurden ihm dafür von diesen treuherzigen Landleuten gereicht; und, als sie sich entfernt hatten, feierten Hallo's Kinder noch die heilige, andachtvolle Mitternacht bei ihrer Eltern Grabe. Unter Umarmungen der Liebe verliessen sie es und trennten sich stillwehmüthig am Fuße des Berges.

Albertine, seufzend. Nun wandelt er nicht mehr hier, und kommt uns entgegen, wenn er uns von ferne sah. Wie schaudernd wird mir hier sein, so oft ich den Berg besteige.

Albert. Nein, Schwester, das soll es uns nicht sein! Mit sanfter, melancholischer Freude, wollen wir diesen Berg allemahl besteigen, und im Andenken an unsere lieben Eltern unsere reinste Wonne geniessen. Finden wir sie doch oben noch, so oft wir zur Laube treten! Wenn unsere

ersten Schmerzen vorüber sind, werden wir nir=
gends lieber sein, als daselbst.

Der Greis hätte nicht länger mehr leben dür=
fen; so würde er sich auch von seiner letzten Freun=
din, der Natur im Freien, haben trennen müs=
sen. Frühe Fröste verheerten nun alles Grün
der Bäume und der Pflanzen, und auf sie folgten
heftige Stürme und anhaltende Regen, welche
die ganze Schöpfung in ein allgemeines Grab zu
verwandeln schienen. Albertine und ihre Schwä=
gerin hatten kaum noch Zeit genung, die Gräber
ihrer Eltern mit perennirenden Blumen zu bepflan=
zen. Albert lies nach seines Vaters Willen die
Laube zuziehen, so, daß auf beiden Seiten nur
schmale Eingänge blieben. Der Gärtner bekam den
Auftrag, von nun an Jahraus jahrein für Blumen
aller Arten zu sorgen, welche er blühend auf die
Gräber verpflanzen könnte. Auch lies Albert in
einiger Entfernung von der Laube ein dickes Rund
von allerlei Nadelgewächsen, von Pappeln, Bir=
ken, Akazien und Lerchenbäumen anlegen, durch
welches einst enge, gekrümmte, schattigte Fuss=
steige zu derselben führen sollten, um diesen Auf=
enthalt noch voll heiligerer Rege für die Fantasie
zu machen. Alle Anlagen auf dem Berge sollten
übrigens mit iedem Jahre sich vielmehr ihrer Voll=
kommenheit nähern, als eingehen.

Hallo's Tod gehörte zu den Begebenheiten
der Nation. Vom ersten Minister an bis zum
Bauer fand ieder die Nachricht von selbigem übers
aus wichtig für sich. Der Werth des Todten
war entschieden. Freunde und Feinde erkannten
durchgängig seine Rechtschaffenheit, Einsichten,
Menschen- und Vaterlandsliebe. Man urtheilte
überall von seinem Tode dergestalt, daß der wichtigste Mann im Lande gestorben sei. Die Einflüsse, welche selbiger noch nach niedergelegter Mi-
nisterstelle auf den Hof und auf den Staat gehabt,
waren bekannt, und keine Zusammenkunft des
Fürsten mit ihm unter der Berglaube war der
Welt verborgen geblieben. Alle die Veränderungen, Neuerungen und Umschaffungen, welche die
Nation und alle Stände derselben seit einem
Jahre erhalten, wurden geradeswegs dem Greise
zugeschrieben. Jedermann glaubte, daß beiweitem noch nicht alles ausgeführt sei, was Hallo
angerathen. In der Maße, in welcher ieder bei
dem, was bereits ins Werk gesetzt worden, gewonnen oder verlohren hatte, sprach auch ieder
nun liebe- oder hasvoll über ihn. Die Höflinge waren größtentheils auf ihn erbittert. Sie
fanden an ihrem Fürsten gar den Mann nicht
mehr, den sie durch sade Schmeicheleien täuschen
konnten. Der ganze Ton, welcher seit einiger
Zeit am Hofe herrschte, war der Ton des männ-

lichen Ernſts und der ſoliden Tugend. An uns
nützen Luſtbarkeiten war durchgehends groſſer
Mangel. Nur das wahre Verdienſt konnte ſich
Hofnung machen, belohnt zu werden. Angebohr=
ne Vorzüge wurden gar nicht mehr geſchätzt.
Bloſſes Geld machte verächtlich. Nur gründ=
liche Kenntniſſe und biederer Sinn bahnte den Weg
zu Guſtafs Gnade. Viel vornehme Müſſig=
gänger waren angewieſen worden, von ihrem ei=
genen Vermögen, und nicht mehr auf Koſten
des Staats zu leben. Andere waren auf halbe
Beſoldung zurückgeſetzt. Das ganze Siſtem,
nach welchem der Fürſt im Kabinet, an der
Tafel, und öffentlich handelte, war das Siſtem
eines weiſen Hausvaters, der auf unnützen Auf=
wand nichts verwendet, keine Summa aber für
zu gros hält, welche er zum wahren Beſten
für ſeine Familie anlegt. In den Kollegien
waren die Geſichter auch nicht immer die hei=
terſten. Der Fürſt hatte ſich über alle vorkom=
mende Sachen in ſelbigen die letzte Stimme
vorbehalten, hörte ſelbſt, ſah ſelbſt, und entſchied
ſelbſt, wenn die Entſcheidungen ſeiner Räthe ge=
gründeten Widerſpruch fanden. Man kam, wenn
er ſich ſelbſt über etwas informiren wollte, mit
der Entſchuldigung nicht mehr durch, daß die
Akten verlegt wären. Der Fürſt gab allen und
jeden Satisfaktion; aber er nahm ſie ſich auch
ohne

ohne Unterschied der Person. Das übermäffige
Sportuliren war abgeschaft, und Geschenke und
Gaben machten kein Argument mehr für die Ge=
rechtigkeit der Sachen aus. Mit dem gröften
Theile der Geiftlichkeit hatte es Hallo ganz ver=
dorben. Er war Schuld daran, daß das heili=
ge Gewäsche in Verfall gerathen war, und daß
ſie nun mehr, als ſonſt, auf ihre Predigten,
ſo wie auf ihre ganze Amtsführung, ſtudiren
muften. Er hatte ihrem Stolze und ihrem Geize,
ſo wie ihrer Faulheit, Grenzen geſetzt. Sie
durften nicht mehr ungeftraft blinde Eiferer, hei=
lige Polterer, unduldſame Verketzerer und un=
verſöhnliche Verfolger unter dem Deckmantel
der Religion ſein. So lange er lebte, muften
ſie deshalb an ſich halten; aber kaum war er
todt, ſo ſchärften ſie ihre Zungen gegen ihn.
Sie erklärten ihn für einen geweſenen Indiffe=
rentiſten, Materialiſten, Naturaliſten und Athei=
ſten, und einer von ihnen ging ſo weit, daß
er, nachdem er ſeinen Tod von der Kanzel un=
ter den Umſtänden, wie ſich derſelbige zugetra=
gen, für ein göttliches Strafgericht erklärt, ihm
die Seligkeit abſprach. Aber in den mittlern
und untern Ständen der Geſellſchaft herrſchte
über Hallo's Tod eine allgemeine Betrübnis.
Bürger und Bauern verehrten ihn als den Grün=
der, Beförderer und Beſchützer ihrer Wohlfahrt.

Hallo 2. Th,   X

Er hatte ihre Abgaben erleichtert, Handlung, Gewerbe und Ackerbau blühend gemacht, und den wahren Geist der Thätigkeit und Zufrieden:heit der Nation mitgetheilt. Besonders erhuben ihn die Landleute mit ihrem Lobe bis zum Him:mel, und ihre dankbare Liebe gegen ihn, die bei der Nachricht von seinem Tode in Enthusiasmus für ihn überging, hätte sie schier der öffentlichen und feierlichen Erkenntlichkeit Gustafs zuvorkom:men lassen.

Doch Gustaf war ein zu edler Fürst, als daß er sich auf dieser Seite von seinen Unter:thanen etwas zuvorthun lassen sollte. Er lies alle seine Räthe zusammenkommen, und hielt, einen Flor um den linken Arm, folgende An:rede an sie:

„Hallo's Tod, der Tod meines besten Freun:des, veranlasset mich, Sie heute ausserordent:lich zu versammlen. Ich würde der undank:barsten Fürsten einer sein, wenn ich die Ach:tung, die ich für diesen Mann gehegt, das ehr:würdige Andenken, in welchem er unaufhörlich bei mir stehen wird, und den innigsten Schmerz, den mir sein Hintritt verursacht hat, nicht vor Ihnen und vor der ganzen Welt auf eine recht feierliche Weise an den Tag legen wollte. Ich erkläre den Tod dieses Rechtschaffenen für den

größten Verlust, welchen ich und mein Land
iemahls leiden konnten. In den Diensten mei=
nes Hauses Mann und Greis geworden, hat
er das ganze Maas seiner Kräfte für die Wohl=
fahrt dieses Staats ausgeschüttet, und sein gan=
zes Leben zum Besten desselben verlebt. Mit
wahren, reellen und gemeinnützigen Kenntnissen
ausgerüstet, trat er die Laufbahn seiner Verdien=
ste unter meinen Vorfahren an, ward lange in
einen für seine Wirksamkeit viel zu engen Kreis
eingeschlossen, zurückgesetzt, verkannt und unbe=
lohnt gelassen. Aber weit entfernt, daß er
durch diese Mishandlungen sich hätte verleiten
lassen sollen, ein anderes Land zu suchen, wo
seinen Talenten mehr Gerechtigkeit wiederführe,
weit entfernt, daß er dadurch hätte unwillig,
verdrossen, träge werden und in Ausbreitung
seiner Wissenschaften stillstehen sollen, blieb er dem
Vaterland treu, arbeitete in seinem niedrigen Po=
sten unermüdet, studirte fort, und bereitete sich
im Stillen zur würdigsten Bekleidung der höch=
sten Stelle, auf die ich mich ihn hernach zu er=
heben für verpflichtet hielt. So lange ich lebe,
werde ichs für eine meiner größesten Glückse=
ligkeiten, deren mich die Vorsehung gewürdigt
hat, halten, daß ich ihn, da er den ersten Zu=
tritt zu mir wagte, nicht verkannte. Ich habe,
während daß er mir zur Seite gewesen, den

Umfang seiner Einsichten oft im Stillen nicht
blos bewundert, sondern wahrhaftig angestaunt.
Er gelte, so lange sein Nahme genannt wird,
für ein Genie der ersten Grösse! Welch eine
Ehre für die menschliche Natur, daß er mit den
glänzenden Talenten des Geistes auch das edel=
ste Herz verband! Man weis es, wie so selten
sich die Rechtschaffenheit und der ehrliche altdeut=
sche Sinn im Gefolge unserer heutigen Weisen
finden lassen; und um so viel liebenswürdiger
war er mir. Er hat nie in eine Kabale mit
eingestimmt, sondern ist immer seinen geraden
Weg vor sich hingegangen, und hat doch Klug=
heit genung bezeigt, sich durch alle Kabalen,
die wider ihn angesponnen wurden, glücklich
hindurch zu arbeiten. Vergeblich blöckte ihn die
Bosheit an; und vergeblich wies ihm der Neid
die Zähne. Er that allenthalben seine Pflicht,
und bei diesem Bewußtsein hielt er sich vor aller
Hinterlist sicher. Mit Abscheu denke ich noch
an den letzten Vorgang wider ihn, als er schon
in der Ruhe seiner ländlichen Einsamkeit lebte,
und mein einziger Trost darüber ist immer der
gewesen, daß selbiger dazu dienen muste, alle
seine Feinde zu schanden zu machen, ihn aber
mit Ehr und Ruhm zu krönen. Von seiner
Thätigkeit, von seinem unermüdeten Arbeitseifer
lässet sich keine Vorstellung darreichen, die sie

wirklich darstellte und erschöpfte. Seine Nächte
wie seine Tage waren mir und dem Vaterlande
gewidmet.. Er scheuete keine Schwierigkeiten,
keine Gefahren, und war ausharrend bis zur
glücklichsten Vollendung iedes angefangenen Ge-
schäfts. Wer mit ihm arbeitete, hatte es gut;
er mochte edel oder unedel denken. War das
erste; so hatte er an ihm einen Mann, der seinen Strang wacker zog. War das letztere; so
konnte er sich darauf verlassen, daß Hallo, ehe
etwas nachlässig betrieben oder versehen ward,
lieber für zwei Mann arbeitete. Und mit diesem seinen Arbeitseifer wetteiferte seine Genüg-
samkeit. Baare, klingende Münze war nicht
der Lohn, der ihn reizte. Wenn er nur nützlich werden konnte — dis war es, was ihn
in Bewegung setzte. Wenn er nur nützlich geworden war — dis wars, was ihn belohnte.
Ich weis selbst nicht, was ich ihm alles ange-
boten habe. So viel weis ich, daß ich ihm
anbot, was ich ihm geben konnte. Aber er
wollte von allem, was ich ihm anbot, nichts
annehmen, als, was er schon hatte — meine
Liebe, meine Werthschätzung und mein Vertrauen. Ich will Ihnen nur eine Anekdote
darüber mittheilen. Sie betrift nicht das Band
mit dem Stern, das ich ihm darreichte. Ich
weis selbst nicht, wie ich so etwas so einem

Manne bieten konnte, der durch seine Verdien:
ste um mich schon überall beordensbandet und
besternt war. Nein, es betrift etwas, das sonst
ieder in seiner Lage, der Vater ist, begierig
sucht. Ich wollte daß er seinen Sohn sich zu:
ziehen, und ihn einst zu seinem Nachfolger las:
sen sollte. Aber der Edle hatte die Offenher:
zigkeit und die väterliche Verleugnung, gerade
heraus zu sagen — mein Sohn schickt sich
nicht dazu. Merken Sie sich recht diesen Zug.
Er verbreitet ein herrliches Licht auf seinen gan:
zen Karakter, und ist Ihnen allen sehr zu em:
pfehlen. Ich vergönne es iedem meiner Diener,
daß er ieden billigen Lohn bei mir sucht; aber
dis ist ihm unverzeihlich, wenn er durch seine
Kinder, welche er darum, weil sie seine Kin:
der sind, allenthalben vorschiebt, das Vaterland
täuschen will. Hallo's Sohn ist gar kein Dumm:
kopf; aber sein Vater war gewohnt, von sich
selbst sehr viel zu fordern; darum forderte er
von seinem Sohne nicht weniger. Aufzwin:
gen muste ich ihm das Guth, das er zuletzt be:
saß. Ach! und wie so kurz hat er es genossen!.
Ich habe ihm also, aufrichtig zu sagen, wenig
mehr als ein Grab geschenkt. Dort unter sei:
ner Laube ruhet er als ein wahrer deutscher
Mann. O erbten seine biedere Denkart, seine
Wahrheitsliebe alle meine Diener! Ich war noch

ein junger Fürst, als er mein nächster Begleiter
ward; aber er wählte nicht den gewöhnlichen, den
ausgetretenen Weg niedrigkriechender Schmeichler, um sich bei mir festzusetzen. Er sagte mir
alles vom Herzen weg, was er über vorkommende
Angelegenheiten, über meine Handlungen, Anstalten und Entwürfe dachte. Junge Fürsten
begehen leichter Uebereilungen. Ihm habe ichs
zu danken, daß ich deren weniger begangen habe, als ich ohne ihn begangen haben würde. Es
gehört dis zur geheimen Geschichte seines Lebens.
Die Welt weis wenig mehr als nichts davon;
denn er selbst vergas es. Ich trete ihm willig
den größten Theil meines Ruhms ab, den ich im
Lande habe. Meine Unterthanen lobten und prie-
sen mich; — ihn hätten sie preisen sollen. Oft
habe ich zu den nützlichsten Veranstaltungen,
welche er in meinem Nahmen traf, nichts weiter beigetragen, als — daß ich Herzensgüte
genung hatte, sie meinem Volke zu gönnen und
zu genehmigen. Seitdem Hallo am Ruder des
Staats gesessen, hat mein Unterthan nur noch
halb so viel Abgaben und Druck als sonst. Und
doch bin ich dadurch kein ärmerer Fürst geworden,
als meine Vorfahren waren. Diese hatten Schulden: Ich habe dergleichen nicht, und unter
Hallo sind die ihrigen bezahlt worden. Aber er
hat die Müssiggänger ausgefegt, die Tagediebe

X 4

unter meinen Dienern, und hat mir es aus dem
Kopfe gebracht, grosse Summen auf Unterhal=
tung vieler andern unnützen Menschen zum Fen=
ster hinaus zu werfen. Mein Land wird zuse=
hends volkreicher, wohlhabender, nahrhafter, glück=
licher, moralisch besser. Das ist Hallo, der dis
bewirkt hat. Er athmete Patriotismus. Ihm
war der Bürger und der Bauer werth. Täu=
sendmahl pflegte er zu sagen — das ist halbe
Raserei, wer einen Fürsten auf Kosten seines
Volks bereichern will; wer klug ist und es ehr=
lich meint, mus, wenn er seinen Herrn reich
machen will, mit Bereicherung der Unterthanen
den Anfang machen. Es ist wahr, was er sagte;
denn es ist in diesem Jahre nicht der hundertste
Theil so viel Reste von Abgaben, die meine Kam=
mer vom Lande zieht, geblieben, als vor zwan=
zig Jahren. Sollt' ich meines Hallo ie verges=
sen können? Seiner, der mir noch nützlich ward,
als er längst resignirt hatte? Ich gestehe es
Ihnen, Messieurs, iene Laube, in der er nun
schläft, ist für mich ein Tempel der Weisheit,
der Religion, der Tugend und der Vaterlands=
liebe geworden. Er, er war der Lehrer dersel=
ben für mich in ihrem heiligen Schatten. Da=
für schlummere er in ihr recht friedevoll! Da=
für werde er noch nach Jahren daselbst von sei=
nem Fürsten an schönen Frühlings = und Som=

mermorgen befucht, und diefer erinnere fich als=
denn iener unvergeslichen Morgen, an welchen
er allda an feiner Seite fas, und aus feinem
Munde Stimmen vom Himmel hörte! Das Le=
ben diefes Greifes verdient, daß es förmlich be=
fchrieben und der Nachwelt noch hinterlaffen wer=
de. Ich will Hallo's Biograph werden. Nie=
mand hat ihn näher gekannt, niemand tiefer in
all die fonderbarften Verwicklungen feines Lebens
eingefchaut, niemand iede fchöne Eigenfchaft feines
Geiftes und Herzens öfter zu entdecken Gelegen=
heit gehabt, als — ich. Es ift keine Schande
für Fürften, das Leben eines Dieners zu fchil=
dern, und das Gemählde eines Mannes mit ei=
gener Hand zu entwerfen, auf deffen perfönlichen
Umgang fie ftolz fein konnten. Die Welt foll
es einmahl wieder fehen, daß Dankbarkeit nicht
blos unter die Tugenden der Diener und des
Volks gehöre, fondern daß auch Fürften gern fie
ausüben, und daß felbigen auch fie vor allen
fchön ftehe. Vielleicht, daß nach Jahren fich
alsdenn noch da oder dort ein Edler nach Hallo
bildet, und daß fein Leben noch einmahl gelebt
wird, welches taufendmahl gelebt zu werden ver=
diente. Diefen Flor, womit mein Arm um=
wunden, trage ich zum Zeichen meiner Trauer
über ihn. Es ift die tieffte, welche von nun an
in meinem Lande von Hinterlaffenen über all=

X 5

ihre verstorbene Verwandte ohne Unterschied ꝛc
wieder angelegt werden soll. Ich habe den Hallo
so betrauert; den Hallo, den ich aus vollem
Herzen Vater nannte; so hoffe ich, dieser Art
von Trauer feierliche Einweihung und Tiefe genung gegeben zu haben. Sie legen sofort alle
diese Trauer über Hallo an, und wir tragen sie
insgesamt sechs Wochen. Auf seinem Grabe will
ich ihm eine simple Urne setzen lassen, welche
ich jährlich an seinem Sterbetage mit Blumen-
bändern umbinden werde, und mitten auf meinem Schloßplatze soll ihm ein prächtiges Monu-
ment gestellt werden, bei dessen Anblick sich
täglich meine Räthe im Vorübergehen in seiner Nachfolge stärken mögen. Hallo's Andenken blühe unter unsern spätesten Enkeln noch fort,
und lange, lange werde er von diesem Lande als
einer seiner ersten Wohlthäter gesegnet! Wett-
eifern Sie, gute, getreue Räthe, in Nachahmung seiner, und lassen Sie mir die Gerechtigkeit wiederfahren, zu glauben, daß Sie einem
Fürsten dienen, der das wahre Verdienst zu schätzen weis. Je mehr Sie sich auf allen Seiten
dem Hallo nähern: desto ähnlicher wird meine
Werthschätzung und Liebe gegen Sie derjenigen
sein, welche ich gegen ihn hegte und ewig hegen
werde."

Der Fürst ging mit Thränen im Auge aus der Versammlung, und sein Prinz überreichte den sämtlichen Räthen die Trauerflöre, welche diese sogleich im Zimmer noch um ihre Arme banden.

Kaum wurden diese Veranstaltungen Gustafs im Lande bekannt, so gerieth der Eifer der Bauern allenthalben für Hallo wieder in die lebhafteste Rege. Schon bei seinen Lebzeiten hatten sie zu verschiedenen mahlen ihm bleibende Denkmähler stiften wollen; aber seine Bescheidenheit hatte diese Aeuserungen ihrer Erkenntlichkeit iederzeit von sich abzulehnen gewust. Jetzt, da sie aufs neue um Erlaubnis dazu ansuchten, glaubte Gustaf ihrem lobenswürdigen Vorhaben nicht hinderlich sein zu müssen. Ihrem Beispiele folgten in den mehresten grossen Städten die Bürger und die Kaufleute; und nach Verlauf eines halben Jahres konnte man im ganzen Lande kaum drei Meilen weit reisen, ohne auf ein Denkmahl Hallo's zu stossen. Die Urne auf seinem Grabe, an deren Fusgestell man die Worte las: „der Asche des unvergeslichen Hallo, ward gerade an dem Tage aufgesetzt, an welchem Albert aus Florentinens Händen seinen ersten Sohn empfing. Einige Wochen darauf drückte

auch Albertine einen Sohn an ihre Brust. Daß
Vater Hallo nun auf einen Tag nur in diese Welt
zurückkehren könnte, war seiner Kinder Wunsch.
Kaum gab der folgende Frühling die ersten mil:
den Tage wieder: so waren sie alle bei seinem
Grabe, und schmückten in der Folge seine Enkel
mit den mancherlei Blumen, welche sie daselbst
fanden. So oft sie auf dem Berge waren, um:
schlangen sich Albert und Albertine, und feierten
das Andenken Hallo's und Eleonorens mit einer
mehr schmachtenden, als schwermüthigen Seele,
und mit iener stillen, stummen Freude, mit wel:
cher Kinder auf die Zurückkehr ihrer abwesenden
Eltern hoffen..

Die Bauern von Berkewitz bezogen nun ihre
neuen Wohnungen; und, als sie alle mit ihrer
gesammten Habe in den Gründen waren, gab
ihnen Albert ein ländliches Fest. Wahre Hei:
terkeit war der Karakter desselben, und tausend:
mahl ward an selbigem des grosmüthigen Hallo
von der ganzen Gemeine dankbar gedacht. Al:
bert ging den Bauern mit Rath und That zur
Hand, wie sie ihre Aecker auf das beste nutzen
könnten, lehrte sie lebendige Zäune anlegen, und
that ihnen Vorschüsse, nachdem sie derselben be:
nöthigt waren. Ihre Wohnungen mit allen
ihren Ländereien um sich her stellten eben so viel
keine Pachtgüther vor, und die vielen lebendi:

gen Zäune verwandelten den Anblick derselben in
den Anblick eben so vieler Gärten, deren ieder sein
Landhaus hätte. Noch erkannten die Bauern
nicht ganz den großen Werth der ihnen durch
diese neue Einrichtung erwiesenen Wohlthat; aber
nachdem sie einige Jahre so ganz als Herren
ihres Eigenthums in den Gründen gewirthschaftet hatten, und sich alle in den gesegnetesten
Umständen befanden, brachten sie dem ehrwürdigen Hallo im Herzen wirklich den Dank dafür, von welchem er ihnen zuvorgesagt hatte, daß
sie ihm selbigen einst auf seinem Grabe noch
bringen würden. Hallo hatte sie aus armseli-
gen Sklaven eines Landedelmanns zu freien und
reichen Besitzern ihrer Güther umgeschaffen. Ihr
Prediger bildete sie zu Menschen, und ihre Kinder wurden durch einen vernünftigen und edlen
Unterricht in der Schule die Freude ihres Lebens
und der Trost ihres Alters. Willig und gern
trugen sie in der Folge die Steuern von ihren
Güthern ab, welche ihnen Hallo so mäßig aufgelegt hatte; nachdem sie in den erstern Jahren
Zeit genung gehabt hatten, sich völlig zu erho-
len, und ihre Güter in den besten Stand zu
setzen. Sie hatten die Freiheit, ihre ehemali-
gen Hütten an ieden, welcher sich dazu finden
würde, zu verkaufen, und konnten sich dadurch
der Schuld, die sie an Albert für vorgeschosse-

nes Arbeitslohn an ihren neüen Häusern zu zah=
len hatten, mit Bequemlichkeit entledigen. Es
fehlts ihnen nicht an Käufern dazu. Taglöhner,
Handwerker und Leute, die allerlei kleines Ge=
werbe trieben, fanden sich bald aus den umher=
liegenden Gegenden in diese Landschaft ein und
nährten sich von dem Volksreichthume und
Wohlstande der beiden Dörfer Berkewitz und
Wallstädt. Die Waldungen, welche sonst diese
Oerter getrennt hatten, waren gänzlich nieder=
gehauen. Albert sowohl, als Florentin, mach=
ten die Distrikte derselben, welche iedem von ih=
nen gehörten, urbar, theilten sie in neue Gü=
ther ein, und thaten diese auf Erbzins aus.
Grosgewachsene Söhne reicher Bauern aus der
Nachbarschaft, die in ihrem Vaterlande vor dem
Soldatendienst nicht sicher waren, eilten mit ih=
rem Vermögen herbei, und griffen mit beiden
Händen nach Aeckern, welche sie sorgenlos be=
sitzen und bebauen konnten. So ward die An=
zahl der Einwohner beider Dörfer mit iedem
Jahre grösser. Berkewitz und Wallstädt wurden
gleichsam vereinigt, und stellten einen einzigen
grossen Flecken vor.

Glücklich und zufrieden lebten Hallo's Hin=
terlassene. Ihre Güther wurden bald die er=
giebigsten und schönsten im ganzen Lande. Ihre
Familien breiteten sich aus, und Albert sowohl,

als Florentin, wurden Väter vieler Kinder. Sie
achteten nicht das Geräusch der Welt, zogen
die Einfalt der Natur und die stillen Freuden
des häuslichen Lebens allen andern Lebensarten
und Unterhaltungen vor, und genossen so das Leben ganz, und lehrten es auch ebenso ihre Nachkommen ganz geniessen. Ihren Kindern war
Hallo's Grab anfangs der liebste Spielort. Denn
sassen die Eltern auf der Rasebank, wo sonst
Fürst Gustaf an der Seite des Greises gesessen,
und sahen den Knaben und Mädchen zu, wie sie
pflanzten und pflückten, sich kränzten und einen
Reihentanz um den Hügel machten; oder sie
rathschlagten über häusliche Angelegenheiten, neue
Anlagen und Anwendung des morgenden Tags,
während daß ihre Kinder sorgenfrei ihre Tänze
und Spiele fortsetzten. Bald ward aber auch
diesen Hallo's Laube mehr, als dis. Sie ward
ihnen eine Schule der Sitten, der Tugend, der
Weisheit und der Ehrfurcht gegen den Welt-
schöpfer. Von gutmüthigen, weichherzigen Eltern gebohren, hatten sie aus den Händen der
Natur ein Herz mit herrlichen Anlagen zur Menschlichkeit erhalten; ein Herz, das jeder sanften
und frommen Empfindung sich gern öfnete. Dem
Vater und der Mutter im Schosse sitzend, sogen
sie von ihren Lippen Schönheit des Lebens, Menschenliebe und Religion. Albert erzählte ihnen

unter der Laube oft von seinem Vater, wie derselbe so ein redlicher Mann gewesen, anfangs
im Staube und in der Armuth gelebt, und sich
hernach durch seine Verdienste zu Ehre und Glück
emporgearbeitet habe. Er schilderte ihnen dessen
unwandelbares Vertrauen auf Gott bei einem un-
befleckten Gewissen, und die seligste Ruhe seines
hohen Alters. „Sterbend hat er mir noch auf-
getragen, fügte Albert denn wohl hinzu, daß ich
euch alles dis sagen sollte; damit ihr eben so
gute und fromme Menschen werden möchtet, wie
er, und damit er euch, weil er hier euch nicht
kennen gelernt, in iener Welt um so viel freudiger an sein Herz drücken könnte.„ Der Geist
der Tugend, welcher diese Familie beseelte, ward
hierdurch in den Kindern noch herrschender. Sie
wuchsen zu den besten Menschen auf, und lockten
ihren Eltern viel Freudenthränen ab. Bei
iedem Hinblick in die Zukunft dachte Albert an
die Weissagungen seines Vaters zurück, und
zweifelte nicht, daß Gott ihm noch mehr Gnade
gewähren und ihn noch das Glück seiner Enkel
sehen lassen werde. War er in arbeitfreien Stunden nicht auf dem Berge; so war er mit seiner
Familie in den Gründen, besuchte die Bauern,
besah ihre Wirthschaften, wies sie zurechte, sprach
ihnen Muth und Trost ein, und empfing dafür
die ungeschminktesten Beweise ihrer Dankbarkeit.

Meh-

Mehrentheils waren seine Kinder alsdenn auf den
Armen alter Väter, oder im Schosse alter Mütter, die sie nicht liebgenung haben konnten. Ver-
tauschten wir, fragte alsdenn Albert seine Gattin oft, auch unsere Glückseligkeit gegen irgend eine andere noch so blendende Lage? —
Fürst Gustaf beschäftigte sich damit, alle
die herrlichen Entwürfe, welche ihm der Greis
zur Beförderung der Wohlfahrt seines Volks gemacht hatte, nach und nach ins Werk zu setzen. Aus
seinen Staaten wurden der Aberglaube, die Priester-
gewalt, die Unmenschlichkeit der Gesetze, der Rabu-
listengeist der Richter und Advokaten, und die gewaltsamen Einschränkungen und Unterdrückungen des
Volks völlig verbannt. Alles athmete Freiheit,
Wohlstand und Zufriedenheit. Geschätzt, geliebt,
bewundert, angebetet ward er dafür von allen seinen Tausenden, und vergas bis an seinen Tod
des Hallo nicht. Einsam brachte er manche
Morgenstunde auf dem Grabe desselben zu, und
schämte sich nicht, durch eine Rose oder Levkoie,
welche er auf selbigem gepflückt hatte, und die
er hernach den Tag über an seinem Busen trug,
solches seinem ganzen Hofe zu erkennen zu geben.
Der Gärtner betheuerte, daß er ihn zuweilen
daselbst knieend beten sehe. Auch fand dieser aufgehende Blumen daselbst, welche er weder ge-
pflanzt noch gesäet hatte, und die auch weder

Albertine noch Florentine dahin versetzt hatte.
Der Prinz, die Hofnung der Nation, bildete
sich an seinen Händen zu seinem würdigsten Nachfolger aus, und versprach durch sein ganzes Wesen,
die Thränen zu trocknen, welche sein Volk einst
über den Tod seines Vaters weinen würde. Gustaf regierte nach Hallo's Tode noch viele Jahre
mit Segen und Ruhm, und starb mit dem schönsten Troste eines Fürsten, sein Land wahrhaftig
glücklich gemacht zu haben. — Kurz vor seinem
Tode hat er noch ein Buch für Fürsten geschrieben, worinn er ihnen ihre Pflichten vorgehalten,
und es ihnen sehr wichtig gemacht hat, ihre Bestimmung jederzeit wahrhaftig zu erfüllen, des
Bluts ihrer Unterthanen zu schonen, **den ersten
Vater im Lande** vorzustellen, und auf allen Seiten das ganz zu sein, was sie sein sollen. Das
Manuskript davon hat er seinem Prinzen zum
Vermächtnis hinterlassen, der es jetzt, wie man
sagt, zur Ehre seines Vaters abdrucken lässet.

Ende des zweiten Theils.

Weißenfels,
gedruckt bey Caspar Simon Ifens sel. Erben.